U0026563

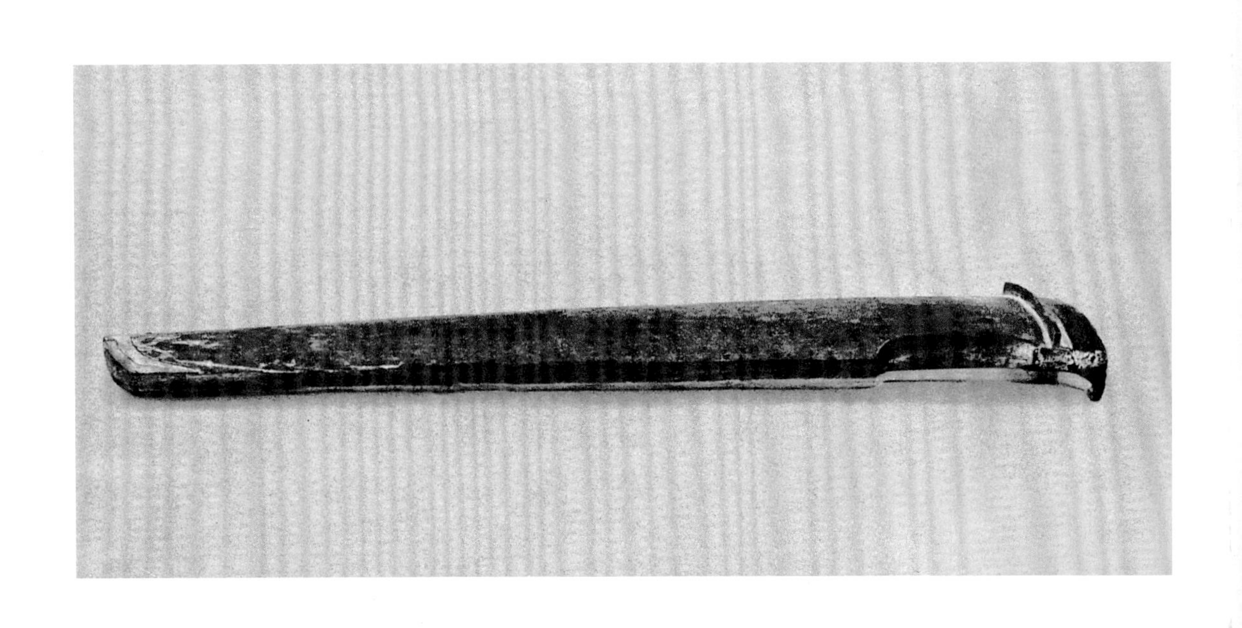

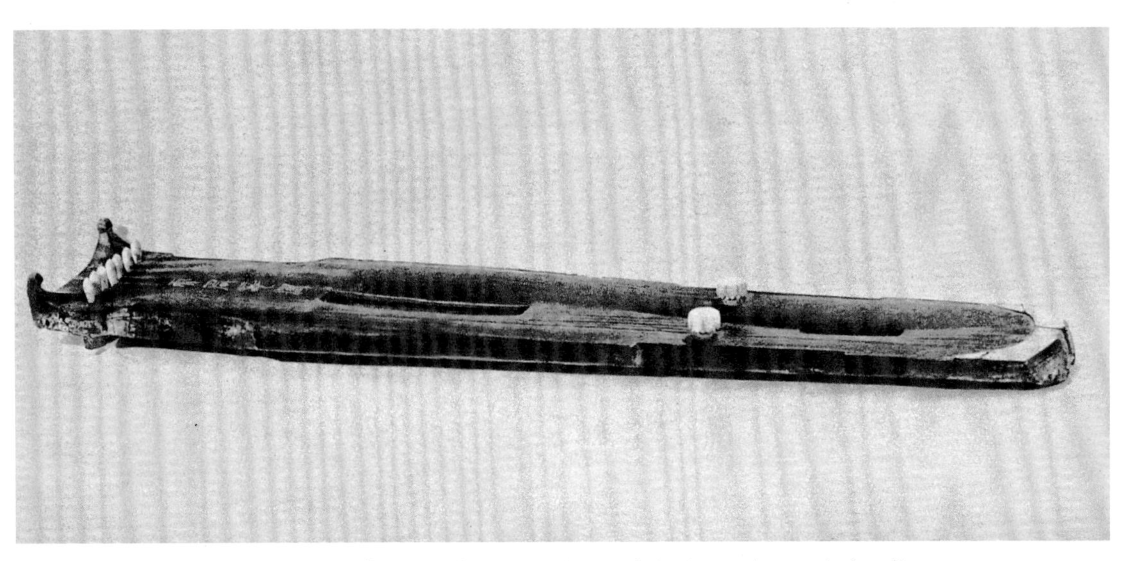

宋代古琴──名「天風海濤琴」，形容此琴音色雄壯，有天風海濤之聲。

苗族女子之織繡——藍鳳凰及她手下苗女的衣褲上，當有類似的美麗花紋。

唐寅「吹簫仕女圖」。

杜陵內史「撫琴仕女圖」——杜陵內史是大畫家仇英的女兒，閨名不詳，可能名「珠」，善畫人物。

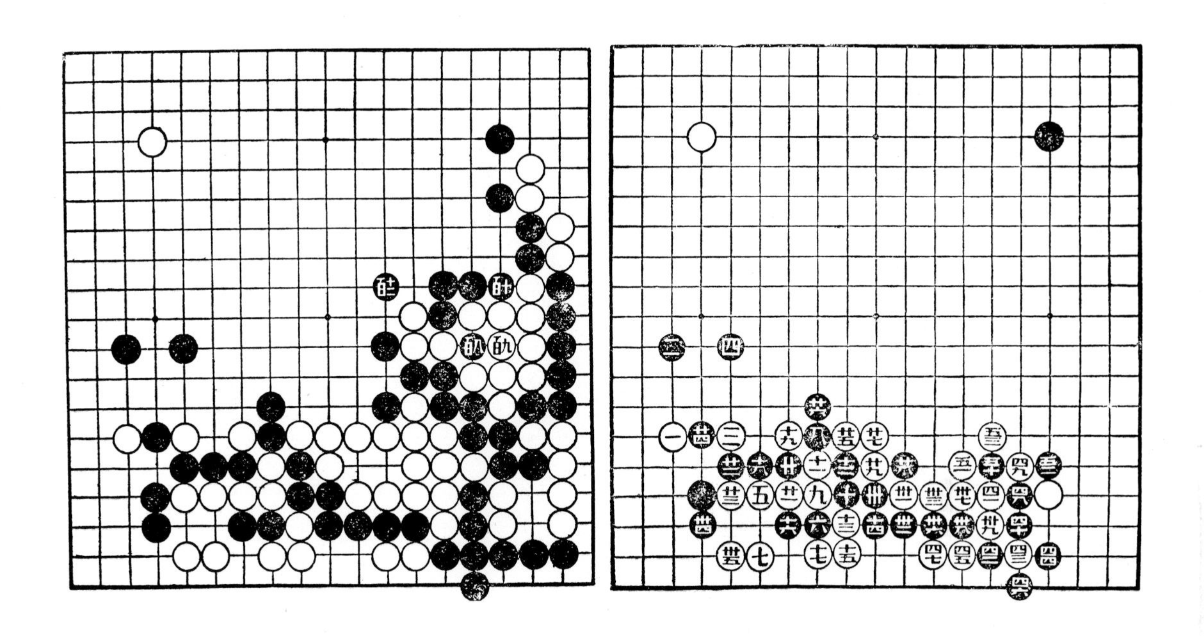

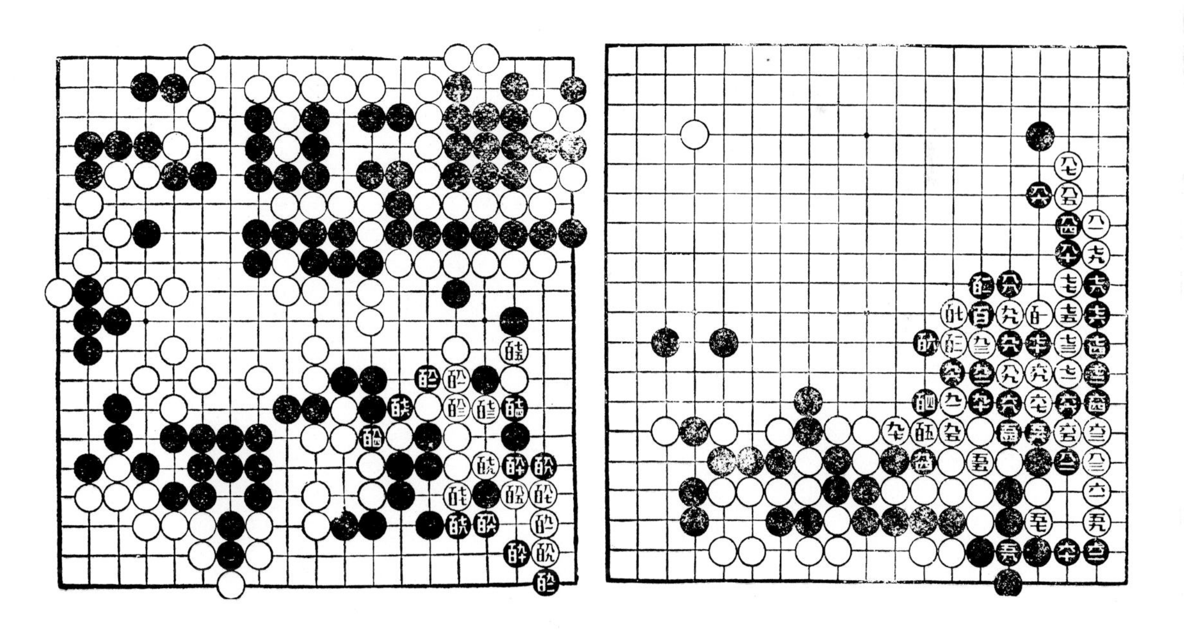

右上圖、右下圖、左上圖／「嘔血譜」：相傳宋圍棋國手劉仲甫於驪山下遇老嫗，弈棋一百二十著，劉全軍覆沒。中國古時白棋先行，劉持白棋。本譜著著緊湊，無怪黑白子為之著迷。
左下圖／「爛柯譜」：相傳晉王質入衢州爛柯山採樵，遇神仙弈棋，王質觀至終局，斧柄已爛。此譜號稱為王質所記而傳世，料係後世好事者所撰，共二百九十著，白先，黑勝一路。本圖為其中第一百七十三著至一百九十二著。

范寬「谿山行旅圖」──范寬，字中立，華原人，北宋山水畫家中最重要者之一。為人風儀峭古，舉止疏野，嗜酒落魄，卜居華山以對景造意。評者稱其畫氣象蕭索，煙林清曠，峯巒渾厚，勢狀雄強，溪出深虛，水若有聲，洵為一代大家。

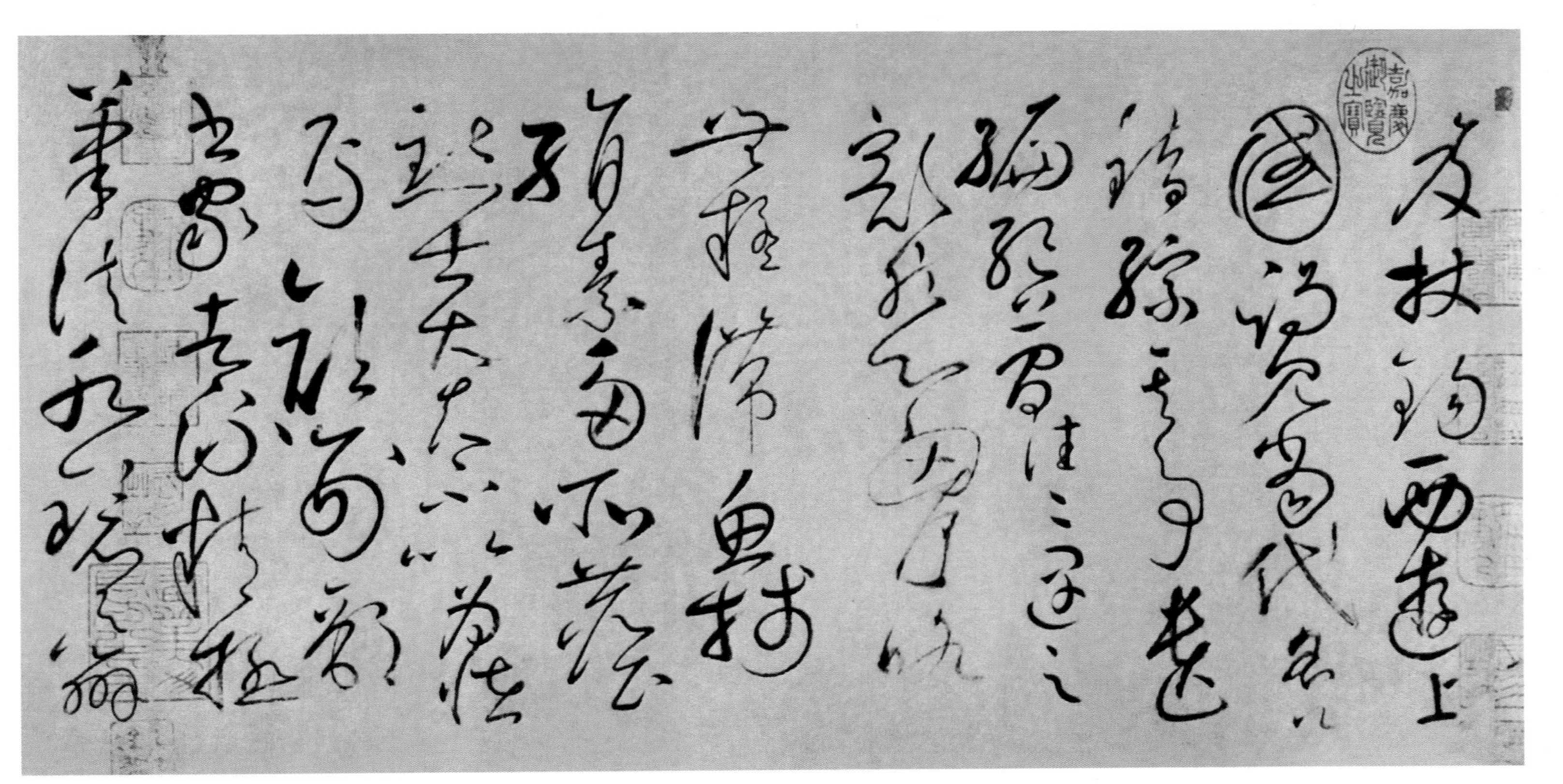

懷素「自敘帖」——懷素，唐代大書法家，以草書著名。

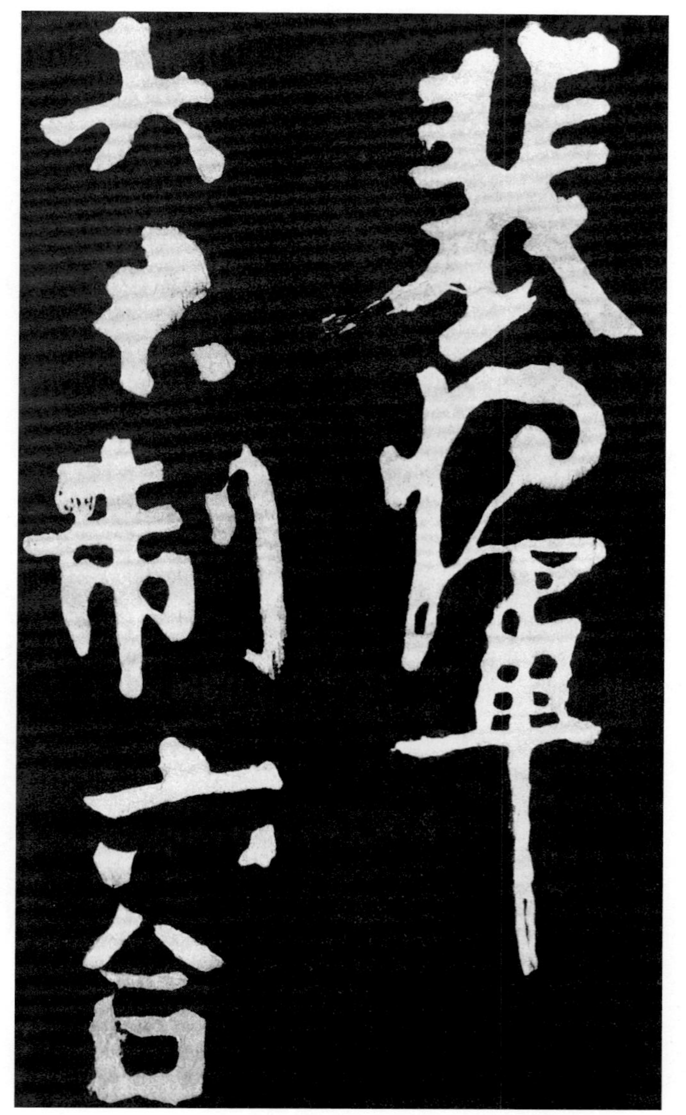

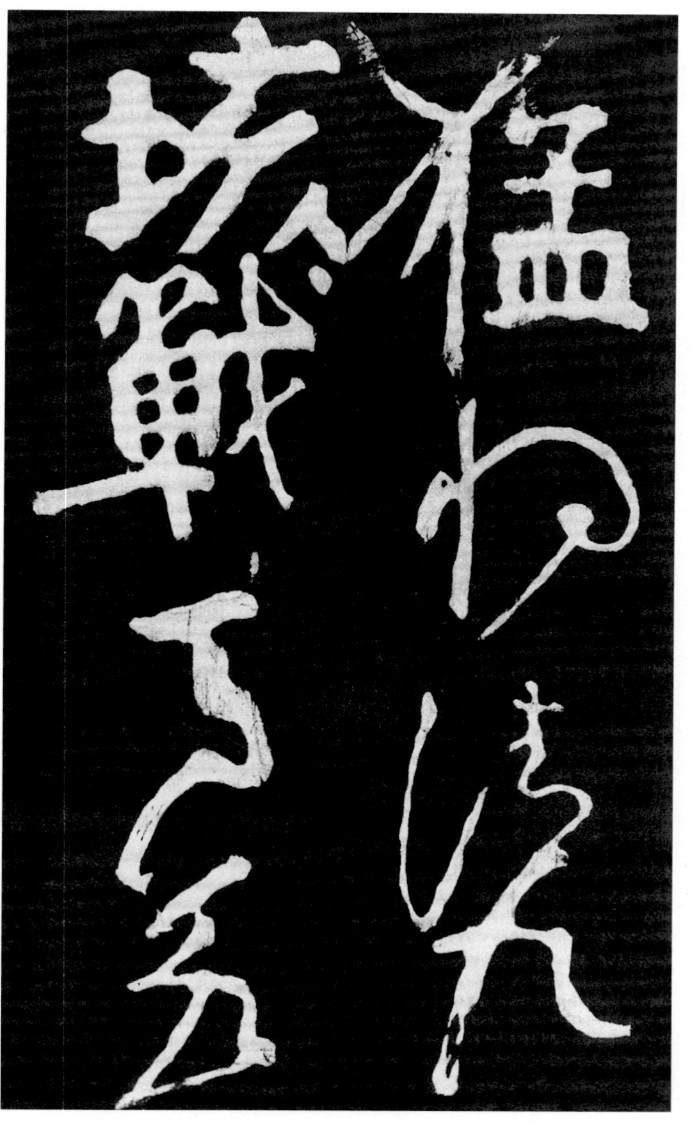

顏真卿「送裴將軍詩」（部分）——裴將軍名旻（音珉），善舞劍，當時號稱李白詩歌、裴旻劍舞、張旭草書為唐代「三絕」。

笑傲江湖

大字版

④孤山梅莊

金庸

大字版金庸作品集㊿

笑傲江湖 (4)孤山梅莊 「公元2006年金庸新修版」

The Smiling, Proud Wanderer, Vol. 4

作　　者／金　庸

封面設計／唐壽南　內頁插畫／王司馬

發 行 人／王 榮 文
出版・發行／遠流出版事業股份有限公司
臺北市中山北路一段11號13樓
電話／2571-0297　**傳真**／2571-0197　**郵撥**／0189456-1

□2006年 8 月16日　初版一刷
□2022年 4 月 1 日　二版五刷

大字版　每冊380元（本作品全八冊，共3040元）

〔另有典藏版共36冊（不分售），平裝版共36冊，新修版共36冊，新修文庫版共72冊〕

ISBN　978-957-32-8112-2（**套：大字版**）
ISBN　978-957-32-8107-8（**第四冊：大字版**）
Printed in Taiwan

YLib 遠流博識網
http://www.ylib.com　E-mail:ylib@ylib.com

目錄

小舟艙中躍出一個女子，站在船頭，身穿藍布印白花衫褲，自胸至膝圍一條繡花圍裙，色彩燦爛，金碧輝煌。那女子臉帶微笑，瞧她裝束，絕非漢家女子。

一六　注血

桃谷六仙胡說八道聲中，坐船解纜拔錨，向黃河下游駛去。其時曙色初現，曉霧未散，河面上一團團白霧罩在滾滾濁流之上，放眼不盡，令人胸懷大暢。

過了小半個時辰，太陽漸漸升起，照得河水中金蛇亂舞。忽見一艘小舟張起風帆，迎面駛來。其時吹的正是東風，那小舟的青色布帆吃飽了風，溯河而上。青帆上繪著一隻白色的人腳，再駛近時，但見帆上人腳纖纖美秀，顯是一隻女子的素足。

華山羣弟子紛紛談論：「怎地在帆上畫一隻腳，這可奇怪之極了！」桃枝仙道：「這多半是漠北雙熊的船。啊唷，岳夫人、岳姑娘，你們娘兒們可得小心，這艘船上的人講明要吃女人腳。」岳靈珊啐了一口，心中卻也不由得有些驚惶。

小船片刻間便駛到面前，船中隱隱有歌聲傳出。歌聲輕柔，曲意古怪，沒一字可辨，但音調濃膩無方，簡直不像是歌，既似歎息，又似呻吟。歌聲一轉，更像是男女歡好之音，喜樂無限，狂放不禁。華山派一衆青年男女登時忍不住面紅耳赤。

岳夫人罵道：「那是甚麼妖魔鬼怪？」

小舟中忽有一個女子聲音膩聲道：「華山派令狐冲公子可在船上？」岳夫人低聲道：「冲兒，別理她！」那女子說道：「咱們好想見見令狐公子的模樣，行不行呢？」聲音嬌柔宛轉，蕩人心魄。

只見小舟艙中躍出一個女子，站在船頭，身穿藍布印白花衫褲，自胸至膝圍一條繡花圍裙，色彩燦爛，金碧輝煌，耳上垂一對極大的黃金耳環，足有酒杯口大小。那女子約莫廿三四歲年紀，肌膚微黃，雙眼極大，黑如點漆，腰中一根彩色腰帶爲疾風吹而向前，雙腳卻是赤足。這女子風韻雖也甚佳，但聞其音而見其人，卻覺聲音之嬌美，遠過於其容貌了。那女子臉帶微笑，瞧她裝束，絕非漢家女子。

頃刻之間，華山派坐船順流而下，和那小舟便要撞上，那小舟一個轉折，掉過頭來，風帆跟著卸下，便和大船並肩順流下駛。

岳不羣陡然想起一事，朗聲問道：「這位姑娘，可是雲南五仙教藍教主屬下嗎？」

那女子格格一笑，柔聲道：「你倒有眼光，只不過猜對了一半。我是雲南五仙教的，卻不是藍教主屬下。」

岳不羣站到船頭，拱手道：「在下岳不羣，請教姑娘貴姓，河上枉顧，有何見教？」那女子笑道：「苗家女子，不懂你拋書袋的說話，你再說一遍。」岳不羣道：「請問姑娘，你姓甚麼？」那女子笑道：「你早知道我姓甚麼了，又來問我。」岳不羣道：「在下不知姑娘姓甚麼，這才請教。」那女子笑道：「你這麼大年紀啦，鬍子也這麼長了，明明知道我姓甚麼，偏偏又要賴。」這幾句話頗爲無禮，不過言笑晏晏，神色可親，不含絲毫敵意。岳不羣道：「姑娘取笑了。」那女子笑道：「岳掌門，你姓甚麼啊？」

岳不羣道：「姑娘知道在下姓岳，卻又明知故問。」岳夫人聽那女子言語輕佻，低聲道：「別理睬她。」岳不羣左手伸到自己背後，搖了幾搖，示意岳夫人不可多言。

桃根仙道：「岳先生在背後搖手，那是甚麼意思？嗯，岳夫人叫他不可理睬那個女子，岳先生卻見那女子既美貌，又風騷，偏偏不聽老婆的話，非理睬她不可。」

那女子笑道：「多謝你啦！你說我既美貌，又風甚麼的，我們苗家女子，那有你們漢人的小姐太太們生得好看？」似乎她不懂「風騷」二字中含有污蔑之意，聽人讚她美貌，登時容光煥發，十分歡喜，向岳不羣道：「你知道我姓甚麼了，爲甚麼卻又明知故問？」

桃幹仙道：「岳先生不聽老婆的話，有甚麼後果？」桃花仙道：「後果必定不妙。」桃幹仙道：「岳先生人稱『君子劍』，原來也不是眞的君子，早知道人家姓甚麼了，偏偏明知故問，沒話找話，跟人家多對答幾句也是好的。」

岳不羣給桃谷六仙說得甚是尷尬，心想這六人口沒遮攔，不知更將有多少難聽的話說出來，給一衆男女弟子聽在耳中，算甚麼樣子？可又不能和他們當眞，當即向那女子拱了拱手，道：「便請拜上藍教主，說道華山岳不羣請問他老人家安好。」

那女子睜著一對圓圓的大眼，眼珠骨溜溜的轉了幾轉，滿臉詫異之色，問道：「你爲甚麼叫我『老人家』，難道我已經很老了嗎？」

岳不羣大吃一驚，道：「姑娘……你……你便是五仙教……藍教主……」

他知五仙教是個極爲陰毒狠辣的教派，「五仙」云云，只是美稱，江湖中人背後提起，都稱之爲五毒教。其實百餘年前，這教派的眞正名稱便叫作五毒教，創教教祖和教中重要人物，都是雲貴川湘一帶的苗人。後來有幾個漢人入了教，說起「五毒」二字不雅，這才改爲「五仙」。這五仙教善於使瘴、使蠱、使毒，與「百藥門」南北相稱。五仙教中教衆以苗人爲多，使毒的心計不及百藥門，然而詭異古怪之處，卻尤爲匪夷所思。江湖中人傳言，百藥門使毒，雖使人防不勝防，可是中毒之後，細推其理，終於能恍然大悟。但中了五毒教的毒後，即使下毒者細加解釋，往往還是令人難以相信，其詭秘奇特，實非常理所能測度。

那女子笑道：「我便是藍鳳凰，你不早知道了麼？我跟你說，我是五仙教的，可不是藍教主的屬下。五仙教中，除了藍鳳凰自己，又有那一個不是藍鳳凰的屬下？」說著格格格的笑了起來。

桃谷六仙拊掌大笑，齊道：「岳先生眞笨，人家明明跟他說了，他還是纏夾不淸。」

岳不羣只知五仙敎的教主姓藍，聽她這麼說，才知叫做藍鳳凰，瞧她一身花花綠綠的打扮，的確便如是一頭鳳凰似的。其時漢人士族女子，閨名深加隱藏，直到結親下聘，夫家行「問名」之禮，纔能告知。武林中雖不如此拘泥，卻也決沒將姑娘家的名字隨口亂叫的。這苗家女子竟在大河之上當衆自呼，絲毫無忸怩之態，只是她神態雖落落大方，語音卻仍嬌媚之極。然她不過二十多歲年紀，竟能是一個知名大敎的教主，未免令人驚詫。

岳不羣拱手道：「原來是藍教主親身駕臨，岳某多有失敬，不知藍教主有何見敎？」

藍鳳凰笑道：「我瞎字不識，教你甚麼啊？除非你來教我。瞧你這副打扮模樣，倒眞像是位教書先生，你想教我讀書，是不是？我笨得很，你們漢人鬼心眼兒多，我可學不會。」

岳不羣心道：「不知她是裝傻，還是眞的不懂『見教』二字。瞧她神情，似乎不是裝模作樣。」便道：「藍教主，你有甚麼事？」

藍鳳凰笑道：「令狐冲是你師弟呢，還是你徒弟？」岳不羣道：「是在下的弟子。」

藍鳳凰道：「嗯，我想瞧瞧他成不成？」岳不羣道：「小徒正在病中，神智未曾淸醒，大河之上，不便拜見教主。」

藍鳳凰睜大了一雙圓圓的眼睛，奇道：「拜見？我不是要他拜見我啊，他又不是我五仙教屬下，幹麼要他拜我？再說，他是人家……嘻嘻……人家的好朋友，他就是要拜我，我也不敢當啊。聽說他割了兩大碗自己的血，去給老頭子的女兒喝，救那姑娘的性命。這樣有情有義之人，咱們苗家女子最是佩服，因此我要見見。」

岳不羣沉吟道：「這個……這個……」藍鳳凰道：「他身上有傷，我是知道的，又割出了這許多血。不用叫他出來了，我自己過來罷。」岳不羣忙道：「不敢勞動教主大駕。」藍鳳凰格格一笑，說道：「甚麼大駕小駕？」輕輕一躍，縱身上了華山派坐船的船頭。

岳不羣見她身法輕盈，卻也不見得有如何了不起的武功，當即退後兩步，擋住了船艙入口，心下好生爲難。他素知五仙教十分難纏，施毒妙技神出鬼沒，跟這等邪教拚鬥，不能全仗眞實武功，一上來他對藍鳳凰十分客氣，便是爲此；又想起昨晚那兩名百藥門門人的說話，說他們跟蹤華山派是受人之託，物以類聚，多半便是受了五毒教之託。五毒教卻爲甚麼要跟華山派過不去？五毒教是江湖上一大教派，聲勢浩大，教主親臨，在理不該阻擋，可是如讓這樣一個周身都是千奇百怪毒物之人進入船艙，可也眞的放心不下。他並不讓開，叫道：「冲兒，藍教主要見你，快出來見過。」心想叫令狐冲出來在船頭一見，最爲妥善。

令狐冲大量失血，神智兀自未復，雖聽得師父大聲呼叫，只輕聲答應：「是！是！」身子動了幾下，竟坐不起來。

藍鳳凰道：「聽說他受傷甚重，怎麼出來？河上風大，再受了風寒可不是玩的。我進去瞧瞧他。」說著邁步便向艙門口走去。她走上幾步，離岳不羣已不過四尺。岳不羣聞到一陣極濃冽的花香，只得身子微側，藍鳳凰已走進船艙。

外艙中桃谷五仙盤膝而坐，桃實仙臥在床上。藍鳳凰笑道：「你們是桃谷六仙嗎？我是五仙教教主，你們是桃谷六仙。大家都是仙，是自家人啊。」桃根仙道：「不見得，我們是眞仙，你是假仙。」桃幹仙道：「就算你也是眞仙。我們是六仙，比你多了一仙。」藍鳳凰笑道：「要比你們多一仙，那也容易。」桃葉仙道：「怎麼能多上一仙？你的教改稱七仙教麼？」藍鳳凰道：「我們只有五仙，沒有七仙。可是叫你們桃谷六仙變成四仙，不就比你們多了一仙麼？」桃花仙怒道：「叫桃谷六仙變成四仙，你要殺死我們二人？」藍鳳凰笑道：「殺也可以，不殺也可以。聽說你們是令狐公子的朋友，那就不殺好了，不過你們不能吹牛皮，說比我五仙教還多一仙。」桃幹仙叫道：「偏要吹牛皮，你又怎樣？」

一瞬之間，桃根、桃幹、桃葉、桃花四人已同時抓住了她手足，剛要提起，突然四人齊聲驚呼，鬆手不迭。每人都攤開手掌，呆呆的瞧著掌中之物，臉上神情恐怖異常。

岳不羣一眼見到，不由得全身發毛，背上登時出了一陣冷汗。但見桃根仙、桃幹仙二人掌中各有一條綠色大蜈蚣，桃葉仙、桃花仙二人掌中各有一隻花紋斑斕的大蜘蛛。四隻毒蟲身上都生滿長毛，令人一見便欲作嘔。這四隻毒蟲只微微抖動，並未咬嚙桃谷四仙，倘若已經咬了，事已如此，倒也不再令人生懼，正因將咬未咬，卻制得桃谷四仙不敢稍動。

藍鳳凰隨手一拂，四隻毒蟲都給她收了去，霎時不見，也不知給她藏在身上何處。她不再理會桃谷六仙，又向前行。桃谷六仙嚇得魂飛魄散，再也不敢多口。

令狐冲和華山派一眾男弟子都在中艙。這時中艙和後艙之間的隔板已然拉上，岳夫人和眾女弟子都回入了後艙。

藍鳳凰的眼光在各人臉上打了個轉，走到令狐冲床前，低聲叫道：「令狐公子，令狐公子！」聲音溫柔之極，旁人聽在耳裏，只覺迴腸盪氣，似乎她叫的便是自己，忍不住便要出聲答應。她這兩聲一叫，一眾男弟子倒有一大半面紅過耳，全身微顫。

令狐冲緩緩睜眼，低聲道：「你……你是誰？」藍鳳凰柔聲說道：「我是你好朋友的朋友，因此也是你的朋友。」令狐冲「嗯」的一聲，又閉上了眼睛。藍鳳凰道：「令狐公子，你失血雖多，但不用怕，不會死的。」令狐冲昏昏沉沉，並不答話。

藍鳳凰伸手到令狐冲被中，將他右手拉了出來，搭他脈搏，皺了皺眉頭，忽然探頭出艙，一聲唿哨，嘰哩咕嚕的說了好幾句話，艙中諸人均不明其意。

過不多時，四個苗女走了進來，都是十八九歲年紀，穿的一色是藍布染花衣衫，腰中縛一條繡花腰帶，手中都拿著一隻八寸見方的竹織盒子。

岳不羣微微皺眉，心想五仙教門下所持之物，那裏會有甚麼好東西，單是藍鳳凰一人，身上已是蜈蚣、蜘蛛，藏了不少，而且盡皆形色可怖，這四個苗女公然捧了盒子進船，只怕要天下大亂了，可是對方未曾露出敵意，卻又不便出手阻攔。

四名苗女走到藍鳳凰身前，低聲說了幾句。藍鳳凰一點頭，四名苗女便打開了盒子。衆人心下都十分好奇，急欲瞧瞧盒中藏的是甚麼古怪物事，只有岳不羣適才見過桃谷四仙掌中的生毛毒蟲，心想這盒中物事，最好是今生永遠不要見到。

便在頃刻之間，奇事陡生。

只見四個苗女各自捲起衣袖，露出雪白的手臂，跟著又捲起褲管，直至膝蓋以上。華山派一衆男弟子無不看得目瞪口呆，怦怦心跳。

岳不羣暗叫：「啊喲，不好！這些邪教女子要施邪術，以色慾引誘我門下弟子。這藍鳳凰的話聲已如此淫邪，再施展妖法，衆弟子定力不夠，必難抵禦。」不自禁的手按劍柄，心想這些五仙教教徒倘若解衣露體，施展邪法，說不得只好出劍對付。

四名苗女捲起衣袖褲管後，藍鳳凰也慢慢捲起了褲管。

岳不羣連使眼色，命衆弟子退到艙外，以免為邪術所惑，但只勞德諾和施戴子二人退了出去，其餘各人或呆立不動，或退了幾步，又再走回。岳不羣氣凝丹田，運起紫霞神功，臉上紫氣大盛，心想五毒教盤踞天南垂二百年，惡名決非倖致，必有狠毒厲害之極的邪法，此時其教主親身施法，更加非同小可，若不以神功護住心神，只怕稍有疏虞，便著了她道兒。這些苗女赤身露體，不知羞恥為何物，自己著邪中毒後喪了性命，也還罷了，怕的是心神被迷，當衆出醜，華山派和君子劍聲名掃地，可就陷於萬劫不復之境了。

只見四名苗女各從竹盒之中取出一物，蠕蠕而動，果是毒蟲。四名苗女將毒蟲放在自己赤裸的臂上腿上，毒蟲便即附著，並不跌落。岳不羣定睛看去，認出原來並非毒蟲，而是水中常見的吸血水蛭，只是比尋常水蛭大了一倍有餘。四名苗女取了一隻水蛭，又是一隻。藍鳳凰也到苗女的竹盒中取了一隻隻水蛭出來，放在自己臂上腿上，不多一會，五個人臂腿上爬滿了水蛭，總數少說也有一百餘條。

衆人都看得呆了，不知這五人幹的是甚麼古怪玩意。岳夫人本在後艙，聽得中艙中衆人你一聲「啊」，他一聲「噫」，充滿了詫異之情，忍不住輕輕推開隔板，眼見這五個苗女如此情狀，不由得也「啊」的一聲驚呼。

藍鳳凰微笑道：「不用怕，咬不著你的。你……你是岳先生的老婆嗎？聽說你的劍法很好，是不是？」

岳夫人勉強笑了笑，並不答話，她問自己是不是岳先生的老婆，出言太過粗俗，又問自己是否劍法很好，此言若是另一人相詢，對方縱含惡意，也當謙遜幾句，可是這藍鳳凰顯然不大懂得漢人習俗，如說自己劍法很好，未免自大，如說劍法不好，說不定她便信以爲眞，小覷了自己，還是以不答爲上。

藍鳳凰也不再問，只安安靜靜的站著。岳不羣全神戒備，只待這五個苗女一有異動，擒賊擒王，先制住了藍鳳凰再說。船艙中一時誰也不再說話。只聞到華山派衆男弟子粗重的呼吸之聲。過了良久，只見五個苗女臂上腿上的水蛭身體漸漸腫脹，隱隱現出紅色。

岳不羣知道水蛭一遇人獸肌膚，便以口上吸盤牢牢吸住，吮吸鮮血，非得吸飽，決不肯放。水蛭吸血之時，被吸者並無多大知覺，僅略感痲癢，農夫在水田中耕種，往往給水蛭釘在腿上，吸去不少鮮血而不自知。他暗自沉吟：「這些妖女以水蛭吸血，不知是何用意？多半五仙教徒行使邪法，須用自己鮮血。看來這些水蛭一吸飽血，便是她們行法之時。」

卻見藍鳳凰輕輕揭開蓋在令狐冲身上的棉被，從自己手臂上拔下一隻吸滿了八九成鮮血的水蛭，放上令狐冲頸中的血管。

岳夫人生怕她傷害令狐冲，急道：「喂，你幹甚麼？」拔出長劍，躍入中艙。

岳不羣搖搖頭，道：「不忙，等一下。」

岳夫人挺劍而立，目不轉睛的瞧著藍鳳凰和令狐冲二人。

只見令狐冲頸上那水蛭咬住了他血管，又再吮吸。藍鳳凰從懷中取出一個瓷瓶，拔開瓶塞，伸出右手小指的尖尖指甲，從瓶中挑了些白色粉末，洒了一些在水蛭身上。四名苗女解開令狐冲衣襟，捲起他衣袖褲管，將自己身上的水蛭一隻隻拔下，轉放在他胸腹臂腿各處血管上。片刻之間，一百多隻水蛭盡已附著在令狐冲身上。藍鳳凰不斷挑取藥粉，在每隻水蛭身上分別洒上少些。

說也奇怪，這些水蛭附在五名苗女身上時越吸越脹，這時卻漸漸縮小。

岳不羣恍然大悟，長長舒了口氣，心道：「原來她所行的是轉血之法，以水蛭爲媒介，將她們五人身上的鮮血轉入冲兒體內。這些白色粉末不知是何物所製，竟能逼令水蛭倒吐鮮血，當眞神奇之極。」他想明白了這一點，緩緩放鬆了本來緊握著劍柄的手指。

岳夫人也輕輕還劍入鞘，本來繃緊著的臉上現出了笑容。

船艙中雖仍寂靜無聲，但和適才惡鬥一觸即發的氣勢卻已大不相同。更加難得的是，居然連桃谷六仙也瞧得驚詫萬分，張大了嘴巴，合不攏來。六張嘴巴既然都張大了合不攏，自然也無法議論爭辯了。

又過了一會，只聽得嗒的一聲輕響，一條吐乾了腹中血液的水蛭掉在船板上，扭曲了幾下，便即僵死。一名苗女拾了起來，從窗口拋入河中。水蛭一條條投入河中，不到一頓飯時分，水蛭拋盡，令狐冲本來焦黃的臉孔上卻微微有了些血色。那一百多條水蛭所吸而轉注入令狐冲體內的鮮血，總數當逾一大碗，雖不能補足他所失之血，卻已令他轉危為安。

岳不羣和岳夫人對望了一眼，均想：「這苗家女子以一教之尊，居然不惜以自身鮮血補入冲兒體內。她和冲兒素不相識，決非對他有了情意。她自稱是冲兒好朋友的朋友，冲兒幾時又結識下這樣大有來頭的一位朋友？」

藍鳳凰見令狐冲臉色好轉，再搭他脈搏，察覺振動加強，心下甚喜，柔聲問道：「令狐公子，你覺得怎樣？」

令狐冲於一切經過雖非全部明白，卻也知這女子是在醫治自己，但覺精神已好得多，說道：「多謝姑娘，我……我好得多了。」藍鳳凰道：「你瞧我老不老？是不是很老了？」

令狐冲道：「誰說你老了？你自然不老。要是你不生氣，我就叫你一聲妹子啦。」

藍鳳凰大喜，臉色便如春花初綻，大增嬌艷之色，微笑道：「你眞好。怪不得，怪不得，這個不把天下男子瞧在眼裏的人，對你也會這樣好，所以啦……唉……」令狐冲笑道：「你倘若眞的說我好，幹麼不叫我『令狐大哥』？」藍鳳凰臉上微微一紅，叫道：

「令狐大哥。」令狐冲笑道：「好妹子，乖妹子！」

他生性倜儻，不拘小節，與素以「君子」自命的岳不羣大不相同。他神智略醒，便知藍鳳凰喜歡別人道她年輕美貌，聽她直言相詢，眼見她年紀和自己相若，卻也張口叫她「妹子」，心想她出力相救自己，該當讚上幾句，以資報答。果然藍鳳凰一聽之下，十分開心。

岳不羣和岳夫人都不禁皺起眉頭，均想：「冲兒這傢伙浮滑無聊，當眞難以救藥。平一指說他已不過百日之命，此時連一百天也沒有了，一隻腳已踏進了棺材，剛清醒得片刻，便和這等淫邪女子胡言調笑。」

藍鳳凰道：「大哥，適才這轉血之法，並不是每個人都能做到，有些人的血沒法轉到你身上，那水蛭一咬到血，便即掉下，可轉不進去。我們五人都是幾百人中挑選出來的，我們身上的血，轉給誰都行。大哥，你想吃甚麼？我去拿些點心給你吃，好不好？」令狐冲道：「點心倒不想吃，只是想喝酒。」藍鳳凰道：「這個容易，我們有自釀的『五寶花蜜酒』，你倒試試看。」嘰哩咕嚕的說了幾句苗語。

兩名苗女應命而去，從小舟取過八瓶酒來，開了其中一瓶，登時滿船花香酒香。

令狐冲道：「好妹子，你這酒嘛，花香太重，蓋住了酒味，那是女人家喝的酒。」

藍鳳凰笑道：「花香非重不可，否則有毒蛇的腥味。」令狐冲奇道：「酒中有毒蛇腥味？」藍鳳凰道：「是啊。我這酒叫作『五寶花蜜酒』，自然要用『五寶』了。」令狐冲問道：「甚麼叫『五寶』？」藍鳳凰道：「五寶是我們教裏的五樣寶貝，你瞧瞧罷。」說著端過兩隻空碗，倒轉酒瓶，將瓶中的酒倒了出來，只聽得咚咚輕響，有幾條小小物事隨酒落入碗中。

好幾名華山弟子見到，登時駭聲而呼。

她將酒碗拿到令狐冲眼前，只見酒色極清，純白如泉水，酒中浸著五條小小毒蟲，一是青蛇，一是蜈蚣，一是蜘蛛，一是蝎子，另有一隻小蟾蜍。令狐冲嚇了一跳，問道：「酒中爲甚麼放這……這種毒蟲？」藍鳳凰哼了一聲，說道：「這是五寶，別毒蟲……毒蟲的亂叫。令狐大哥，你敢不敢喝？」令狐冲苦笑道：「這……五寶，我可有些害怕。」

藍鳳凰拿起酒碗，喝了一大口，笑道：「我們苗人的規矩，倘若請朋友喝酒吃肉，朋友不喝不吃，那朋友就不是朋友啦。」

令狐冲接過酒碗，骨嘟骨嘟的將一碗酒都喝下肚中，連那五條毒蟲也一口吞下。他膽子雖大，卻也不敢去咀嚼其味了。

藍鳳凰大喜，伸手摟住他頭頸，便在他臉頰上親了兩親，她嘴唇上搽的胭脂在令狐冲臉上印了兩個紅印，笑道：「這才是好哥哥呢。」令狐冲一笑，一瞥眼間見到師父嚴厲的眼色，心中一驚，暗道：「糟糕，糟糕！我大膽妄爲，在師父師娘跟前這般胡鬧，非給師父痛罵一場不可。小師妹可又更加瞧我不起了。」

藍鳳凰又開了一瓶酒，斟在碗裏，連著酒中所浸的五條小毒蟲，送到岳不羣面前，笑道：「岳先生，我請你喝酒。」

岳不羣見到酒中所浸蜈蚣、蜘蛛等一干毒蟲，已然噁心，跟著便聞到濃冽的花香之中隱隱混著難以言宣的腥臭，忍不住便欲嘔吐，左手伸出，便往藍鳳凰持碗的手推去。不料藍鳳凰竟並不縮手，眼見自己手指便要碰到她手背，急忙縮回。藍鳳凰笑道：「怎地做師父的反沒徒兒大膽？華山派的衆位朋友，那一個喝了這碗酒？喝了可大有好處。」

霎時之間舟中寂靜無聲。藍鳳凰一手舉著酒碗，卻沒人接口。藍鳳凰嘆了口氣道：「華山派中除了令狐冲外，再沒第二個英雄好漢了？」

忽聽得一人大聲道：「給我喝！」卻是林平之。他走上幾步，伸手便要去接酒碗。

藍鳳凰雙眉一軒，笑道：「原來……」岳靈珊叫道：「小林子，你吃了這髒東西，就算不毒死，以後也別想我再來睬你。」藍鳳凰將酒碗遞到林平之面前，笑道：「你喝了罷！」林平之囁嚅道：「我……我不喝了。」聽得藍鳳凰長聲大笑，不由得脹紅了臉，道：「我不喝這酒，可……可不是怕死。」

藍鳳凰笑道：「我當然知道，你是怕這美貌姑娘從此不睬你。你不是膽小鬼，你是多情漢子，哈哈，哈哈！」走到令狐冲身前，說道：「大哥，回頭見。」將酒碗在桌上一放，一揮手。四個苗女拿了餘下的六瓶酒，跟著她走出船艙，縱回小舟。

只聽得甜膩的歌聲飄在水面，順流向東，漸遠漸輕，那小舟搶在頭裏，遠遠的去了。

岳不羣皺眉道：「將這些酒瓶酒碗都摔入河中。」林平之應道：「是！」走到桌邊，手指剛碰到酒瓶，只聞奇腥衝鼻，身子一晃，站立不定，忙伸手扶住桌邊。岳不羣登時省悟，叫道：「酒瓶上有毒！」衣袖拂出，勁風到處，將桌上的酒瓶酒碗，一古腦兒送出窗去，摔在河裏；驀地裏胸口一陣煩惡，強自運氣忍住，卻聽得哇的一聲，林平之已大吐起來。

跟著這邊廂哇的一聲，那邊廂又是哇的一響，人人都捧腹嘔吐，連桃谷六仙和船稍的船公水手也均不免。岳不羣強忍了半日，終於再也忍耐不住，也便嘔吐起來。各人嘔了良久，雖已將胃中食物吐了個乾乾淨淨，再無剩餘，嘔吐卻仍不止，不住的嘔出酸水。到後來連酸水也沒有了，仍覺喉癢心煩，肚裏悶惡，難過之極，均覺腹中倘若有物可吐，反比這等空嘔舒服得多。船中前前後後數十人，只令狐冲一人不嘔。

桃實仙道：「令狐冲，那妖女對你另眼相看，給你服了解藥。」令狐冲道：「我沒服解藥啊。難道那碗毒酒便是解藥？」桃根仙道：「誰說不是呢？那妖女見你生得俊，喜歡了你啦。」桃枝仙道：「我說不是因爲他生得俊，而是因爲他讚那妖女年輕貌美，又叫她好妹子。早知這樣，我也叫她幾聲，又不吃虧。」桃花仙道：「那也要他有膽量喝那毒酒，吞了那五條毒蟲。」桃葉仙道：「他雖不嘔，焉知不是腹中有了五條毒蟲之後，中毒更深？」桃幹仙道：「啊喲，不得了！令狐冲喝那碗毒酒，咱們沒加阻攔，倘若因此斃命，平一指追究起來，那便如何是好？」桃根仙道：「平一指說他本來就快死的，早死了幾天，有甚麼要緊？」桃花仙道：「令狐冲不要緊，我們就要緊了。」桃實仙道：「那也不要緊，咱們高飛遠走，那平一指身矮腿短，諒他也追咱們不著。」桃谷六仙不住作嘔，卻也不捨得少說幾句。

岳不羣眼見駕船的水手作嘔不止，座船在大河中東歪西斜，甚是危險，當即縱到後稍，把住了舵，將船向南岸駛去。他內功深厚，運了幾次氣，胸中煩惡之意漸消。

座船慢慢靠岸，岳不羣縱到船頭，提起鐵錨摔到岸邊。這隻鐵錨無慮二百來斤，要兩名水手才抬得動。船夫見岳不羣是個文弱書生，不但將這大鐵錨一手提起，而且一拋數丈，不禁爲之咋舌，不過咋舌也沒多久，跟著又張嘴大嘔。

衆人紛紛上岸，跪在水邊喝滿了一腹河水，又嘔將出來，如此數次，這才嘔吐漸止。

這河岸是個荒僻所在，但遙見東邊數里外屋宇鱗比，是個市鎮。岳不羣道：「船中餘毒未淨，乘坐不得的了。咱們到那鎮上再說。」桃幹仙指著令狐冲，桃枝仙指著桃實仙，衆人齊往那市鎮行去。

到得鎮上，桃幹仙和桃枝仙當先走進一家飯店，將令狐冲和桃實仙往椅上一放，叫道：「拿酒來，拿菜來，拿飯來！」

令狐冲一瞥間，見店堂中端坐著一個矮小道人，正是青城派掌門余滄海，不禁一怔。這青城掌門顯是身處重圍。他坐在一張小桌旁，桌上放著酒壺筷子，三碟小菜，一柄閃閃發光的出鞘長劍。圍著那張小桌的卻是七條長凳，每條凳上坐著一人。這些人有男有女，貌相都頗兇惡，各人凳上均置有兵刃。七人一言不發，凝視余滄海。那青城掌門甚爲鎮定，左手端起酒杯飲酒，衣袖竟沒絲毫顫動。

桃根仙道：「這矮道人心中在害怕。」桃枝仙道：「他當然在害怕，七個打一個，他非輸不可。」桃幹仙道：「他如不怕，幹麼左手舉杯，不用右手？當然是要空著右手，以備用劍。」余滄海哼了一聲，將酒杯從左手交到右手。桃花仙道：「他聽到二哥的說話，可是眼睛不敢向二哥瞄上一瞄，那就是害怕。他倒不是怕二哥，而是怕一個疏神，七個敵人同時進攻，他就得給分成七塊。」桃枝仙道：「錯了，七個人出刀出劍，矮道人分成八塊，不是七塊。」桃葉仙格的一笑，說道：「這矮道人本就矮小，分成八塊，豈不是更加矮小？」

令狐冲對余滄海雖大有芥蒂，但眼見他強敵環伺，不願乘人之危，說道：「六位桃兄，這位道長是青城派的掌門。」桃根仙道：「是青城派掌門便怎樣？是你的朋友麼？」令狐冲道：「在下不敢高攀，不是我的朋友。」桃幹仙道：「不是你朋友便好辦。咱們有一場好戲看。」桃花仙拍桌叫道：「快拿酒來！老子要一面喝酒，一面瞧人把矮道人切成九塊。」桃葉仙道：「剛才說八塊，怎麼又是九塊？」桃花仙道：「你瞧那頭陀使兩柄虎頭彎刀，他一個人要多切一塊。」桃枝仙道：「也不見得，這些人有的使狼牙錘，有的使金拐杖，那又怎麼切法？」

令狐冲道：「大家別說話，咱們兩不相幫，可是也別分散了青城派掌門余觀主的心神。」桃谷六仙不再說話，笑嘻嘻、眼睜睜的瞧著余滄海。令狐冲卻逐一打量圍住他的七人。

只見一個頭陀長髮垂肩，頭上戴著個閃閃發光的銅箍，束著長髮，身邊放著一對彎成半月形的虎頭戒刀。他身旁是個五十來歲的婦人，頭髮花白，滿臉晦氣之色，身畔放的是一柄兩尺來長的短刀。再過去是一僧一道，僧人身披血也似紅的僧衣，身邊放著一缽一鈸，均是純鋼所鑄，鋼鈸的邊緣鋒銳異常，顯是一件厲害武器；那道人身材高大，長凳上放的是個八角狼牙錘，看上去斤兩不輕。道人右側的長凳上箕踞著一個中年化子，頭頸和肩頭盤了兩條青蛇，蛇頭作三角之形，長信伸縮不已。其餘二人是一男一女，男的瞎了左眼，女的瞎了右眼，兩人身邊各倚一條拐杖，杖身燦然發出黃澄澄之色，杖身甚粗，倘若眞是黃金所鑄，份量著實沉重，這一男一女都是四十來歲年紀，服飾情狀便是江湖上尋常的落魄男女，卻攜了如此貴重的拐杖，透著說不出的詭異。

只見那頭陀目露兇光，緩緩伸出雙手，握住了一對戒刀的刀柄。那乞丐從頸中取下一條青蛇，盤在臂上，蛇頭對準了余滄海。那和尙拿起了鋼鈸。那道人提起了狼牙錘。那中年婦人也將短刀拿在手中。眼見各人便要同時進襲。

余滄海哈哈一笑，說道：「倚多爲勝，原是邪魔外道的慣技，我余滄海又有何懼？」

那眇目男子忽道：「姓余的，我們並不想殺你。」那眇目女子道：「不錯，你只須將辟邪劍譜乖乖交了出來，我們便客客氣氣的放你走路。」

岳不羣、令狐冲、林平之、岳靈珊等聽她突然提到《辟邪劍譜》，都是一怔，沒料想到這七人圍住了余滄海，竟是要向他索取辟邪劍譜。四人你向我瞧一眼，我向你瞧一眼，均想：「難道辟邪劍譜是落在余滄海手中？」

那中年婦人冷冷的道：「跟這矮子多說甚麼，先宰了他，再搜他身上。」眇目女子道：「說不定他藏在甚麼隱僻之處，宰了他而搜不到劍譜，豈不糟糕？」那中年婦人嘴巴一扁，道：「搜不到便搜不到，也不見得有甚麼糟糕。」她說話時含糊不清，大爲漏風，原來滿口牙齒已落了大半。

眇目女子道：「姓余的，我勸你好好的獻了出來。這劍譜又不是你的，在你手中已有這許多日子，你讀也讀熟了，背也背得出了，死死的霸著，又有何用？」

余滄海一言不發，氣凝丹田，全神貫注。

便在此時，忽聽得門外有人哈哈哈的笑了幾聲，走進一個眉花眼笑的人來。這人身穿繭綢長袍，頭頂半禿，卻禿得晶光滑溜，一部黑鬚，肥肥胖胖，滿臉紅光，神情和藹可親，左手拿著個翡翠鼻煙壺，右手則是一柄尺來長的摺扇，衣飾華貴，是個富商模樣。他進店後見到衆人，一怔之下笑容立斂，但立即哈哈哈的笑了起來，拱手道：「幸會，幸會！想不到當世的英雄好漢，都聚集到這裏了。當眞三生有幸。」

這人向余滄海道：「甚麼好風把青城派余觀主吹到河南來啊？久聞青城派『松風劍法』是武林中一絕，今日咱們多半可以大開眼界了。」余滄海全神運功，不加理睬。

這人向眇目的男女拱手笑道：「好久沒見『桐柏雙奇』在江湖上行走了，這幾年可發了大財哪。」那眇目男子微微一笑，說道：「那裏有游大老闆發的財大。」這人哈哈連笑三聲，道：「兄弟是空場面，左手來，右手去，單是兄弟的外號，便可知兄弟只不過面子上好看，內裏卻空虛得很。」

桃枝仙忍不住問道：「你的外號叫甚麼？」那人向桃枝仙瞧去，見桃谷六仙形貌奇特，卻認不出他六人來歷，嘻嘻一笑，道：「兄弟名叫游迅，有個挺難聽的外號，叫作『滑不留手』。大家說兄弟愛結交朋友，爲了朋友，兄弟是千金立盡，毫不吝惜，雖然賺得錢多，金銀卻在手裏留不住。」那眇目男子道：「這位游朋友，好像另外還有一個外號。」游迅笑道：「是麼？兄弟怎地不知？」

突然有個冷冷的聲音說道：「油浸泥鰍，滑不留手。」聲音漏風，自是那少了一半牙齒的婦人在說話了。

桃花仙叫道：「那不得了，泥鰍已滑溜之極，再用油來一浸，又有誰能抓得他住？」游迅笑道：「這是江湖上朋友抬愛，稱讚兄弟的輕功造詣不差，好像泥鰍一般敏捷，其實慚愧得緊，這一點微末功夫，實在不足掛齒。張夫人，你老人家近來清健。」說著深深一揖。那中年婦人張夫人白了他一眼，喝道：「油腔滑調，給我走開些。」這游迅脾氣極好，一點也不生氣，向那乞丐道：「雙龍神丐嚴兄，你那兩條青龍可越來越矯捷活潑了。」那乞丐名叫嚴三星，外號本來叫作「雙蛇惡乞」，但游迅卻隨口將他叫作「雙龍神丐」，嚴三星本來極爲兇悍，一聽之下，臉上也不由得露出了笑容。

游迅也認得長髮頭陀仇松年、僧人西寶、道人玉靈，隨口捧了幾句。他嘻嘻哈哈，片刻之間，便將劍拔弩張的局面弄得和緩了不少。

忽聽得桃葉仙叫道：「喂，油浸泥鰍，你卻怎地不讚我六兄弟武功高強，本事了得？」游迅笑道：「這個……這個自然要讚的……」豈知他一句話沒說完，雙手雙腳已給桃根、桃幹、桃枝、桃葉四仙抓在手中，將他提了起來，卻沒使勁拉扯。

游迅急忙讚道：「好功夫，好本事，如此武功，古今罕有！」桃谷四仙聽得游迅接連大讚三句，自不願便將他撕成了四塊。桃根仙、桃枝仙齊聲問道：「怎見得我們的武功古今罕有？」游迅道：「兄弟的外號叫作『滑不留手』，老實說，本來是誰也抓不到的。可是四位一伸手，便將兄弟手到擒來，一點不滑，一點不溜，四位手上功夫之厲害，當眞是古往今來，罕見罕聞。兄弟此後行走江湖，定要將六位高人的名號到處宣揚，以便武林中個個知道世上有如此了不起的人物。」桃根仙等大喜，當即將他放下。

張夫人冷冷的道：「滑不留手，名不虛傳。這一回，豈不是又叫人抓住再放了？」游迅道：「這是六位高人的武功太過了得，令人大爲敬仰，只可惜兄弟孤陋寡聞，不知六位前輩名號如何稱呼？」桃根仙道：「我們兄弟六人，名叫『桃谷六仙』。我是桃根仙，他是桃幹仙。」將六兄弟的名號逐一說了。游迅拍手道：「妙極，妙極。這『仙』之一字，和六位的武功再配合沒有，若非如此神乎其技、超凡入聖的功夫，那有資格稱到這一個『仙』字？」桃谷六仙大喜，齊道：「你這人有腦筋，有眼光，是個大大的好人。」

張夫人瞪視余滄海，喝道：「那辟邪劍譜，你到底交不交出來？」余滄海仍不理會。

游迅說道：「啊喲，你們在爭辟邪劍譜？據我所知，這劍譜可不在余觀主手中啊。」

張夫人問道：「那你知道是在誰的手中？」游迅道：「此人大大的有名，說將出來，只怕嚇壞了你。」頭陀仇松年大聲喝道：「快說！你倘若不知，便走開些，別在這裏礙手礙腳！」游迅笑道：「這位師父遮莫多吃了些燒豬烤羊，偌大火氣。兄弟武功平平，消息卻十分靈通。江湖上有甚麼秘密訊息，要瞞過兄弟的千里眼、順風耳，可不大容易。」

桐柏雙奇、張夫人等均知此言倒是不假，這游迅好管閒事，無孔不入，武林中有甚麼他所不知道的事確實不多，眇目女子道：「你賣甚麼關子？快說！」張夫人道：「辟邪劍譜到底是在誰手中？」

游迅笑嘻嘻的道：「各位知道兄弟的外號叫作『滑不留手』，錢財左手來，右手去，這幾天實在窮得要命。各位都是大財主，拔一根寒毛，也比兄弟的腿子粗。兄弟好容易得到一個要緊消息，正是良機千載難逢。常言道得好，寶劍贈烈士，紅粉贈佳人，好消息嘛，自當賣給財主。兄弟所賣的不是關子，而是消息。」

張夫人道：「好，咱們先把余滄海殺了，再逼這游泥鰍說話。上罷！」她「上罷」二字一出口，只聽得叮叮噹噹幾下兵刃迅速之極的相交。張夫人等七人一齊離開了長凳，各挺兵刃和余滄海拆了幾招。七人一擊即退，仍團團圍住了余滄海。只見西寶和尚與頭陀仇松年腿上鮮血直流，余滄海長劍交在左手，右肩上道袍破碎，不知是給誰重重的擊中了一下。

張夫人叫道：「再上！」七人又一齊攻上，叮叮噹噹的響了一陣，七人又再後退，仍將余滄海圍在垓心。

只見張夫人臉上中劍，左邊自眉心至下頦，劃了一道長長口子。余滄海左臂上卻給砍了一刀，左手已沒法使劍，將長劍又再交到右手。玉靈道人一揚狼牙錘，朗聲說道：「余觀主，咱二人是三清一派，勸你投降了罷！」余滄海哼了一聲，低聲咒罵。

張夫人也不去抹臉上鮮血，提起短刀，對準了余滄海，叫道：「再……」

張夫人一個「上」字尚未出口，忽聽得有人喝道：「且慢！」一人幾步搶進圈中，站在余滄海身邊，說道：「各位以七對一，未免太不公道，何況那位游老闆說過，辟邪劍譜確實不在余滄海手中。」這人正是林平之。他自見到余滄海後，目光始終沒離開過他片刻，眼見他雙臂受傷，張夫人等七人這次再行攻上，定然將他亂刀分屍，自己與這人仇深似海，非得手刃此獠不可，決不容旁人將他殺了，當即挺身而出。

張夫人厲聲問道：「你是甚麼人？要陪他送死不成？」林平之道：「陪他送死倒不想。我見這事太過不平，要出來說句公道話。大家不用打了罷。」仇松年道：「將這小子一起宰了。」玉靈道人道：「你是誰？如此膽大妄爲，給人強出頭。」

林平之道：「在下華山派林平之……」

桐柏雙奇、雙蛇惡乞、張夫人等齊聲叫道：「你是華山派的？令狐公子呢？」

令狐冲抱拳道：「在下令狐冲，山野少年，怎稱得上『公子』二字？各位識得我的一個朋友麼？」一路之上，許多高人奇士對他尊敬討好，都說是由於他的一個朋友之故，令狐冲始終猜想不出，到底甚麼時候交上了這樣一位神通廣大的朋友，聽這七人如此說，料想又是衝著這位神奇朋友而賣他面子了。

果然張夫人等七人一齊轉身，向令狐冲恭恭敬敬的行禮。玉靈道人說道：「我們七人得到訊息，日夜不停的趕來，便是要想一識尊範。得在此處拜見，眞好極了。」

余滄海受傷著實不輕，眼見挺身而出替他解圍的居然是林平之，不禁大爲奇怪，但隨即便明白了他用意，見圍住自己的七人都在跟令狐冲說話，此時不走，更待何時，他腿上並未受傷，突然倒縱而出，搶入小飯店後進，從後門飛也似的走了。

嚴三星和仇松年齊聲呼叫，卻顯然已追趕不及。

「滑不留手」游迅走到令狐冲面前，笑道：「兄弟從東方來，聽得不少江湖朋友提到令狐公子的大名，心下好生仰慕。兄弟得知幾十位教主、幫主、洞主、島主要在五霸岡上和公子相會，這就忙不迭的趕來湊熱鬧，想不到運氣眞好，卻搶先見到了公子。放心，不要緊，這次帶上五霸岡的靈丹妙藥，沒一百種也有九十九種，公子所患的小小疾患，何足道哉，何足道哉！哈哈哈，很好，很好！」拉住了令狐冲的手連連搖晃，顯得親熱無比。

令狐冲吃了一驚，問道：「甚麼數十位教主、幫主、洞主、島主？又是甚麼一百種靈丹妙藥？在下可全不明白了。」

游迅笑道：「令狐公子不必過慮，這中間的原由，兄弟便有天大膽子也不敢信口亂說。公子爺儘管放心，哈哈哈，兄弟要是胡說八道，就算公子爺不會見怪，落在旁人耳中，姓游的有幾個腦袋？游迅再滑上十倍，這腦袋瓜子終於也非給人揪下來不可。」

張夫人陰沉沉的道：「你說不敢胡說八道，卻又儘提這事作甚？五霸岡上有甚麼動靜，待會令狐公子自能親眼見到。我問你，那辟邪劍譜，到底是在誰的手裏？」

游迅佯作沒聽見，轉頭向著岳不羣夫婦，笑嘻嘻道：「在下一進門來，見到兩位，心中一直嘀咕：這位相公跟這位夫人相貌清雅，氣度不凡，卻是那兩位了不起的武林高人？兩位跟令狐公子在一起，那必是華山派掌門、大名鼎鼎的『君子劍』岳先生夫婦了。」

岳不羣微微一笑，說道：「不敢。」

游迅道：「常言道：有眼不識泰山。小人今日是有眼不識華山。最近岳先生一劍刺瞎一十五名強敵，名震江湖，小人佩服得五體投地。好劍法！好劍法！」他說得眞切，有如親眼目睹。岳不羣哼了一聲，臉上閃過一陣陰雲。游迅又道：「岳夫人寧女俠……」

張夫人喝道：「你囉裏囉唆的，有個完沒有？快說！是誰得了辟邪劍譜？」她聽到岳不羣夫婦的名字，竟似渾不在意下。

游迅笑嘻嘻的伸出手來，說道：「給一百兩銀子，我便說給你聽。」

張夫人呸的一聲，道：「你前世就沒見過銀子？甚麼都是要錢，要錢，要錢！」桐柏雙奇的眇目男子從懷中取出一錠銀子，向游迅投了過去，道：「一百兩只多不少，快說！」游迅接過銀子，在手中掂了掂，說道：「這就多謝了。來，咱們到外邊去，我跟你說。」那眇目男子道：「為甚麼到外邊去？你就在這裏說好了，好讓大家聽聽。」眾人齊道：「是啊，是啊！幹麼鬼鬼祟祟的？」游迅連連搖頭，說道：「不成，不成！我要一百兩銀子，是每人一百兩，可不是將這個大消息只賣一百兩銀子。如此大賤賣，世上焉有此理？」

那眇目男子右手一擺，仇松年、張夫人、嚴三星、西寶僧等都圍將上來，霎時間將游迅圍在垓心，便如適才對付余滄海一般。張夫人冷冷的道：「這人號稱滑不留手，對付他可不能用手，大家使兵刃。」玉靈道人提起八角狼牙錘，在空中呼的一聲響，劃了個圈子，說道：「不錯，瞧他的腦袋是不是滑不留錘。」眾人瞧瞧他錘上的狼牙尖銳鋒利，閃閃生光，再瞧瞧游迅的腦袋細皮白肉，油滋烏亮，都覺他的腦袋不見得前程遠大。

游迅道：「令狐公子，適才貴派一位少年朋友，片言為余觀主解圍，公子卻何以對游某人身遭大難，猶似不聞不見？」

令狐冲道：「你如不說辟邪劍譜的所在，在下也只好捧手要對老兄不大客氣了。」說到這裏，心中一酸，情不自禁的向岳靈珊瞧了一眼，心想：「連你，也冤枉我取了小林子的劍譜。」

張夫人等七人齊聲歡呼，叫道：「妙極，妙極！請令狐公子出手。」

游迅嘆了口氣，道：「好，我說就是，你們各歸各位啊，圍著我幹甚麼？」張夫人道：「對付滑不留手，只好加倍小心些。」游迅嘆道：「這叫做自作孽，不可活。我游迅爲甚麼不等在五霸岡上看熱鬧，卻自己到這裏送死？」張夫人道：「你到底說不說？」

游迅道：「我說，我說，我爲甚麼不說？咦，東方教主，你老人家怎地大駕光臨？」他最後這兩句說得聲音極響，同時目光向著店外西首直瞪，臉上充滿了不勝駭異之情。

衆人一驚之下，都順著他眼光向西瞧去，只見長街上一人慢慢走近，手中提了一隻菜簍子，乃是個市井菜販，怎麼會是威震天下的東方不敗東方教主？衆人回過頭來，游迅卻已不知去向，這才知道是上了他的大當。張夫人、仇松年、玉靈道人都破口大罵，情知他輕功了得，爲人又極精靈，既已脫身，就再難捉得他住。

令狐冲大聲道：「原來那辟邪劍譜是游迅得了去，眞料不到是在他手中。」衆人齊問：「當眞？是在游迅手中？」令狐冲道：「那當然是在他手中了，否則他爲甚麼堅不吐實，卻又拚命逃走？」他說得聲音極響，到後來已感氣衰力竭。

忽聽得游迅在門外大聲道：「令狐公子，你幹麼要冤枉我？」隨即走進門來。

張夫人等大喜，立即又將他圍住。玉靈道人笑道：「你中了令狐公子的計也！」游迅愁眉苦臉，道：「不錯，倘若這句話傳將出去，說道游迅得了辟邪劍譜，游某人今後那裏還有一天安寧日子好過？江湖之上，不知有多少人要找游某的麻煩。我便有三頭六臂，也抵擋不住。令狐公子，你眞了得，只一句話，便將滑不留手捉了回來。」

令狐冲微微一笑，心道：「我有甚麼了得？只不過我也曾給人這麼冤枉過而已。」不禁又向岳靈珊瞧去。岳靈珊也正在瞧他。兩人目光相接，都臉上一紅，迅速轉頭。

張夫人道：「游老兄，剛才你是去將辟邪劍譜藏了起來，免得給我們搜到，是不是？」游迅叫道：「苦也，苦也！張夫人，你這麼說，存心是要游迅的老命了。各位請想，那辟邪劍譜若是在我手中，游迅必定使劍，而且一定劍法極高，何以我身上一不帶劍，二不使劍，三來武功又是奇差呢？」衆人一想，此言倒也不錯。

桃根仙道：「你得到辟邪劍譜，未必便有時候去學；就算學了，也未必學得會。你身上沒帶劍，或許是給人偷了。」桃幹仙道：「你手中那柄扇子，便是一柄短劍，剛才你這麼一指，就是辟邪劍譜中的劍招。」桃枝仙道：「是啊，大家瞧，他摺扇斜指，明是辟邪劍法第五十九招『指打奸邪』，劍尖指著誰，便是要取誰性命。」

這時游迅手中的摺扇正好指著仇松年。這莽頭陀虎吼一聲，雙手戒刀便向游迅砍過去。游迅身子一側，叫道：「他是說笑，喂！喂！喂！你可別當眞！」噹噹噹噹四聲響，仇松年左右雙刀各砍了兩刀，都給游迅撥開。聽聲音，他那柄摺扇果是純鋼所鑄。

他肥肥白白，一副養尊處優的模樣，身法竟甚敏捷，而摺扇輕輕一撥，仇松年的虎頭彎刀便給盪開在數尺之外，足見武功在那頭陀之上，只身陷包圍之中，不敢反擊而已。

桃花仙叫道：「這一招是辟邪劍法中第三十二招『烏龜放屁』，嗯，這一招架開一刀，是第二十五招『甲魚翻身』。」

令狐冲道：「游先生，那辟邪劍譜倘若不是在你手中，那麼是在誰的手中？」張夫人、玉靈道人等都道：「是啊，快說。是在誰手中？」

游迅哈哈一笑，說道：「我所以不說，只是想多賣幾千兩銀子，你們這等小氣，定要省錢，好，我便說了，只不過你們聽在耳裏，卻癢在心裏，半點也無可奈何。那辟邪劍譜倘若為旁人所得，也還有幾分指望，現下偏偏是在這一位主兒手中，那就……咳咳，這個……」眾人屏息凝氣，聽他述說劍譜得主的名字。

忽聽得馬蹄聲急，夾著車聲轔轔，從街上疾馳而來，游迅乘機住口，側耳傾聽，道：「咦，是誰來了？」玉靈道人道：「快說，是誰得到了劍譜？」游迅道：「我當然是要說的，卻又何必性急？」

只聽車馬之聲到得飯店之外，倏然而止，有個蒼老的聲音說道：「令狐公子在這裏嗎？敝幫派遣車馬，特來迎接大駕。」

令狐冲急欲知道辟邪劍譜的所在，以便消除師父、師娘、眾師弟、師妹對自己的疑心，卻不答覆外面的說話，向游迅道：「有外人到來，快快說罷！」游迅道：「公子鑒諒，有外人到來，這可不便說了。」

忽聽得街上馬蹄聲急，又有七八騎疾馳而至，來到店前，也即止住，一個雄偉的聲音道：「黃老幫主，你是來迎接令狐公子的嗎？」那老人道：「不錯。司馬島主怎地也來了？」那雄偉的聲音哼了一聲，接著腳步聲沉重，一個魁梧之極的大漢走進店來，大聲道：「那一位是令狐公子？小人司馬大，前來迎接公子去五霸岡上和羣雄相見。」

令狐冲只得拱手說道：「在下令狐冲，不敢勞動司馬島主大駕。」那司馬島主道：「小人名叫司馬大，只因小人自幼生得身材高大，因此父母給取了這一個名字。令狐公子叫我司馬大好了，要不然便叫阿大，甚麼島主不島主，阿大可不敢當。」

令狐冲道：「不敢。」伸手向著岳不羣夫婦道：「這兩位是我師父、師娘。」司馬大抱拳道：「久仰。」隨即轉過身來，說道：「小人迎接來遲，公子勿怪。」

岳不羣身爲華山派掌門十餘年，向來極受江湖中人敬重，可是這司馬大以及張夫人、仇松年、玉靈道人等一干人，全都對令狐冲十分恭敬，而對自己這華山派掌門顯然絲毫不以爲意，就算略有敬意，也完全瞧在令狐冲臉上，這等神情流露得十分明顯。這比之當面斥罵，令他尤爲恚怒。但岳不羣修養極好，沒顯出半分惱怒之色。

這時那姓黃的幫主也已走了進來。這人已有八十來歲年紀，一部白鬚，直垂至胸，精神卻甚矍鑠。他向令狐冲微微彎腰，抱拳說道：「令狐公子，小人幫中的兄弟們，就在左近一帶討口飯吃，這次沒好好接待公子，當眞罪該萬死。」

岳不羣心頭一震：「莫非是他？」他早知黃河下游有個天河幫，幫主黃伯流是中原武林中的一位前輩耆宿，只是他幫規鬆懈，幫衆良莠不齊，作奸犯科之事所在難免，這天河幫的聲名就不見得怎麼高明。但天河幫人多勢衆，幫中好手也著實不少，是齊魯豫鄂之間的一大幫會，難道眼前這個老兒，便是號令萬餘幫衆的「銀髯蛟」黃伯流？假若是他，又怎會對令狐冲這個初出道的少年如此恭敬？

岳不羣心中的疑團只存得片刻，便即打破，只聽雙蛇惡乞嚴三星道：「銀髯老蛟，你是地頭蛇，對咱們這些外來朋友，可也得招呼招呼啊。」

這白鬚老者果然便是「銀髯蛟」黃伯流，他哈哈一笑，說道：「若不是託了令狐公子的福，又怎請得動這許多位英雄好漢的大駕？衆位來到豫東魯西，都是天河幫的嘉賓，自然是要接待的。五霸岡上敝幫已備了酒席，令狐公子和衆位朋友這就動身如何？」

令狐冲見小小一間飯店之中擠滿了人，這般聲音嘈雜，游迅決不會吐露機密，好在適才大家這麼一鬧，師父、師妹他們對自己的懷疑之意當可大減，日後終究能水落石出，倒也不急欲洗刷，便向岳不羣道：「師父，咱們去不去？請你示下。」

岳不羣心想：「聚集在五霸岡上的，顯然沒一個正派之士，如何可跟他們混在一起？這些人頗似欲以恭謹之禮，誘引沖兒入夥。衡山派劉正風前車之轍，一與邪徒接近，終不免身敗名裂。可是在眼前情勢之下，這『不去』二字，又如何說得出口？」

游迅道：「岳先生，此刻五霸岡上可熱鬧得緊哩！好多位洞主、島主，都是十幾年、二三十年沒在江湖上露臉了。大夥兒都是爲令狐公子而來。你調教了這樣一位文武全才、英雄了得的少俠出來，岳先生當眞臉上大有光采。那五霸岡嗎，當然是要去的囉。岳先生大駕不去，豈不叫衆人大爲掃興？」

岳不羣尚未答話，司馬大和黃伯流二人已將令狐冲半扶半抱的擁了出去，扶入一輛大車之中。仇松年、嚴三星、桐柏雙奇、桃谷六仙等紛紛一擁而出。

岳不羣和岳夫人相對苦笑，均想：「這一干人只是要冲兒去。咱們去不去，他們渾不放在心上。」

岳靈珊甚爲好奇，說道：「爹，咱們也瞧瞧去，看那些怪人跟大師哥到底在耍甚麼花樣。」她想到那吃人肉的黑白雙熊，兀自心驚，但想他們既衝著大師哥的面子放了自己，總不會再來咬自己的手指頭，不過到得五霸岡上，可別離爹爹太遠了。

岳不羣點了點頭，走出門外，適才大嘔了一場，未進飲食，落足時竟然虛飄飄地，眞氣不純，不由得暗驚：「那五毒教藍鳳凰的毒藥當眞厲害。」

黃伯流和司馬大等衆人騎來許多馬匹，當下讓給岳不羣、岳夫人、張夫人、仇松年、桃谷六仙等一干人乘坐。華山派的幾名男弟子無馬可騎，便與天河幫的幫衆、長鯨島司馬大島主的部屬一同步行，向五霸岡進發。

注：現代醫學輸血需辨血型，凡O型者之血，可輸於任何人。藍鳳凰其時無此知識，但憑長期經驗，知自己血型爲O型，又從百餘女教衆中挑出O型者數人，爲令狐冲輸血，非O型之教衆則不參與。

令狐沖看水中倒影，見到伏在自己背上那姑娘的半邊臉蛋，雙目緊閉，睫毛甚長，容貌秀麗絕倫，不過十七八歲年紀。

一七　傾心

五霸岡正當魯豫兩省交界處，東臨山東荷澤定陶，西接河南東明。這一帶地勢平坦，甚多沼澤，遠遠望去，那五霸岡也不甚高，只略有山嶺而已。一行車馬向東疾馳，行不數里，便有數騎馬迎來，馳到車前，乘者翻身下馬，高聲向令狐冲致意，言語禮數甚是恭敬。

將近五霸岡時，來迎的人愈多。這些人自報姓名，令狐冲也記不得這許多。大車停在一座高岡之前，只見岡上黑壓壓一片大松林，一條山路曲曲折折上去。

黃伯流將令狐冲從大車中扶了出來。早有兩名大漢抬了一乘軟轎，在道旁相候。令狐冲心想自己坐轎，而師父、師娘、師妹卻都步行，心中不安，道：「師娘，你坐轎罷，弟子自己能走。」岳夫人笑道：「他們迎接的只是令狐公子，可不是你師娘。」展開輕功，搶步上岡。岳不羣、岳靈珊父女也快步走上岡去。令狐冲無奈，只得坐入轎中。

轎子抬入岡上松林間的一片空地，但見東一簇，西一堆，人頭踴踴，這些人形貌神情，都是三山五嶽的草莽漢子。

衆人一窩蜂般擁過來。有的道：「這位便是令狐公子嗎？」有的道：「這是小人祖傳的治傷靈藥，頗有起死回生之功。」有的道：「這是在下二十年前在長白山中挖到的老年人參，已然成形，請令狐公子收用。」有一人道：「這七個是魯東六府中最有本事的名醫，在下都請了來，讓他們給公子把把脈。」這七個名醫都給粗繩縛住了手，連成一串，愁眉苦臉，神情憔悴，那裏有半分名醫的模樣？顯是給這人硬捉來的，「請」之一字，只是說得好聽而已。又有一人挑著兩隻大竹籮，說道：「濟南府城裏的名貴藥材，小人每樣都拿了一些來。公子要用甚麼藥材，小人這裏備得都有，以免臨時湊手不及。」

令狐冲見這些人大都裝束奇特，神情悍惡，對自己卻顯是一片誠摯，絕無可疑，不由得大爲感激。他近來迭遭挫折，死活難言，更易受感觸，胸口一熱，竟爾流下淚來，抱拳說道：「衆位朋友，令狐冲一介無名小子，竟承各位……各位如此眷顧，當眞……當眞無……無法報答……」言語哽咽，難以卒辭，便即拜了下去。

羣雄紛紛說道：「這可不敢當！」「快快請起。」「折殺小人了！」也都跪倒還禮。霎時之間，五霸岡上千餘人一齊跪倒，便只餘下華山派岳不羣師徒與桃谷六仙。

岳不羣師徒不便在羣豪之前挺立，都側身避開，免有受禮之嫌。桃谷六仙卻指著羣豪嘻嘻哈哈，胡言亂語。

令狐冲和羣豪對拜了數拜，站起來時，臉上熱淚縱橫，心下暗道：「不論這些朋友此來是何用意，令狐冲今後為他們粉身碎骨，萬死不辭。」

天河幫幫主黃伯流道：「令狐公子，請到前邊草棚中休息。」引著他和岳不羣夫婦走進一座草棚。那草棚乃是新搭，棚中桌椅俱全，桌上放了茶壺、茶杯。黃伯流一揮手，便有部屬斟上酒來，又有人送上乾牛肉、火腿等下酒之物。

令狐冲端起酒杯，走到棚外，朗聲說道：「眾位朋友，令狐冲和各位初見，須當共飲結交。咱們此後有福同享，有難同當，這杯酒，算咱們好朋友大夥兒一齊喝了。」說著右手一揚，將一杯酒向天潑了上去，登時化作千萬顆酒滴，四下飛濺。羣豪歡聲雷動，都道：「令狐公子說得不錯，大夥兒此後跟你有福同享，有難同當。」

岳不羣皺起了眉頭，尋思：「冲兒行事好生魯莽任性，不顧前，不顧後，眼見這些人對他好，便跟他們說甚麼有福同享，有難同當。這些人中只怕沒一個是規規矩矩的人物，盡是田伯光一類的傢伙。他們奸淫擄掠，打家劫舍，你也跟他們有福同享？我正派之士要剿滅這些惡徒，你便跟他們有難同當？」

令狐冲又道：「眾位朋友何以對令狐冲如此眷顧，在下半點不知。不過知道也好，不知也好，衆位有何爲難之事，便請明示。大丈夫光明磊落，事無不可對人言。只須有用得著令狐冲處，在下刀山劍林，決不敢辭。」他想這些人素不相識，卻對自己這等結交，自必有一件大事求己相助，反正總是要答允他們的，當眞辦不到，也不過一死而已。

黃伯流道：「令狐公子說那裏話來？衆位朋友得悉公子駕臨，大家心中仰慕，都想瞻仰丰采，因此上不約而同的聚在這裏。又聽說公子身子不大舒服，這才或請名醫，或覓藥材，對公子卻決無所求。咱們這些人並非一夥，相互間大都只是聞名，有的還不大和睦呢。只是公子既說今後有福同享，有難同當，大家就算不是好朋友，也要做好朋友了。」

羣豪齊道：「正是！黃幫主的話一點不錯。」

那牽著七個名醫之人走將過來，說道：「公子請到草棚之中，由這七個名醫診一診脈如何？」令狐冲心想：「平一指先生如此大本領，尚且說我的傷患已無藥可治，你這七個醫生又瞧得出甚麼來？」礙於他一片好意，不便拒卻，只得走入草棚。

那人將七個名醫如一串田鷄般拉進棚來。令狐冲微微一笑，說道：「兄台便請放了他們罷，諒他們也逃不了。」那人道：「公子說放，就放了他們。」啪啪啪七聲響過，拉斷了麻繩，喝道：「倘若治不好令狐公子，把你們的頭頸也都這般拉斷了。」一個醫生道：「小……小人盡力而爲，不過天下……天下可沒包醫之事。」另一個道：「瞧公子神完氣足，那定是藥到病除。」幾個醫生搶上前去，便給他搭脈。

忽然棚口有人喝道：「都給我滾出去，這等庸醫，有個屁用？」

令狐冲轉過頭來，見是「殺人名醫」平一指到了，喜道：「平先生，你也來啦，我本想這些醫生沒甚麼用。」

平一指走進草棚，左足一起，砰的一聲，將一個醫生踢出草棚，右足一起，砰的一聲，又將一個醫生踢出草棚。那捉了醫生來的漢子對平一指甚是敬畏，喝道：「當世第一大名醫平大夫到了，你們這些傢伙，還膽敢在這裏獻醜！」砰砰兩聲，也將兩名醫生踢了出去，餘下三名醫生不等大腳上臀，連跌帶爬的奔出草棚。那漢子躬身陪笑，說道：「令狐公子，平大夫，在下多有冒昧，你老……」平一指左足一抬，砰的一聲，又將那漢子踢出了草棚。這一下大出令狐冲的意料之外，不禁愕然。

平一指一言不發，坐了下來，伸手搭住他右手脈搏，再過良久，又去搭他左手脈搏，如此轉換不休，皺起眉頭，閉了雙眼，苦苦思索。

令狐冲說道：「平先生，凡人生死有命，令狐冲傷重難治，先生已兩番費心，在下感激不盡。先生也不須再勞心神了。」

只聽得草棚外喧嘩大作，鬥酒猜拳之聲此起彼伏，顯是天河幫已然運到酒菜，供羣豪暢飲。令狐冲神馳棚外，只盼去和羣豪大大熱鬧一番，可是平一指交互搭他手上脈搏，似乎永無止歇之時，他暗自尋思：「這位平大夫名字叫做平一指，自稱治人只用一指搭脈，殺人也只用一指點穴，可是他此刻和我搭脈，豈只一指？幾乎連十根手指也都用上了。」

豁喇一聲，一個人探頭進來，正是桃幹仙，說道：「令狐冲，你怎地不來喝酒？」令狐冲道：「這就來了，你等著我，可別自己搶著喝飽了。」桃幹仙道：「好！平大夫，你趕快些罷。」說著將頭縮了出去。

平一指緩緩縮手，閉著眼睛，右手食指在桌上輕輕敲擊，顯是困惑難解，又過良久，睜開眼來，說道：「令狐公子，你體內有七種眞氣，相互衝突，既不能宣洩，亦不能降服。這不是中毒受傷，更不是風寒濕熱，因此非針灸藥石之所能治。」令狐冲道：「是。」平一指道：「自從那日在朱仙鎭上給公子瞧脈之後，在下已然思得一法，圖個行險僥倖，要邀集七位內功深湛之士，同時施爲，將公子體內這七道不同眞氣一舉消除。今日在下已邀得三位同來，羣豪中再請兩位，毫不爲難，加上尊師岳先生與在下自己，便可施治了。可是適才給公子搭脈，察覺情勢又有變化，更加複雜異常。」令狐冲「嗯」了一聲。

平一指道：「過去數日之間，又生四種大變。第一，公子服食了數十種大補的燥藥，其中有人參、首烏、靈芝、伏苓等等珍奇藥物。這些補藥的製煉之法，卻是用來給純陰女子服食的。」令狐冲「啊」的一聲，道：「正是如此，前輩神技，當眞古今罕有。」平一指道：「公子何以去服食這些補藥？想必是爲庸醫所誤了，可恨可惱。」令狐冲心想：「祖千秋偷了老頭子的『續命八丸』來給我吃，原是一番好意，他那裏知道補藥有男女之別？如說了出來，平大夫定然責怪於他，還是爲他隱瞞的爲是。」說道：「那是晚輩自誤，須怪不得別人。」平一指道：「你身子並不氣虛，恰恰相反，乃是眞氣太多，突然間又服了這許多補藥下去，那可如何得了？便如長江水漲，本已成災，治水之人不謀宣洩，反將洞庭湖、鄱陽湖之水倒灌入江，豈有不釀成大災之理？只有先天不足、虛弱無力的少女服這等補藥，才有益處。偏偏是公子服了，唉，大害，大害！」令狐冲心想：「只盼老頭子的女兒老不死姑娘喝了我的血後，身子能夠痊可。」

平一指又道：「第二個大變，是公子突然大量失血。依你目下的病體，怎可再和人爭鬥動武？如此好勇鬥狠，豈是延年益壽之道？唉，人家對你這等看重，你卻不知自愛。君子報仇，十年未晚，又何必逞快於一時？」說著連連搖頭。他說這些話時，臉上現出大不以爲然的神色，倘若他所治的病人不是令狐冲，縱然不是一巴掌打將過去，那也是聲色俱厲、破口大罵了。令狐冲道：「前輩指教得是。」

平一指道：「單是失血，那也罷了，這也不難調治，偏偏你又去跟雲南五毒教的人混在一起，飲用了他們的五仙大補藥酒。」令狐冲奇道：「是五仙大補藥酒？」平一指道：「這五仙大補藥酒，是五毒教祖傳秘方所釀，所釀的五種小毒蟲珍奇無匹，據說每一條小蟲都要十多年才培養得成，酒中另外又有數十種奇花異草，中間頗具生剋之理。服了這藥酒之人，百病不生，諸毒不侵，陡增十餘年功力，原是當世最神奇的補藥。老夫心慕已久，恨不得一見。聽說藍鳳凰這女子守身如玉，從來不對任何男子假以辭色，偏偏將她教中如此珍貴的藥酒給你服了。唉，風流少年，到處留情，豈不知反而自受其害！」

令狐冲只有苦笑，說道：「藍教主和晚輩只在黃河舟中見過一次，蒙她以五仙藥酒相贈，此外更無其他瓜葛。」

平一指向他瞪視半晌，點了點頭，說道：「如此說來，藍鳳凰給你喝這五仙大補藥酒，那也是衝著人家的面子了。可是這一來補上加補，那便是害上加害。又何況這酒雖能大補，亦有大毒。哼，他媽的亂七八糟！他五毒教只不過仗著幾張祖傳的古怪藥方，藍鳳凰這小妞兒又懂甚麼狗屁醫理、藥理了？他媽的攪得一塌胡塗！」

令狐冲聽他如此亂罵，覺此人性子太也暴躁，但見他臉色慘淡，胸口不住起伏，顯是對自己傷勢關切之極，心下又覺歉仄，說道：「平前輩，藍教主也是一番好意……」平一指怒道：「好意，好意！哼，天下庸醫殺人，那一個不是好意？你知不知道，每天庸醫害死的人數，比江湖上死於刀下的人可多得多了？」令狐冲道：「這也大有可能。」平一指道：「甚麼大有可能？確確實實是如此。我平一指醫過的人，她藍鳳凰憑甚麼又來加一把手？你此刻血中含有劇毒，若要一一化解，便和那七道眞氣大起激撞，只怕三個時辰之內便送了你性命。」

令狐冲心想：「我血中含有劇毒，倒不一定是飲了那五仙藥酒之故。藍教主和那四名苗女給我注血，用的是她們身上之血。這些人日夕和奇毒之物為伍，飲食中也含有毒物，血中不免有毒，只是她們長期習慣了，不傷身體。這事可不能跟平前輩說，否則他脾氣更大了。」說道：「醫道藥理，精微深奧，原非常人所能通解。」

平一指嘆了口氣道：「倘若只不過是誤服補藥，大量失血，誤飲藥酒，我還是有辦法可治。這第四個大變，卻當眞令我束手無策了。唉，都是你自己不好！」令狐冲道：「是，都是我自己不好。」平一指道：「這數日之中，你何以心灰意懶，不想再活？到底受了甚麼重大委屈？上次在朱仙鎭我跟你搭脈，察覺你傷勢雖重，病況雖奇，但你心脈旺盛，胸懷開朗，有一股勃勃生機。我先延你百日之命，然後在這百日之中，無論如何要設法治愈你的怪病。當時我並無十足把握，也不忙給你明言，可是現下卻連這一股生機也沒有了，卻是何故？」

聽他問及此事，令狐冲不由得悲從中來，心想：「先前師父疑心我吞沒小林子的辟邪劍譜，那也沒甚麼，大丈夫心中無愧，此事總有水落石出之時，可是……可是連小師妹竟也對我起疑，為了小林子，心中竟將我蹧蹋得一錢不值，那我活在世上，更有甚麼意味？」

平一指不等他回答，接著道：「搭你脈象，這又是情孽牽纏。其實天下女子言語無味，面目可憎，脾氣乖張，性情暴躁，最好是遠而避之。倘若命運不濟，眞正是上天入地，沒法躲避，才只有極力容忍，虛與委蛇。你怎地如此想不通，反而對她們日夜想念？這可大大的不是了。雖然，雖然那……唉，可不知如何說起？」說著連連搖頭。

令狐冲心想：「你的夫人固然言語無味，面目可憎，脾氣乖張，性情暴躁，你上天入地，沒法躲避，但天下女子卻並非個個如此。你以己之妻，將天下女子一概論之，當眞好笑。倘若小師妹確是言語無味，面目可憎……」

桃花仙雙手拿了兩大碗酒，走到竹棚口，說道：「喂，平大夫，怎地還沒治好？」平一指臉一沉，道：「治不好的了！」桃花仙一怔，道：「治不好，那你怎麼辦？」轉頭向令狐冲道：「不如出來喝酒罷。」令狐冲道：「好！」平一指怒道：「不許去！」桃花仙嚇了一跳，轉身便走，兩碗酒潑得滿身都是。

平一指道：「令狐公子，你這傷勢要徹底治好，就算大羅金仙，只怕也難以辦到，但要延得數月以至數年之命，也未始不能。可是必須聽我的話，第一須得戒酒；第二必須收拾起心猿意馬，女色更萬萬沾染不得，別說沾染不得，連想也不能想；第三不能跟人動武。這戒酒、戒色、戒鬥三件事若能做到，那麼或許能多活一二年。」

令狐冲哈哈大笑。平一指怒道：「有甚麼可笑？」令狐冲道：「人生在世，會當暢情適意，連酒也不能喝，女人不能想，人家欺到頭上不能還手，還做甚麼人？不如及早死了，來得爽快。」平一指厲聲道：「我一定要你戒，否則我治不好你的病，豈不聲名掃地？」

令狐冲伸出手去，按住他右手手背，說道：「平前輩，你一番美意，晚輩感激不盡。只是生死有命，前輩醫道雖精，也難救必死之人，治不好我的病，於前輩聲名絲毫無損。」語意甚是誠摯。

豁喇一聲，又有一人探頭進來，卻是桃根仙，大聲道：「令狐冲，你的病治好了嗎？」令狐冲道：「平大夫醫道精妙，已把我治好了。」桃根仙道：「妙極，妙極。」進來拉住他袖子，說道：「喝酒去，喝酒去！」令狐冲向平一指深深一揖，道：「多謝前輩費心。」

平一指也不還禮，愁眉緊鎖，口中低聲喃喃自語。

桃根仙道：「我原說一定治得好的。他是『殺人名醫』，他醫好一人，要殺一人，倘若醫不好一人，那又怎麼辦？豈不是搞不明白了？」令狐冲笑道：「胡說八道！」兩人手臂相挽，走出草棚。

四下裏羣豪聚集轟飲。令狐冲一路走過去，有人斟酒過來，便即酒到杯乾。

羣豪見他逸興遄飛，放量喝酒，談笑風生，心下無不歡喜，都道：「令狐公子果是豪氣干雲，令人心折。」

令狐沖接著連喝了十來碗酒，忽然想起平一指來，斟了一大碗酒，口中大聲唱歌：「今朝有酒今朝醉……」走進竹棚，說道：「平前輩，我敬你一碗酒。」

燭光搖晃之下，只見平一指神色大變。令狐沖一驚，酒意登時醒了三分。細看他時，本來的一頭烏髮竟已變得雪白，臉上更是皺紋深陷，幾個時辰之中，恰似老了一二十年。只聽他喃喃說道：「醫好一人，要殺一人，醫不好人，我怎麼辦？」

令狐沖熱血上湧，大聲道：「令狐沖一條命又值得甚麼？前輩何必老是掛在心上？」平一指道：「醫不好人，那便殺我自己，否則叫甚麼『殺人名醫』？」突然站起身來，身子晃了幾下，噴出幾口鮮血，撲地倒了。

令狐沖大驚，忙去扶他時，只覺他呼吸已停，竟然死了。令狐沖將他抱起，不知如何是好。耳聽得竹棚外轟飲之聲漸低，心下一片淒涼。悄立良久，不禁掉下淚來。平一指的屍身在手中越來越重，無力再抱，於是輕輕放在地下。

忽見一人悄步走進草棚，低聲道：「令狐公子！」令狐沖見是祖千秋，淒然道：「祖前輩，平大夫死了。」祖千秋對這事竟不怎麼在意，低聲說道：「令狐公子，我求你一件事。倘若有人問起，請你說從沒見過祖千秋之面，好不好？」令狐沖一怔，問道：「那爲甚麼？」祖千秋道：「也沒甚麼，只不過……只不過……咳，再見，再見！」

他前腳走出竹棚，跟著便走進一人，卻是司馬大，向令狐冲道：「令狐公子，在下有個說不出口的……不大說得出的這個……倘若有人問起，有那些人在五霸岡上聚會，請公子別提在下的名字，那就感激不盡。」令狐冲道：「是。這卻是爲何？」司馬大神色忸怩，便如孩童做錯了事，忽然給人捉住一般，囁嚅道：「這個……這個……」

令狐冲道：「令狐冲既不配做閣下的朋友，自是從此不敢高攀的了。」司馬大臉色一變，突然雙膝一屈，拜了下去，說道：「公子說這等話，可坑殺俺了。俺求你別提來到五霸岡上的事，只爲免得惹人生氣，公子忽然見疑，俺剛才說過的話，只當是司馬大放屁！」令狐冲忙伸手扶起，道：「司馬島主何以行此大禮？請問島主，你到五霸岡上見我，何以會令人生氣？此人既對令狐冲如此痛恨，儘管衝著在下一人來好了……」司馬大連連搖手，微笑道：「公子越說越不成話了。這人對公子疼愛還來不及，那裏有甚麼痛恨之理？唉，小人粗胚一個，實在不會說話，再見，再見。總而言之，司馬大交了你這個朋友，以後你有甚麼差遣，只須傳個訊來，火裏火裏去，水裏水裏去，司馬大只要皺一皺眉頭，祖宗十八代都是烏龜王八蛋！」說著一拍胸口，大踏步走出草棚。

令狐冲好生奇怪，心想：「此人對我一片血誠，絕無可疑。卻何以他上五霸岡來見我，會令人生氣？而生氣之人偏偏又不恨我，居然還對我極好，天下那有這等怪事？倘若當眞對我極好，這許多朋友跟我結交，他該當歡喜才是。」突然想起一事：「啊，是了，此人定是正派中的前輩，對我甚爲愛護，卻不喜我結交這些旁門左道之輩。難道是風太師叔？其實像司馬島主這等人乾脆爽快，甚麼地方不好了？」

只聽得竹棚外一人輕輕咳嗽，低聲叫道：「令狐公子。」令狐冲聽得是黃伯流的聲音，說道：「黃幫主，請進來。」黃伯流走進棚來，說道：「令狐公子，有幾位朋友要俺向公子轉言，他們身有急事，須得立即趕回去料理，不及向公子親自告辭，請你原諒。」令狐冲道：「不用客氣。」果然聽得棚外喧聲低沉，已走了不少人。

黃伯流吞吞吐吐的說道：「這件事，咳，當眞是我們做得魯莽了，大夥兒一來是好奇，二來是想獻殷勤，想不到……本來嘛，人家臉皮子薄，不願張揚其事，我們這些莽漢粗人，誰都不懂。藍教主又是苗家姑娘，這個……」

令狐冲聽他前言不對後語，半點摸不著頭腦，問道：「黃幫主是不是要我不可對人提及五霸岡上之事？」黃伯流乾笑幾聲，神色極是尷尬，說道：「別人可以抵賴，黃伯流是賴不掉的了。天河幫在五霸岡上款待公子，說甚麼也只好承認。」令狐冲哼了一聲，道：「你請我喝一杯酒，也不見得是甚麼十惡不赦的大罪。男子漢大丈夫，有甚麼賴不賴的？」

黃伯流忙陪笑道：「公子千萬不可多心。唉，老黃生就一副茅包脾氣，倘若事先問問俺兒媳婦，要不然問問俺孫女兒，也就不會得罪了人家，自家還不知道。唉，俺這粗人十七歲上就娶了媳婦，只怪俺媳婦命短，死得太早，連累俺對女人家的心事摸不上半點邊兒。」

令狐冲心想：「怪不得師父說他們旁門左道，這人說話當眞顚三倒四。他請我喝酒，居然要問他兒媳婦、孫女兒，又怪他老婆死得太早。」

黃伯流又道：「事已如此，也就是這樣了。公子，你說早就認得老黃，跟我是幾十年的老朋友，好不好？啊，不對，就說和我已有八九年交情，你十五六歲時就跟老黃一塊兒賭錢喝酒。」令狐冲笑道：「在下四歲那一年，就跟你擲過骰子，喝過老酒，你怎地忘了？到今日可不是整整二十年的交情？」

黃伯流一怔，隨即明白他說的乃是反話，苦笑道：「公子恁地說，自然是再好不過。只是……只是黃某二十年前打家劫舍，做的都是見不得人的勾當，公子又怎會跟俺交朋友？嘿嘿……這個……」令狐冲道：「黃幫主直承其事，足見光明磊落，在下非在二十年前交上你這位好朋友不可。」黃伯流大喜，大聲道：「好，好，咱們是二十年前的老朋友。」回頭一望，放低聲音道：「公子保重，你良心好，眼前雖然有病，終能治好，何況聖……聖……神通廣大……啊喲！」大叫一聲，轉頭便走。

令狐冲心道：「甚麼聖……聖……神通廣大？當眞莫名其妙。」

只聽得馬蹄聲漸漸遠去，喧嘩聲盡數止歇。他向平一指的屍身呆望半晌，走出棚來，猛地裏吃了一驚，岡上靜悄悄地，竟沒一個人影。他本來只道羣豪就算不再鬧酒，又有人離岡他去，卻也不會片刻間便走得乾乾淨淨。他提高嗓子叫道：「師父，師娘！」卻無人答應。他再叫：「二師弟，四師弟，小師妹！」仍無人答應。

眉月斜照，微風不起，偌大一座五霸岡上，竟便只他一人。眼見滿地都是酒壺、碗碟，此外帽子、披風、外衣、衣帶等四下散置，羣豪去得匆匆，連東西也不及收拾。他更加奇怪：「他們走得如此倉促，倒似有甚麼洪水猛獸突然掩來，非趕快逃走不可。這些漢子本來似乎都天不怕、地不怕，忽然間變得膽小異常，當眞令人難以索解。師父、師娘、小師妹他們，卻又到那裏去了？要是此間眞有甚麼凶險，怎地又不招呼我一聲？」

驀然間心中一陣淒涼，只覺天地雖大，卻沒一人關心自己安危，便在不久之前，有這許多人競相跟他結納討好，此刻雖以師父、師娘之親，也對他棄之如遺。

心口一酸，體內幾道眞氣便湧將上來，身子晃了晃，一交摔倒。掙扎著要想爬起，呻吟了幾聲，半點使不出力道。他閉目養神，休息片刻，第二次又再支撐著想爬起身來，不料這一次使力太大，耳中嗡的一聲，眼前一黑，便即暈去。

也不知過了多少時候，迷迷糊糊中聽到幾下柔和的琴聲，神智漸復，琴聲優雅緩慢，入耳之後，激盪的心情便即平復，正是洛陽城那位婆婆所彈的〈清心普善咒〉。令狐冲恍如漂流於茫茫大海之中，忽然見到一座小島，精神一振，便即站起，聽琴聲是從草棚中傳出，便一步一步的走過去，見草棚之門已然掩上。

他走到草棚前六七步處便即止步，心想：「聽這琴聲，正是洛陽城綠竹巷中那位婆婆到了。在洛陽之時，她不願我見她面目，此刻我若不得她許可，如何可以貿然推門進去？」當下躬身說道：「令狐冲參見前輩。」

琴聲丁東丁東的響了幾下，曳然而止。令狐冲只覺這琴音中似乎充滿了慰撫之意，聽來說不出的舒服，明白世上畢竟還有一人關懷自己，感激之情霎時充塞胸臆。

忽聽得遠處有人說道：「有人彈琴！那些旁門左道的邪賊還沒走光。」

又聽得一個十分宏亮的聲音說道：「這些妖邪淫魔居然敢到河南來撒野，還把咱們瞧在眼裏麼？」他說到這裏，更提高嗓子，喝道：「是那些混帳王八羔子，在五霸岡上胡鬧，通統給我報上名來！」他中氣充沛，聲震四野，極具威勢。

令狐冲心道：「難怪司馬大、黃伯流、祖千秋他們嚇得立時逃走，確是有正派中的高手前來挑戰。」隱隱覺得，司馬大、黃伯流等人忽然溜得一乾二淨，未免太沒男子漢氣概，但來者既能震懾羣豪，自必是武功異常高超的前輩，心想：「他們問起我來，倒也難以對答，不如避一避的爲是。」當即走到草棚之後，又想：「棚中那位老婆婆，料他們也不會和她爲難。」這時棚中琴聲也已止歇。

腳步聲響，三個人走上岡來。三人上得岡後，都「咦」的一聲，顯是對岡上寂靜無人的情景大爲詫異。

那聲音宏亮的人道：「王八羔子們都到那裏去了？」一個細聲細氣的人道：「他們聽說少林派的二大高手上來除奸驅魔，自然都夾了尾巴逃走啦。」另一人笑道：「好說，好說！那多半是仗了崑崙派譚兄的聲威。」三人縱聲大笑。

令狐冲心道：「原來兩個是少林派的，一個是崑崙派的。少林派自唐初以來，向是武林領袖，單是少林一派，聲威便比我五嶽劍派聯盟爲高，實力恐亦較強。少林派掌門人方證大師更爲武林中衆所欽佩。師父常說崑崙派劍法獨樹一幟，兼具沉雄輕靈之長。這兩派聯手，確是厲害，多半他們三人只是前鋒，後面還有大援。可是師父、師娘卻又何必避開？」轉念一想，便即明白：「是了，我師父是名門正派的掌門人，和黃伯流這些聲名不佳之人混在一起，見到少林、崑崙的高手，未免尷尬。」

只聽那崑崙派姓譚的道：「適才還聽得岡上有彈琴之聲，那人卻又躲到那裏去了？辛兄、易兄，這中間只怕另有古怪。」那聲音宏大的人道：「正是，還是譚兄細心，咱們搜上一搜，揪他出來。」另一人道：「辛師哥，我到草棚中去瞧瞧。」令狐冲聽了這話，知道這人姓易，那聲音宏大之人姓辛，是他師兄。聽得那姓易的向草棚走去。

棚中一個清亮的女子聲音說道：「賤妾一人獨居，夤夜之間，男女不便相見。」

那姓辛的道：「是個女的。」姓易的道：「剛才是你彈琴麼？」那婆婆道：「正是。」那姓易的道：「你再彈幾下聽聽。」那婆婆道：「素不相識，豈能逕爲閣下撫琴？」那姓辛的道：「哼，有甚麼希罕？諸多推搪，草棚中定然另有古怪，咱們進去瞧瞧。」姓易的道：「你說是孤身女子，半夜三更的，卻在這五霸岡上幹甚麼？十之八九，便跟那些左道妖邪是一路。咱們進來搜了。」說著大踏步便向草棚門走去。

令狐冲從隱身處閃出，擋在草棚門口，喝道：「且住！」

那三人沒料到突然會有人閃出，都微微一驚，但見是個單身少年，亦不以爲意。那姓辛的大聲喝道：「少年是誰？鬼鬼祟祟的躲在黑處，幹甚麼來著？」令狐冲道：「在下華山派令狐冲，參見少林、崑崙派的前輩。」說著向三人深深一揖。

那姓易的哼了一聲，道：「是華山派的？你到這裏幹甚麼來啦？」令狐冲見這姓辛的身子倒不如何魁梧，只胸口凸出，有如一鼓，無怪說話聲音如此響亮。另一個中年漢子和他穿著一式的醬色長袍，自是他同門姓易之人。那崑崙派姓譚的背懸一劍，寬袍大袖，神態頗爲瀟洒。那姓易的不待他回答，又問：「你既是正派中弟子，怎地會在五霸岡上？」

令狐冲先前聽他們王八羔子的亂罵，心頭早就有氣，這時更聽他言詞頗不客氣，說道：「三位前輩也是正派中人，卻不也在五霸岡上？」那姓譚的哈哈一笑，道：「說得好，你可知草棚中彈琴的女子卻是何人？」令狐冲道：「那是一位年高德劭、與世無爭的婆婆。」那姓易的斥道：「胡說八道！聽這女子聲音，顯然年紀不大，甚麼婆婆不婆婆了？」令狐冲笑道：「這位婆婆說話聲音好聽，那有甚麼希奇？她姪兒也比你要老上二三十歲，別說婆婆自己了。」姓易的道：「讓開！我們自己進去瞧瞧。」

令狐冲雙手一伸，道：「婆婆說道，昏夜之間，男女不便相見。她跟你們素不相識，沒來由的又見甚麼？」

姓易的袖子一拂，一股勁力疾捲過來，令狐冲內力全失，毫無抵禦之能，撲地摔倒。姓易的沒料到他竟全無武功，倒是一怔，冷笑道：「你是華山派弟子？只怕吹牛！」說著走向草棚。

令狐冲站起身來，臉上已給地下石子擦出了一條血痕，說道：「婆婆不願跟你們相見，你怎可無禮？在洛陽城中，我曾跟婆婆說了好幾日話，卻也沒見到她一面。」那姓易的道：「這小子，說話沒上沒下，你再不讓開，是不是想再摔一大交？」令狐冲道：「少林派是武林中聲望最高的名門大派，兩位定是少林派中的俗家高手。這位想來也必是崑崙派中赫赫有名之輩，黑夜之中，卻來欺侮一個年老婆婆，豈不教江湖上好漢笑話？」

那姓易的喝道：「偏有你這麼多廢話！」左手突出，啪的一聲，在令狐冲左頰上重重打了一掌。令狐冲內力雖失，但見他右肩微沉，便知他左手要出掌打人，急忙閃避，卻腰腿不由使喚，這一掌終於沒法避開，身子打了兩個轉，眼前一黑，坐倒在地。

那姓辛的道：「易師弟，這人不會武功，不必跟他一般見識，妖邪之徒早已逃光，咱們走罷！」那姓易的道：「魯豫之間的左道妖邪突然都到五霸岡上聚集，頃刻間又散得乾乾淨淨。聚得固然古怪，散得也挺希奇。這件事非查個明白不可。在這草棚之中，多半能找到些端倪。」說著伸手便去推草棚門。

令狐冲站起身來，手中已然多了一柄長劍，說道：「易前輩，草棚中這位婆婆於在下有恩，我只須有一口氣在，決不許你冒犯她老人家。」

那姓易的哈哈大笑，道：「你憑甚麼？便憑手中這口長劍麼？」

令狐冲道：「晚輩武藝低微，怎能是少林派高手之敵？只不過萬事抬不過一個理字。你要進這草棚，先得殺了我。」

那姓辛的道：「易師弟，這小子倒挺有骨氣，是條漢子，由他去罷。」那姓易的笑道：「聽說你華山派劍法頗有獨得之秘，還有甚麼劍宗、氣宗之分。你是劍宗呢，還是氣宗？又還是甚麼屁宗？哈哈，哈哈！」他這麼一笑，那姓辛的、姓譚的跟著也大笑起來。

令狐冲朗聲道：「恃強逞暴，叫甚麼名門正派？你是少林派弟子？只怕吹牛！」

那姓易的大怒，右掌一立，便要向令狐冲胸口拍去。眼見這一掌拍落，令狐冲便要立斃當場，那姓辛的說道：「且住！令狐冲，若是名門正派的弟子，便不能跟人動手嗎？」令狐冲道：「既是正派中人，每次出手，總得說出個名堂。」

那姓易的緩緩伸出手掌，道：「我說一二三，數到三字，你再不讓開，我便打斷你三根肋骨。一！」令狐冲微微一笑，說道：「打斷三根肋骨，何足道哉！」那姓易的大聲數道：「二！」那姓辛的道：「小朋友，我這個師弟，說過的話一定算數，你快快讓開吧。」

令狐冲微笑道：「我這張嘴巴，說過的話也一定算數。令狐冲既還沒死，豈能讓你們對婆婆無禮？」說了這句話後，知道那姓易的一掌便將擊到，暗自運了口氣，將力道貫到右臂之上，但胸口登感劇痛，眼前只見千千萬萬顆金星亂飛亂舞。

那姓易的喝道：「三！」左足踏上一步，眼見令狐冲背靠草棚板門，嘴角邊微微冷笑，毫無讓開之意，右掌便即拍出。

令狐冲只感呼吸一窒，對方掌力已然襲體，手中長劍遞出，對準了他掌心。這一劍方位時刻，拿揑得妙到顛毫，那姓易的右掌拍出，竟來不及縮手，嗤的一聲輕響，跟著「啊」的一聲大叫，長劍劍尖已從他掌心直通而過。他急忙縮臂回掌，又是嗤的一聲，將手掌從劍鋒上拔了出去。這一下受傷極重，他急躍退開數丈，左手從腰間拔出長劍，驚怒交集，叫道：「賊小子裝傻，原來武功好得很啊！我……我跟你拚了。」

辛、易、譚三人都是使劍的好手，眼見令狐冲長劍一起，並未遞劍出招，單是憑著方位和時刻的拿揑，即令對方手掌自行送到他劍尖之上，劍法上的造詣，實已到了高明之極的境界。那姓易的雖氣惱之極，卻也已不敢輕敵，左手持劍，唰唰唰連攻三劍，卻都是試敵的虛招，每一招劍至中途，便即縮回。

那晚令狐冲在藥王廟外連傷一十五名好手的雙目，當時內力雖然亦已失卻，終不如目前這般又連續受了幾次大損，幾乎抬臂舉劍亦已有所不能。眼見那姓易的連發三下虛招，劍尖不絕顫抖，顯是少林派上乘劍法，更不願與他爲敵，說道：「在下絕無得罪三位前輩之意，只須三位離此他去，在下……在下願意誠心賠罪。」

那姓易的哼了一聲，道：「此刻求饒，已然遲了。」長劍疾刺，直指令狐冲的咽喉。

令狐冲行動不便，知這一劍無可躲避，當即挺劍刺出，後發先至，噗的一聲響，正中他左手手腕要穴。

那姓易的五指一張，長劍落地。其時東方曙光已現，他眼見自己手腕上鮮血一點點的滴在地下綠草之上，竟不信世間有這等事，過了半晌，才長嘆一聲，掉頭便走。

那姓辛的本就不想與華山派結仇，又見令狐冲這一劍精妙絕倫，自己也決非對手，掛念師弟傷勢，叫道：「易師弟！」隨後趕去。

那姓譚的側目向令狐冲凝視片刻，問道：「閣下當眞是華山弟子？」令狐冲身子搖搖欲墜，道：「正是！」那姓譚的瞧出他已身受重傷，雖然劍法精妙，但只須再挨得片刻，不用相攻，他自己便會支持不住，眼前正有個大便宜可撿，心想：「適才少林派的兩名好手一傷一走，栽在華山派這少年手下。我如將他打倒，擒去少林寺，交給掌門方丈發落，不但給了少林派一個極大人情，且崑崙派在中原也大大露臉。」當即踏上一步，微笑道：「少年，你劍法不錯，跟我比一下拳掌上的功夫，你瞧怎樣？」

令狐冲一見他神情，便已測知他的心思，心想這人好生奸猾，比少林派那姓易的更加可惡，挺劍便往他肩頭刺去。豈知劍到中途，手臂已然無力，噹的一聲響，長劍落地。那姓譚的大喜，呼的一掌，重重拍正在令狐冲胸口。

令狐冲哇的一聲，噴出一大口鮮血。兩人相距甚近，這口鮮血對準了這姓譚的，直噴在他臉上，更有數滴濺入了他口中。那姓譚的嘴裏嘗到一股血腥味，也不在意，深恐令狐冲拾劍反擊，右掌一起，又欲拍出，突然間一陣昏暈，摔倒在地。

令狐冲見他忽在自己垂危之時摔倒，既感奇怪，又自慶幸，見他臉上顯出一層黑氣，肌肉不住扭曲顫抖，模樣詭異可怖，說道：「你用錯了真力，只好怪自己了！」

游目四顧，五霸岡上更無一個人影，樹梢百鳥聲喧，地下散滿了酒肴兵刃，種種情狀，說不出的古怪。他伸袖抹拭口邊血跡，說道：「婆婆，別來福體安康。」那婆婆道：「公子此刻不可勞神，請坐下休息。」令狐冲確已全身更無半分力氣，當即依言坐下。

只聽得草棚內琴聲輕輕響起，宛如一股清泉在身上緩緩流過，又緩緩注入了四肢百骸，令狐冲全身輕飄飄地，更無半分著力處，便似飄上了雲端，置身於棉絮般的白雲之上。過了良久良久，琴聲越來越低，終於細不可聞而止。

令狐冲精神一振，站起身來，深深一揖，說道：「多謝婆婆雅奏，令晚輩大得補益。」那婆婆道：「你捨命力抗強敵，讓我不致受辱於傖徒，該我謝你才是。」令狐冲道：「婆婆說那裏話來？此是晚輩義所當爲。」

那婆婆半晌不語，琴上發出輕輕的仙翁、仙翁之聲，似是手撥琴絃，暗自沉吟，有甚麼事好生難以委決，過了一會，問道：「你……你這要上那裏去？」

令狐冲登時胸口熱血上湧，只覺天地雖大，卻無容身之所，不由得連聲咳嗽，好容易咳嗽止息，才道：「我……我無處可去。」

那婆婆道：「你不去尋你師父、師娘？不去尋你的師弟、師……師妹他們了？」令狐冲道：「他們……他們不知到那裏去了，我傷勢沉重，尋不著他們。就算尋著了，唉！」一聲長嘆，心道：「就算尋著了，卻又怎地？他們也不要我了。」

那婆婆道：「你受傷不輕，何不去風物佳勝之處，登臨山水，以遣襟懷？卻也強於徒自悲苦。」令狐冲哈哈一笑，說道：「婆婆說得是，令狐冲於生死之事，本來也不怎麼放在心上。晚輩這就別過，下山遊玩去也！」說著向草棚一揖，轉身便走。

他走出三步，只聽那婆婆道：「你……你這便去了嗎？」令狐沖站住了道：「是。」那婆婆道：「你傷勢不輕，孤身行走，旅途之中，乏人照料，可不大妥當。」令狐沖聽得那婆婆言語之中頗爲關切，心頭又是一熱，說道：「多謝婆婆掛懷。我的傷是治不好的了，早死遲死，死在那裏，也沒多大分別。」

那婆婆道：「嗯，原來如此。只不過……只不過……」隔了好一會，才道：「你走了之後，倘若那兩個少林派的惡徒又來囉唣，卻不知如何是好？這崑崙派的譚迪人一時昏暈，醒來之後，只怕又會找我的麻煩。」令狐沖道：「婆婆，你要去那裏？我護送你一程如何？」那婆婆道：「本來甚好，只是中間有個極大難處，生怕連累了你。」令狐沖道：「令狐沖的性命是婆婆所救，有甚麼連累不連累的？」

那婆婆嘆了口氣，說道：「我有個厲害對頭，尋到洛陽綠竹巷來跟我爲難，我避到了這裏，但朝夕之間，他又會追蹤到來。你傷勢未愈，不能跟他動手，我只想找個隱僻所在暫避，等約齊了幫手再跟他算帳。要你護送我罷，一來你身上有傷，二來你一個鮮龍活跳的少年，陪著我這老太婆，豈不悶壞了你？」

令狐沖哈哈大笑，說道：「我道婆婆有甚麼事難以委決，卻原來是如此區區小事。你要去那裏，我送你到那裏便是，不論天涯海角，只要我還沒死，總是護送婆婆前往。」那婆婆道：「如此生受你了。當眞是天涯海角，你都送我去？」語音中大有歡喜之意。令狐冲道：「不錯，不論天涯海角，令狐冲都隨婆婆前往。」

那婆婆道：「這可另有一個難處。」令狐冲道：「卻是甚麼？」那婆婆道：「我的相貌十分醜陋，不管是誰見了，都會嚇壞了他，因此我說甚麼也不願給人見到。否則的話，剛才那三人要進草棚來，見他們一見又有何妨？你得答允我一件事，不論在何等情景之下，都不許向我看上一眼，不能瞧我的臉，不能瞧我的身子手足，也不能瞧我的衣服鞋襪。」令狐冲道：「晚輩尊敬婆婆，感激婆婆對我關懷，至於婆婆容貌如何，那有甚麼干係？」

那婆婆道：「你既不能答允此事，那你便自行去罷。」令狐冲忙道：「好，好！我答允就是。晚輩不論在何等情景之下，決不向婆婆看上一眼。」那婆婆道：「連我的背影也不許看。」令狐冲心想：「難道連你的背影也醜陋不堪？世上最難看的背影，若非侏儒，便是駝背，那也沒甚麼。我和你一同長途跋涉，連背影也不許看，只怕有些不易。」

那婆婆聽他遲疑不答，問道：「你辦不到麼？」

令狐冲道：「辦得到，辦得到。要是我瞧了婆婆一眼，我剜了自己眼睛。」

那婆婆道：「你可要記著才好。你先走，我跟在你後面。」

令狐冲道：「是！」邁步向岡下走去，只聽得腳步之聲細碎，那婆婆在後面跟了上來。走出數丈，那婆婆遞了一根樹枝過來，說道：「你把這樹枝當作拐杖撐著走。」

令狐冲道：「是。」撐著樹枝，慢慢下岡。走了一程，忽然想起一事，問道：「婆婆，那崑崙派姓譚的，你知道他名字？」那婆婆道：「嗯，這譚迪人是崑崙派第二代弟子中的好手，劍法上學到了他師父的六七成功夫，比起他大師兄、二師兄來，卻還差得遠。那少林派的大個子辛國樑，劍法還比他強些。」

令狐冲道：「原來那大喉嚨漢子叫做辛國樑，這人倒似乎還講道理。」那婆婆道：「他師弟叫做易國梓，那就無賴得緊了。你一劍穿過他右掌，一劍刺傷他左腕，這兩劍可帥得很哪。」令狐冲道：「那是出於無奈，唉，這一下跟少林派結了樑子，不免後患無窮。」那婆婆道：「少林派便怎樣？咱們未必便鬥他們不過。我可沒想到那譚迪人會用掌打你，更沒想到你會吐血。」令狐冲道：「婆婆，你都瞧見了？那譚迪人不知如何會突然暈倒？」那婆婆道：「你不知道麼？藍鳳凰和手下的四名苗女給你注血，她們日日夜夜跟毒物爲伍，血中含毒，那不用說了。那五仙酒更劇毒無比。譚迪人口中濺到你的毒血，自然抵受不住。」

令狐冲恍然大悟，「哦」了一聲，道：「我反抵受得住，也眞奇怪。我跟那藍教主無冤無仇，不知她何以要下毒害我？」那婆婆道：「誰說她要害你了？她是對你一片好心，哼，妄想治你的傷來著。要你血中有毒而你性命無礙，原是她五毒教的拿手好戲。」令狐冲道：「是，我原想藍教主並無害我之意。平一指大夫說她的藥酒是大補之物。」那婆婆道：「她當然不會害你，要對你好也來不及呢。」

令狐冲微微一笑，又問：「不知那譚迪人會不會死？」那婆婆道：「那要瞧他的功力如何了。不知有多少毒血濺入了他口中。」

令狐冲想起譚迪人中毒後臉上的神情，不由得打了個寒噤，又走出十餘丈後，突然想起一事，叫道：「啊喲，婆婆，請你在這兒等我一等，我得回上岡去。」那婆婆問道：「幹甚麼？」令狐冲道：「平大夫的遺體在岡上尚未掩埋。」那婆婆道：「不用回去啦，我已把他屍體化了，埋了。」令狐冲道：「啊，原來婆婆已將平大夫安葬了。」那婆婆道：「也不是甚麼安葬。我是用藥將他屍體化了。在那草棚之中，難道叫我整晚對著一具屍首？平一指活著的時候已沒甚麼好看，變了屍首，這副模樣，你自己想想罷。」

令狐冲「嗯」了一聲，只覺這位婆婆行事在在出人意表，平一指對自己有恩，他身死之後，該當好好將他入土安葬才是，但這婆婆卻用藥化去他的屍體，越想越不安，可是用藥化去屍體有甚麼不對，卻又說不上來。

行出數里，已到了岡下平陽之地。那婆婆道：「你張開手掌！」令狐冲應道：「是！」心下奇怪，不知她又有甚麼花樣，當即依言伸出手掌，張了開來，只聽得噗的一聲輕響，一件細物從背後拋將過來，投入掌中，乃是一顆黃色藥丸，約有小指頭大小。

那婆婆道：「你吞了下去，到那棵大樹下坐著歇歇。」令狐冲道：「是。」將藥丸放入口中，吞了下去。那婆婆道：「我是要仗著你的神妙劍法護送脫險，這才用藥物延你性命，免得你突然身死，我便少了個衛護之人。可不是對你……對你有甚麼好心，更不是想要救你性命，你記住了。」

令狐冲又應了一聲，走到樹下，倚樹而坐，只覺丹田中一股熱氣暖烘烘的湧將上來，似有無數精力送入全身各處臟腑經脈，尋思：「這顆藥丸明明於我身子大有補益，婆婆偏不承認對我有甚麼好心，只說不過是利用我而已。世上只有利用別人而不肯承認的，她卻為甚麼要說這等反話？」又想：「適才她將藥丸擲入我手掌，能使藥丸入掌而不彈起，顯是使上了極高內功中的一股沉勁。她武功比我強得多，又何必要我衛護？唉，她愛這麼說，我便聽她這麼辦就是。」

他坐得片刻，便站起身來，道：「咱們走罷。婆婆，你累不累？」那婆婆道：「我倦得緊，再歇一忽兒。」令狐冲道：「是。」心想：「上了年紀之人，憑她多高的武功，精力總不如少年。我只顧自己，可太不體卹婆婆了。」當下重行坐倒。

又過了好半晌，婆婆才道：「走罷！」令狐冲應了，當先而行，那婆婆跟在後面。

令狐冲服了藥丸，步履登覺輕快得多，依著那婆婆的指示，儘往荒僻的小路上走。行了將近十里，山道漸覺崎嶇，行走時已有些氣喘。那婆婆道：「我走得倦了，要歇一忽兒。」令狐沖應道：「是。」坐了下來，心想：「聽她氣息沉穩，一點也不累，明明是要我休息，卻說是她自己倦了。」

歇了一盞茶時分，起身又行，轉過了一個山坳，忽聽得有人大聲說道：「大夥兒趕緊吃飯，儘快離開這是非之地。」數十人齊聲答應。令狐沖停住腳步，只見山澗邊的一片草地之上，數十條漢子圍坐著正自飲食。便在此時，那些漢子也已見到了令狐沖，有人說道：「是令狐公子！」令狐沖依稀認了出來，這些人昨晚都曾到過五霸岡上，正要出聲招呼，突然之間，數十人鴉雀無聲，一齊瞪眼瞧著他身後。

這些人的臉色都古怪之極，有的顯然甚是驚懼，有的則是惶惑失措，似乎驀地遇上了一件難以形容、無法應付的怪事一般。令狐沖一見這等情狀，登時便想轉頭，瞧瞧自己身後到底有甚麼事端，令得這數十人在霎時之間便變得泥塑木彫一般，但腦袋只轉得一半，立即驚覺：這些人所以如此，是由於見到了那位婆婆，自己曾答允過她，決計不向她瞧上一眼。他急忙扭過頭來，使力過巨，連頭頸也扭得痛了，好奇之心大起：「爲甚麼他們一見婆婆，便這般驚惶？難道婆婆當眞形相怪異之極，人世所無？」

忽見一名漢子提起割肉的匕首，對準自己雙眼刺了兩下，登時鮮血長流。令狐沖大吃一驚，叫道：「你幹甚麼？」那漢子大聲道：「小人三天之前便瞎了眼睛，早已甚麼東西也瞧不見了。」又有兩名漢子拔出短刀，自行刺瞎了雙眼，都道：「小人瞎眼已久，甚麼都瞧不見了。」令狐冲驚奇萬狀，眼見其餘的漢子紛紛拔出匕首鐵錐之屬，要刺瞎自己眼睛，忙叫：「喂，喂！且慢。有話好說，可不用刺瞎自己啊，那……那到底是甚麼緣故？」

一名漢子慘然道：「小人本想立誓，決不敢有半句多口，只是生怕難以取信。」

令狐冲叫道：「婆婆，你救救他們，叫他們別刺瞎自己眼睛了。」

那婆婆道：「好，我信得過你們。東海中有座蟠龍島，可有人知道麼？」一個老者道：「福建泉州東南一百多里海中，有座蟠龍島，聽說人跡罕至，甚爲荒涼。」那婆婆道：「正是這座小島，你們立即動身，到蟠龍島上去玩玩罷。過得了七年八年，再回中原罷。」

數十名漢子齊聲答應，臉上均現喜色，說道：「咱們即刻便走。」有人又道：「咱們一路之上，決不跟外人說半句話。」那婆婆冷冷的道：「你們說不說話，關我甚麼事？」那人道：「是，是！小人胡說八道。」提起手來，在自己臉上用力擊打。那婆婆道：「去罷！」數十名大漢發足狂奔。三名刺瞎了眼的漢子則由旁人摻扶，頃刻之間，走得一個不賸。

令狐冲心下駭然：「這婆婆單憑一句話，便將他們發配去東海荒島，七年八年不許回來。這些人反而歡天喜地，如得大赦，可眞教人不懂了。」他默不作聲的行走，心頭思潮起伏，只覺身後跟隨著的這位婆婆實是生平從所未聞的怪人，思忖：「只盼一路前去，別再遇見五霸岡上的朋友。他們一番熱心，爲治我的病而來，倘若給婆婆撞見了，不是刺瞎雙目，便得罰去荒島充軍，豈不冤枉？這樣看來，黃幫主、司馬島主、祖千秋要我說從來沒見過他們，五霸岡上羣豪片刻間散得乾乾淨淨，都是因爲怕了這婆婆。她……她到底是怎麼一個可怖的大魔頭？」想到此處，不由自主的連打兩個寒噤。

又行得七八里，忽聽得背後有人大聲叫道：「前面那人便是令狐冲。」這人叫聲響亮之極，一聽便知是少林派那辛國樑到了。那婆婆道：「我不想見他，你跟他敷衍一番。」令狐冲應道：「是。」只聽得簌的一聲響，身旁灌木一陣搖晃，那婆婆鑽入了樹叢之中。

只聽辛國樑說道：「師叔，那令狐冲身上有傷，走不快的。」其時相隔尙遠，但辛國樑的話聲實在太過宏亮，雖是隨口一句話，令狐冲也聽得淸淸楚楚，心道：「原來他還有個師叔同來。」婆婆旣躱在附近，便索性不走，坐在道旁相候。

過了一會，來路上腳步聲響，幾人快步走來，辛國樑和易國梓都在其中，另有兩個僧人，一個中年漢子。兩個僧人一個年紀甚老，滿臉皺紋，另一個三十來歲，手持方便鏟。

令狐冲站起身來，深深一揖，說道：「華山派晚輩令狐冲，參見少林派諸位前輩，請敎前輩上下怎生稱呼。」易國梓喝道：「小子……」那老僧道：「老衲法名方生。」

那老僧一說話，易國梓立時住口，但怒容滿臉，顯是對適才受挫之事氣憤已極。

令狐冲躬身道：「參見大師。」方生點了點頭，和顏悅色的道：「少俠不用多禮。尊師岳先生可好？」

令狐冲初時聽得他們來勢洶洶的追到，心下甚是惴惴，待見方生和尚說話神情是個有道高僧模樣，又知「方」字輩僧人是當今少林寺的第一代人物，與方丈方證大師是師兄弟，料想他不會如易國梓這般蠻不講理，心中登時一寬，恭恭敬敬的道：「多謝大師垂詢，敝業師安好。」

方生道：「這四個都是我師姪。這僧人法名覺月，這是黃國柏師姪，這是辛國樑師姪，這是易國梓師姪。辛易二人，你們曾會過面的。」令狐冲道：「是。令狐冲參見四位前輩。晚輩身受重傷，行動不便，禮數不周，請衆位前輩原諒。」易國梓哼了一聲，道：「你身受重傷！」方生道：「你當眞身上有傷？國梓，是你打傷他的嗎？」

令狐冲道：「一時誤會，算不了甚麼。易前輩以袖風摔了晚輩一交，又擊了晚輩一掌，好在晚輩一時也不會便死，大師卻也不用深責易前輩了。」他一上來便說自己身受重傷，又將全部責任推在易國梓身上，料想方生是位前輩高僧，決不能再容這四個師姪跟自己爲難，又道：「種種情事，辛前輩在五霸岡上都親眼目睹。既是大師佛駕親臨，晚輩已有了好大面子，決不在敝業師面前提起便是。大師放心，晚輩雖傷重難愈，此事卻不致引起五嶽劍派和少林派的糾葛。」這麼一說，倒像自己傷重難愈，全是易國梓的過失。

易國梓怒道：「你……你……胡說八道，你本來就已身受重傷，跟我有甚干係？」

令狐冲嘆了口氣，淡淡的道：「這句話，易前輩，你可是說不得的。倘若傳了出去，豈不於少林派清譽大大有損。」

辛國樑、黃國柏和覺月三人都微微點了點頭。各人心下明白，少林派「方」字輩的僧人輩份甚尊，雖說與五嶽劍派門戶各別，但上輩叙將起來，比之五嶽劍派各派的掌門人還長了一輩，因此辛國樑、易國梓等人的輩份也高於令狐冲。易國梓和令狐冲動手，本已有以大壓小之嫌，何況他少林派有師兄弟二人在場？更何況令狐冲在動手之前已然受傷？少林派門規綦嚴，易國梓倘若當眞將華山派一個受了傷的後輩打死，縱不處死抵命，那也是非廢去武功、逐出門牆不可。易國梓念及此節，不由得臉都白了。

方生道：「少俠，你過來，我瞧瞧你的傷勢。」令狐冲走近身去。方生伸出右手，握住令狐冲的手腕，手指在他「大淵」、「經渠」兩處穴道上一搭，登時覺得他體內生出一股希奇古怪的內力，一震之下，便將手指彈開。方生心中一凜，他是當今少林寺第一代高僧中有數的好手，竟會給這少年的內力彈開手指，當眞匪夷所思。他那知令狐冲體內已蓄有桃谷六仙和不戒和尚七人的眞氣，他武功雖強，但在絕無防範之下，究竟也擋不住這七個高手的合力。他「哦」的一聲，雙目向令狐冲瞪視，緩緩的道：「少俠，你不是華山派的。」

令狐冲道：「晚輩確是華山派弟子，是敝業師岳先生所收的第一個門徒。」方生問道：「那麼後來你又怎地跟從旁門左道之士，練了一身邪派武功？」

易國梓插口道：「師叔，這小子使的確是邪派武功，半點不錯，他賴也賴不掉。剛才咱們還見到他身後跟著一個女子，怎麼躲起來了？鬼鬼祟祟的，多半不是好東西。」

令狐冲聽他出言辱及那婆婆，怒道：「你是名門弟子，怎地出言無禮？婆婆她老人家就是不願見你，免得生氣。」易國梓道：「你叫她出來，是正是邪，我師叔法眼無訛，一見便知。」令狐冲道：「你我爭吵，便是因你對我婆婆無禮而起，這當兒還在胡說八道。」覺月接口道：「令狐少俠，適才我在山岡之上，望見跟在你身後的那女子步履輕捷，不似是年邁之人。」令狐冲道：「我婆婆是武林中人，自然步履輕捷，那有甚麼希奇？」

方生搖了搖頭，說道：「覺月，咱們是出家人，怎能強要拜見人家的長輩女眷？令狐少俠，此事中間疑竇甚多，老衲一時也參詳不透。你果然身負重傷，但內傷怪異，決不是我易師姪出手所致。咱們今日在此一會，也是有緣，盼你早日痊愈。你身上的內傷著實不輕，我這裏有兩顆藥丸，給你服了罷，就只怕治不了……」說著伸手入懷。

令狐冲心下敬佩：「少林高僧，果然氣度不凡。」躬身道：「晚輩有幸得見大師……」

一語未畢，突然間唰的一聲響，易國梓長劍出鞘，喝道：「在這裏了！」連人帶劍，撲入那婆婆藏身的灌木叢中。方生叫道：「易師姪，休得無禮！」只聽得呼的一聲，易國梓從灌木叢中又飛身出來，一躍數丈，啪的一聲響，直挺挺的摔在地下，仰面向天，手足抽搐了幾下，便不再動了。方生等都大吃一驚，只見他額頭一個傷口，鮮血汩汩流出，手中兀自抓著那柄長劍，卻早已氣絕。

辛國樑、黃國柏、覺月三人齊聲怒喝，各挺兵刃，縱身撲向灌木叢去。方生雙手一張，僧袍肥大的衣袖伸展開來，一股柔和的勁風將三人一齊擋住，向著灌木叢朗聲說道：「是黑木崖那一位道兄在此？」但見數百株灌木中一無動靜，更沒半點聲息。方生又道：「敝派跟黑木崖素無糾葛，道兄何以對敝派易師姪驟施毒手？」灌木中仍無人答話。

令狐冲大吃一驚：「黑木崖？黑木崖是魔教總舵的所在，難道……難道這位婆婆竟是魔教中的前輩？」

方生大師又道：「老衲昔年和東方教主也曾有一面之緣。道友既出手殺了人，雙方是非，今日須作了斷。道友何不現身相見？」

令狐冲又心頭一震：「東方教主？他說的是魔教的教主東方不敗？此人號稱當世第一高手，那麼……那麼這位婆婆果然是魔教中人？」

那婆婆藏身灌木叢中，始終不理。方生道：「道友一定不肯賜見，恕老衲無禮了！」

說著雙手向後一伸，兩隻袍袖中登時鼓起勁氣，跟著向前推出，只聽得喀喇喇一聲響，數十株灌木從中折斷，枝葉紛飛。便在此時，呼的一聲響，一個人影從灌木中躍出。

令狐冲滿心想瞧瞧那婆婆的模樣，總是記著諾言，急忙轉身，只聽得辛國樑和覺月齊聲呼叱，兵刃撞擊之聲如暴雨洒窗，既密且疾，顯是那婆婆與方生等已鬥了起來。

其時正當巳牌時分，日光斜照，令狐冲爲守信約，心下雖又焦慮，又好奇，卻也不敢回頭去瞧四人相鬥的情景，只見地下黑影晃動，方生等四人將那婆婆圍在垓心。方生手中並無兵刃，覺月使的是方便鏟，黃國柏使刀，辛國樑使劍，那婆婆使的是一對極短的兵刃，似是匕首，又似是蛾眉刺，那兵刃既短且薄，又似透明，單憑日影，認不出是何種兵器。那婆婆和方生都不出聲，辛國樑等三人卻大聲吆喝，聲勢威猛。

令狐冲叫道：「有話好說，你們四個大男人，圍攻一位年老婆婆，成甚麼樣子？」

黃國柏冷笑道：「年老婆婆！嘿嘿，這小子睜著眼睛說夢話。她……」一語未畢，只聽得方生叫道：「國柏，留神！」黃國柏「啊」的一聲大叫，似是受傷不輕。

令狐冲心下駭然：「這婆婆好厲害的武功！適才方生大師以袖風擊斷樹木，內力強極，可是那婆婆以一敵四，居然還佔到上風。」跟著覺月也一聲大叫，方便鏟脫手飛出，越過令狐冲頭頂，落在數丈之外。地下晃動的黑影這時已少了兩個，黃國柏和覺月都已倒下，只方生和辛國樑二人仍在和那婆婆相鬥。

方生說道：「善哉！善哉！你下手如此狠毒，連殺我師姪三人。老衲不能再手下留情，只好全力和你周旋一番了。」啪啪啪幾下急響，顯是方生大師已使上了兵刃，似是木棒木棍之屬。令狐冲覺得背後的勁風越來越凌厲，逼得他不斷向前邁步。

方生大師一用到兵刃，果然非同小可，戰局當即改觀。令狐冲隱隱聽到那婆婆的喘息之聲，似乎已有些內力不濟。方生大師道：「拋下兵刃！我也不來難爲你，你隨我去少林寺，稟明方丈師兄，請他發落。」那婆婆不答，向辛國樑急攻數招。辛國樑抵擋不住，跳出圈子。待方生大師接過，辛國樑定了定神，舞動長劍，又攻了上去。

又鬥片刻，但聽得兵刃撞擊之聲漸緩，勁風卻越來越響。方生大師說道：「你內力非我之敵，我勸你快拋下兵刃，跟我去少林寺，再支持得一會，你非受沉重內傷不可。」那婆婆哼了一聲，突然「啊」的一聲呼叫，令狐冲後頸中覺得有些水點濺了過來，伸手一摸，只見手掌中血色殷然，濺到頭頸中的竟是血滴。方生大師又道：「善哉，善哉！你已受了傷，更加支撐不住了。我一直手下留情，你該當知道。」辛國樑怒道：「這婆娘是邪魔妖女，師叔快下手斬妖，給三位師弟報仇。對付妖邪，豈能慈悲？」

耳聽得那婆婆呼吸急促，腳步踉蹌，隨時都能倒下，令狐冲心道：「婆婆叫我隨伴，原是要我保護她，此時她身遭大難，我豈可不理？雖然方生大師是位有道高僧，那姓辛的也是個直爽漢子，終不成讓婆婆傷在他們的手下？」唰的一聲，抽出了長劍，朗聲說道：「方生大師，辛前輩，請你們住手，否則晚輩可要得罪了。」

辛國樑喝道：「妖邪之輩，一併誅卻！」呼的一劍，向令狐冲背後刺來。令狐冲生怕見到婆婆，不敢轉身，只往旁一讓。那婆婆叫道：「小心！」令狐冲這麼一側身，辛國樑的長劍跟著也斜刺而至。猛聽得辛國樑「啊」的一聲大叫，身子飛了起來，從令狐冲左肩外斜斜向外飛出，摔在地下，也是一陣抽搐，便即斃命，不知如何，竟遭了那婆婆的毒手。便在此時，砰的一聲響，那婆婆中了方生大師一掌，向後摔入灌木叢中。

令狐冲大驚，叫道：「婆婆，婆婆，你怎麼了？」那婆婆在灌木叢中低聲呻吟。令狐冲知她未死，稍覺放心，側身挺劍向方生刺去，這一劍的去勢方位巧妙已極，逼得方生向後躍開。令狐冲跟著又是一劍，方生舉兵刃一擋，令狐冲縮回長劍，已和方生面對著面，見他所用兵刃原來是根三尺來長的舊木棒。他心頭一怔：「沒想到他的兵刃只是這麼一根短木棒。這位少林高僧內力太強，我若不以劍術將他制住，婆婆無法活命。」當即上刺一劍，下刺一劍，跟著又上刺兩劍，都是風清揚所授的劍招。

方生大師登時臉色大變，說道：「你……你……」令狐冲不敢稍有停留，自己沒絲毫內力，只要有半點空隙給對方的內力攻來，自己固然立斃，那婆婆也會給他擒回少林寺處死，當下心中一片空明，將「獨孤九劍」諸般奧妙變式，任意所之的使了出來。

這「獨孤九劍」劍法精妙無比，令狐冲雖內力已失，而劍法中的種種精微之處亦尚未全部領悟，但饒是如此，也已逼得方生大師不住倒退。令狐冲只覺胸口熱血上湧，手臂酸軟難當，使出去的劍招越來越弱。

方生猛地裏大喝一聲：「撤劍！」左掌按向令狐冲胸口。

令狐冲此時精疲力竭，一劍刺出，劍到中途，手臂便即下沉。他長劍下沉，仍刺了出去，去勢卻已略慢，方生大師左掌飛出，已按中他胸口，勁力不吐，問道：「你這獨孤九劍……」便在此時，令狐冲長劍劍尖也已刺入他胸口。

令狐冲對這位少林高僧甚是敬仰，但覺劍尖和對方肌膚相觸，急忙用力一收，將劍縮回，這一下用力過巨，身子後仰，坐倒在地，口噴鮮血。

方生大師按住胸膛傷口，微笑道：「好劍法！少俠如不是劍下留情，老衲的性命早已不在了。」他卻不提自己掌下留情，說了這句話後不住咳嗽。令狐冲雖及時收劍，長劍終於還是刺入了他胸膛寸許，受傷不輕。令狐冲道：「冒……冒犯了……前輩。」

方生大師道：「沒想到華山風清揚前輩的劍法，居然世上尚有傳人。老衲當年曾受過風前輩的大恩，今日之事，老衲……老衲沒法自作主張。」慢慢伸手到僧袍中摸出一個紙包，打了開來，裏面有兩顆龍眼大小的丸藥，說道：「這是少林寺的療傷靈藥，你服下一丸。」微一遲疑，又道：「另一丸給了那女子。」

令狐冲道：「晚輩的傷治不好啦，還服甚麼藥！另一顆大師你自己服罷。」

方生大師搖了搖頭，道：「不用。」將兩顆藥丸放在令狐冲身前，瞧著覺月、辛國樑等四具屍體，神色淒然，舉起手掌，輕聲誦唸「往生咒」，漸漸的容色轉和，到後來臉上竟似籠罩了一層聖光，當眞唯有「大慈大悲」四字，方足形容。

令狐冲只覺頭暈眼花，實難支持，於是拾起兩顆藥丸，服了一顆。

方生大師唸畢經文，向令狐冲道：「少俠，風前輩『獨孤九劍』的傳人，決不會是妖邪一派，你俠義心腸，按理不應橫死。只是你身上內傷十分怪異，非藥石可治，須當修習高深內功，方能保命。依老衲之見，你隨我去少林寺，由老衲懇求掌門師兄，將少林派至高無上的內功心法相授，當能療你內傷。」他咳嗽了幾聲，又道：「修習這門內功，講究緣法，老衲卻於此無緣。少林派掌門師兄胸襟廣大，或能與少俠有緣，傳此心法。」

令狐冲道：「多謝大師好意，待晚輩護送婆婆到達平安的所在，倘若僥倖未死，當來少林寺拜見大師和掌門方丈。」方生臉現詫色，道：「你……你叫她婆婆？少俠，你是名門正派高弟，不可和妖邪一流爲伍。老衲好言相勸，少俠還須三思。」令狐冲道：「男子漢一言既出，豈能失信於人？」

方生大師嘆道：「好！老衲在少林寺等候少俠到來。」向地下四具屍體看了一眼，說道：「四具臭皮囊，葬也罷，不葬也罷，離此塵世，一了百了。」轉身緩緩邁步而去。

令狐冲坐在地下只是喘息，全身酸痛，動彈不得，道：「婆婆，你……你還好罷？」只聽得身後簌簌聲響，那婆婆從灌木叢中出來，說道：「死不了！你跟這老和尚去罷。他說能療你內傷，少林派內功心法當世無匹，你爲甚麼不去？」

令狐冲道：「我說過護送婆婆，自然護送到底。」那婆婆道：「你身上有傷，還護送甚麼？」令狐冲笑道：「你也有傷，大家走著瞧罷！」那婆婆道：「我是妖邪外道，你是名門弟子，跟我混在一起，沒的敗壞了你名門弟子的令譽。」令狐冲道：「我本來就沒名譽，管他旁人說甚短長？婆婆，你待我極好，令狐冲可不是不知好歹之人。你此刻身受重傷，我倘若捨你而去，還算是人麼？」

那婆婆道：「倘若我此刻身上無傷，你便捨我而去了，是不是？」令狐冲一怔，笑道：「婆婆倘若不嫌我後生無知，要我相伴，令狐冲便在你身畔談談說說。就只怕我這人生性粗魯，任意妄爲，過不了幾天，婆婆便不願跟我說話了。」那婆婆嗯了一聲。

令狐冲迴過手臂，將方生大師所給的那顆藥丸遞了過去，說道：「這位少林高僧當眞了不起，婆婆，你殺他門下弟子四人，他反而省下治傷靈藥給你，寧可自己不服。他剛才跟你相鬥，只怕也未出全力。」那婆婆怒道：「呸！他未出全力，怎地又將我打傷了？這些人自居名門正派，假惺惺的冒充好人，我才不瞧在眼裏呢。」令狐冲道：「婆婆，你把這顆藥服下罷。我服了之後，確是覺得胸腹間舒服了些。」那婆婆應了一聲，卻不來取。

令狐冲道：「婆婆……」那婆婆道：「眼前只有你我二人，怎地『婆婆，婆婆』的叫個不休？少叫幾句成不成？」令狐冲笑道：「是。少叫幾句，有甚麼不成？你怎麼不服藥丸？」那婆婆道：「你既說少林派的療傷靈丹好，說我給你的傷藥不好，那你何不將老和尚這顆藥丸一併吃了？」令狐冲道：「啊喲，我幾時說過你的傷藥不好，那不是冤枉人嗎？再說，少林派的傷藥好，正是要你服了，可以早些有力氣走路。」那婆婆道：「你嫌陪著我氣悶，是不是？那你自己儘管走啊，我又沒留著你。」

令狐冲心想：「怎地婆婆此刻脾氣這樣大，老是跟我鬧別扭？是了，她受傷不輕，身子不適，脾氣自然大了，原也怪她不得。」笑道：「我此刻是半步也走不動了，就算想走，也走不了。何況……何況……哈哈……」那婆婆怒道：「何況甚麼？又哈哈甚麼？」

令狐冲笑道：「哈哈就是哈哈，何況，我就算能走，也不想走，除非你跟我一起走。」他本來對那婆婆說話甚爲恭謹有禮，但她亂發脾氣，不講道理，他也就放肆起來。豈知那婆婆卻不生氣，突然一言不發，不知在想甚麼心事。令狐冲道：「婆婆……」

那婆婆道：「又是婆婆！你一輩子沒叫過人『婆婆』，是不是？這等叫不厭？」

令狐冲笑道：「從此之後，我不叫你婆婆了，那我叫你甚麼？」

那婆婆不語，過了一會，道：「便只咱二人在此，又叫甚麼了？你一開口，自然就是跟我說話，難道還會跟第二人說話不成？」令狐冲笑道：「有時候我喜歡自言自語，你可別誤會。」那婆婆哼了一聲，道：「說話沒點正經，難怪你小師妹不要你。」

這句話可刺中了令狐冲心中的創傷，他胸口一酸，不自禁的想到：「小師妹不喜歡我而喜歡林師弟，只怕當眞爲了我說話行事沒點正經，以致她不願以終身相托？是了，林師弟循規蹈矩，確是個正人君子，跟我師父再像也沒有了。別說小師妹，倘若我是女子，也會喜歡他而不要我這沒點正經的無行浪子令狐冲。唉，令狐冲啊令狐冲，你喝酒胡鬧，不守門規，委實不可救藥。我跟採花大盜田伯光結交，在衡山妓院中睡覺，小師妹一定大大的不高興。」

那婆婆聽他不說話了，問道：「怎麼？我這句話傷了你嗎？你生氣了，是不是？」令狐冲道：「沒生氣。你說得對，我說話沒點正經，行事也沒點正經，難怪小師妹不喜歡我，師父、師娘也都不喜歡我。」那婆婆道：「你不用難過，你師父、師娘、小師妹不喜歡你，難道……難道世上便沒旁人喜歡你了？」這句話說得甚是溫柔，充滿了慰藉之意。

令狐冲大是感激，胸口一熱，喉頭似是塞住了，說道：「婆婆，你待我這麼好，就算世上再沒別人喜歡我，也……也沒有甚麼！」

那婆婆道：「你就是一張嘴甜，說話教人高興。難怪連五毒教藍鳳凰那樣的人物，也對你讚不絕口。好啦，你走不動，我也走不動，今天只好在那邊山崖之下歇宿，也不知今日會不會死。」令狐冲微笑道：「今日不死，也不知明日會不會死，明日不死，也不知後日會不會死。」那婆婆道：「少說廢話。你慢慢爬過去，我隨後過來。」

令狐冲道：「你如不服老和尚這顆藥丸，我恐怕一步也爬不動。」

那婆婆道：「又來胡說八道了。我不服藥丸，爲甚麼你便爬不動？」令狐冲道：「半點也不是胡說。你不服藥，身上的傷就不易好，沒精神彈琴，我心中一急，那裏還會有力氣爬過去？別說爬過去，連躺在這裏也沒力氣。」那婆婆嗤的一聲笑，說道：「躺在這裏也得有力氣？」令狐冲道：「這個自然！這裏是一片斜坡，我若不使力氣，登時滾了下去，摔入下面的山澗，就不摔死，也淹死了。」

那婆婆嘆道：「你身受重傷，朝不保夕，偏偏還有這麼好興致來說笑。如此憊懶傢伙，世所罕有。」令狐冲將藥丸輕輕向後一抛，道：「你快吃了罷。」那婆婆道：「哼，凡是自居名門正派之徒，就沒一個好東西，我吃了少林派的藥丸，沒的污了我嘴。」

令狐冲「啊喲」一聲大叫，身子向左一側，順著斜坡，骨碌碌的便向山澗滾了下去。那婆婆大吃一驚，叫道：「小心！」令狐冲繼續向下滾動，這斜坡並不甚陡，但卻甚長，令狐冲滾了好一會才滾到澗邊，手腳力撐，便止住了。

那婆婆叫道：「喂，喂，你怎麼啦？」令狐冲臉上、手上給地下尖石割得鮮血淋漓，忍痛不作聲。那婆婆叫道：「好啦，我吃老和尚的臭藥丸便了，你……你上來罷。」

令狐冲道：「說過了的話，可不能不算。」其時二人相距已遠，令狐冲中氣不足，話聲不能及遠。那婆婆隱隱約約的只聽到一些聲音，卻不知他說些甚麼，問道：「你說甚麼？」令狐冲道：「我……我……」氣喘不已。那婆婆道：「快上來！我答應你吃藥丸便是。」

令狐冲顫巍巍的站起身來，想要爬上斜坡，但順勢下滾甚易，再爬將上去，委實難如登天，只走得兩步，腿上一軟，一個踉蹌，撲通一聲，當眞摔入了山澗。

那婆婆在高處見到他摔入山澗，心中一急，便也順著斜坡滾落，滾到令狐冲身畔，左手抓住了他左足踝。她喘息幾下，伸右手抓住他背心，將他濕淋淋的提起。

令狐冲已喝了好幾口澗水，眼前金星亂舞，定了定神，只見清澈的澗水之中，映上來兩個倒影，一個妙齡姑娘正抓著自己背心。

他一呆之下，突然聽得身後那姑娘「哇」的一聲，吐出一大口鮮血，熱烘烘的都吐在他頸中，同時伏在他背上，便如癱瘓了一般。

令狐冲感到那姑娘柔軟的軀體，又覺她一頭長髮拂在自己臉上，不由得心下一片茫然。再看水中倒影時，見到那姑娘的半邊臉蛋，雙目緊閉，睫毛甚長，雖然倒影瞧不清楚，但顯然容貌秀麗絕倫，不過十七八歲年紀。

他奇怪之極：「這姑娘是誰？怎地忽然有這樣一個姑娘前來救我？」

水中倒影，背心感覺，都在跟他說這姑娘已然暈了過去，令狐冲想要轉過身來，將她扶起，但全身軟綿綿地，連抬一根手指的力氣也無。他猶似身入夢境，看到清溪中秀美的容顏，恰又如身在仙境，只想：「我是死了嗎？這已經升了天嗎？」

過了良久，只聽得背後那姑娘嚶嚀一聲，說道：「你到底是嚇我呢，還是眞的……眞的不想活了？」

令狐冲一聽到她說話之聲，不禁大吃一驚，這聲音便和那婆婆一模一樣，他駭異之下，身子發顫，道：「你……你……你……」那姑娘道：「你甚麼？我偏不吃老和尙的臭藥丸，你尋死給我看啊。」令狐冲道：「婆婆，原來你是個……是個挺美麗的小……小姑娘。」

那姑娘驚道：「你怎麼知道？你……你這說話不算數的小子，你偷看過了？」一低頭，見到山澗中自己淸淸楚楚的倒影，正依偎在令狐冲背上，登時羞不可抑，忙掙扎著站起，剛站直身子，膝間一軟，又摔在他懷中，支撑了幾下，又欲暈倒，只得不動。

令狐冲心中奇怪之極，說道：「你爲甚麼裝成個老婆婆來騙我？冒充長輩，害得我……害得我……」那姑娘道：「害得你甚麼？」

令狐冲的目光和她臉頰相距不到一尺，只見她肌膚白得便如透明一般，隱隱透出來一層暈紅，說道：「害得我婆婆長、婆婆短的一路叫你。哼，眞不害羞，你做我妹子也還嫌小，偏想做人家婆婆！要做婆婆，再過八十年啦！」

那姑娘噗哧一笑，說道：「我幾時說過自己是婆婆了？一直是你自己叫的。你不住口的叫『婆婆』，剛才我還生氣呢，叫你不要叫，你偏要叫，是不是？」

令狐冲心想這話倒也不假，但給她騙了這麼久，自己成了個大傻瓜，心下總是不忿，道：「你不許我看你臉，就是存心騙人。倘若我跟你面對面，難道我還會叫你婆婆不成？你在洛陽就在騙我啦，串通了綠竹翁那老頭子，要他叫你姑姑。他都這麼老了，你既是他姑姑，我豈不是非叫你婆婆不可？」那姑娘笑道：「綠竹翁的師父，叫我爸爸做師叔，那麼綠竹翁該叫我甚麼？」令狐冲一怔，遲遲疑疑的道：「你當眞是綠竹翁的姑姑？」那姑娘道：「綠竹翁這小子又不是甚麼了不起的大人物，我爲甚麼要冒充他姑姑？做姑姑有甚麼好？」

令狐冲嘆了一口氣，說道：「唉！我眞傻，其實早該知道了。」

那姑娘笑問：「早該知道甚麼？」令狐冲道：「你說話聲音這麼好聽，世上那有八十歲的婆婆，話聲是這般淸脆嬌嫩的？」那姑娘笑道：「我聲音又粗糙，又嘶嗄，就像是烏鴉一般，難怪你當我是個老太婆。」令狐冲道：「你的聲音像烏鴉？唉，時世大不同了，今日世上的烏鴉，原來叫聲比黃鶯兒還好聽。」

那姑娘聽他稱讚自己，臉上一紅，心中大樂，笑道：「好啦，令狐公公，令狐爺爺。你叫了我這麼久婆婆，我也叫還你幾聲。這可不吃虧、不生氣了罷？」

令狐冲笑道：「你是婆婆，我是公公，咱兩個公公婆婆，豈不是……」他生性不羈，口沒遮攔，正要說「豈不是一對兒」，突見那姑娘雙眉一蹙，臉有怒色，急忙住口。

那姑娘怒道：「你胡說八道些甚麼？」令狐冲道：「我說咱兩個做了公公婆婆，豈不是……豈不是都成爲武林中的前輩高人？」

那姑娘明知他是故意改口，卻也不便相駁，只怕他越說越難聽。她倚在令狐冲懷中，聞到他身上強烈的男子氣息，心中煩亂已極，要想掙扎著站起身來，說甚麼也沒力氣，紅著臉道：「喂，你推我一把！」令狐冲道：「推你一把幹甚麼？」那姑娘道：「咱們這樣子……這樣子……成甚麼樣子？」令狐冲笑道：「公公婆婆，那便是這個樣子了。」

那姑娘哼的一聲，厲聲道：「你再胡言亂語，瞧我不殺了你！」

令狐冲一凜，想起她迫令數十名大漢自剜雙目、往東海蟠龍島上充軍之事，不敢再跟她說笑，隨即想起：「她小小年紀，一舉手間便殺了少林派的四名弟子，武功如此高強，行事又這等狠辣，眞令人難信就是眼前這個嬌滴滴的姑娘。」

那姑娘聽他不出聲，說道：「你又生氣了，是不是？堂堂男子漢，氣量恁地窄小。」

令狐冲道：「我不是生氣，我是心中害怕，怕給你殺了。」那姑娘笑道：「你以後說話規規矩矩，誰來殺你了？」令狐冲嘆了口氣，道：「我生來就是個不能規規矩矩的脾氣，這叫做無可奈何，看來命中注定，非給你殺了不可。」那姑娘一笑，道：「你本來叫我婆婆，對我恭恭敬敬地，那就很乖很好，以後仍是那樣便了。」令狐冲搖頭道：「不成！我既知你是個小姑娘，便不能再當你是婆婆了。」那姑娘道：「你……你……」說了兩個「你」字，忽然臉上一紅，不知心中想到了甚麼，便住口不說了。

令狐冲低下頭來，見到她嬌羞之態，嬌美不可方物，心中一蕩，便湊過去在她臉頰上吻了一下。那姑娘吃了一驚，突然生出一股力氣，反過手來，啪的一響，在令狐冲臉上重重打了個巴掌，跟著躍起身來。但她這一躍之力甚是有限，身在半空，力道已洩，隨即摔下，又跌在令狐冲懷中，全身癱軟，再也沒法動彈了。

她生怕令狐冲再肆輕薄，心下焦急，說道：「你再這樣……這樣無禮，我立刻……立刻宰了你。」令狐冲笑道：「你宰我也好，不宰我也好，反正我命不長了。我偏偏再要無禮。」那姑娘大急，道：「我……我……我……」卻無法可施。

令狐冲奮起力氣，輕輕扶起她肩頭，自己側身向旁滾了開去，笑道：「你便怎樣？」說了這句話，連連咳嗽，咳出好幾口血來。他一時情動，吻了那姑娘一下，心中便即後悔，給她打了一掌後，更加自知不該，雖仍嘴硬，卻再也不敢和她相偎相依了。

那姑娘見他自行滾遠，倒大出意料之外，見他用力之後又再吐血，內心暗暗歉仄，只是臉嫩，難以開口說幾句道歉的話，柔聲問道：「你……你胸口很痛，是不是？」

令狐冲道：「胸口倒不痛，另一處卻痛得厲害。」那姑娘問道：「甚麼地方很痛？」語氣甚是關懷。令狐冲撫著剛才被她打過的臉頰，道：「這裏。」那姑娘微微一笑，道：「你要我賠不是，我就向你賠個不是好了。」令狐冲道：「是我不好，婆婆，請您別見怪。」那姑娘聽他又叫自己「婆婆」，忍不住格格嬌笑。

令狐冲問道：「老和尚那顆臭藥丸呢？你始終沒吃，是不是？」那姑娘道：「來不及撿了。」伸指向斜坡上一指，道：「還在上面。」頓了一頓，道：「我依你的。待會上去拾來吃下便是，不管他臭不臭的了。」

兩人躺在斜坡下，若在平時，飛身即上，此刻卻如是萬仞險峯一般，高不可攀。兩人向斜坡瞧了一眼，低下頭來，你瞧瞧我，我瞧瞧你，同聲嘆了口氣。

那姑娘道：「我靜坐片刻，你莫來吵我。」令狐冲道：「是。」只見她斜倚澗邊，閉上雙目，右手拇指、食指、中指三根手指揑了個法訣，定在那裏便一動也不動了，心道：「她這靜坐的方法也是與衆不同，並非盤膝而坐。」

待要定下心來也休息片刻，卻是氣息翻湧，說甚麼也靜不下來，忽聽得閣閣閣幾聲叫，一隻肥大的青蛙從澗畔跳了過來。令狐冲大喜，心想折騰了這半日，早就餓得很了，這送到口邊來的美食，當眞再好不過，伸手便向青蛙抓去，豈知手上酸軟無力，一抓之下，竟抓了個空。那青蛙嗒的一聲，跳了開去，閣閣大叫，似是十分得意，又似嘲笑令狐冲無用。令狐冲嘆了口氣，偏生澗邊青蛙甚多，跟著又跳來兩隻，令狐冲仍沒法捉住。忽然腰旁伸過來一隻纖纖素手，輕輕一挾，便捉住了一隻青蛙，卻是那姑娘靜坐半晌，便能行動，雖仍乏力，捉幾隻青蛙可輕而易舉。

令狐冲喜道：「妙極！咱們有一頓蛙肉吃了。」那姑娘微微一笑，一伸手便是一隻，頃刻間捕了二十餘隻。令狐冲道：「夠啦！請你去拾些枯枝來生火，我來洗剝青蛙。」那姑娘依言去拾枯枝，令狐冲拔劍將青蛙斬首除腸。

那姑娘道：「古人殺鷄用牛刀，今日令狐大俠以獨孤九劍殺青蛙。」令狐冲哈哈大笑，說道：「獨孤大俠九泉有靈，得知傳人如此不肖，當眞要活活氣……」說到這個「氣」字立即住口，心想獨孤求敗逝世已久，怎說得上「氣死」二字？

那姑娘道：「令狐大俠……」令狐冲手中拿著一隻死蛙，連連搖晃，說道：「大俠二字，萬萬不敢當。天下那有殺青蛙的大俠？」那姑娘笑道：「古時有屠狗英雄，今日豈可無殺蛙大俠？你這獨孤九劍神妙得很哪，連那少林派的老和尚也鬥你不過。他說傳你這劍法之人姓風那位前輩，是他的恩人，到底是怎麼回事？」

令狐冲道：「傳我劍法那位師長，是我華山派的前輩。」那姑娘道：「這位前輩劍術通神，怎地江湖上不聞他的名頭？」令狐冲道：「這……這……我答允過他老人家，決不洩漏他的行跡。」那姑娘道：「哼，希罕麼？你就跟我說，我還不愛聽呢。你可知我是甚麼人？是甚麼來頭？」令狐冲搖頭道：「我不知道。我連姑娘叫甚麼名字也不知道。」那姑娘道：「你把事情隱瞞了不跟我說，我也不跟你說。」令狐冲道：「我雖不知，卻也猜到了八九成。」那姑娘臉上微微變色，道：「你猜到了？怎麼猜到的？」

令狐冲道：「現在還不知道，到得晚上，那便清清楚楚啦。」那姑娘更是驚奇，問道：「怎地到得晚上便清清楚楚？」令狐冲道：「我抬起頭來看天，看天上少了那一顆星，便知姑娘是甚麼星宿下凡了。姑娘就像天仙一般，凡間那有這樣的人物？」

那姑娘臉上一紅，「呸」的一聲，心中卻甚歡喜，低聲道：「又來胡說八道了。」

這時她已將枯枝生了火，把洗剝了的青蛙串在一根樹枝之上，在火堆上燒烤，蛙油落在火堆之中，發出嗤嗤之聲，香氣一陣陣的冒出。她望著火堆中冒起的青煙，輕輕的道：「我名字叫做『盈盈』。說給你聽了，也不知你以後會不會記得。」

令狐冲道：「盈盈，這名字好聽得很哪。我要是早知道你叫作盈盈，便決不會叫你婆婆了。」盈盈道：「為甚麼？」令狐冲道：「盈盈二字，明明是個小姑娘的名字，自然不是老婆婆。」盈盈笑道：「我將來眞的成為老婆婆，又不會改名，仍然叫作盈盈。」令狐冲道：「你不會成為老婆婆的，你這樣美麗，到了八十歲，仍然是個美得不得了的小姑娘。」

盈盈笑道：「那不變成了妖怪嗎？」隔了一會，正色道：「我把名字跟你說了，可不許你隨便亂叫。」令狐冲道：「爲甚麼？」盈盈道：「不許就不許，我不喜歡。」

令狐冲伸了伸舌頭，說道：「這個也不許，那個也不許，將來誰做了你的……」說到這裏，見她沉下臉來，當即住口。盈盈哼的一聲。

令狐冲道：「你爲甚麼生氣？我說將來誰做了你的徒弟，可有得苦頭吃了。」他本來想說「丈夫」，但一見情勢不對，忙改說「徒弟」。盈盈自然知道原意，說道：「你這人既不正經，又不老實，三句話中，倒有兩句顛三倒四。我……我不會強要人家怎麼樣，人家愛聽我的話就聽，不愛聽呢，也由得他。」令狐冲笑道：「我愛聽你的話。」這句話中也帶有三分調笑之意。盈盈秀眉一蹙，似要發作，但隨即滿臉暈紅，轉過了頭。

一時之間，兩人誰也不作聲。忽然聞到一陣焦臭，盈盈一聲「啊喲」，卻原來手中一串青蛙燒得焦了，嗔道：「都是你不好。」

令狐冲笑道：「你該說虧得我逗你生氣，才烤了這樣精采的焦蛙出來。」取下一隻燒焦了的青蛙，撕下一條腿，放入口中一陣咀嚼，連聲讚道：「好極，好極！如此火候，才恰到好處，甜中帶苦，苦盡甘來，世間除此之外，更無這般美味。」盈盈給他逗得格格而笑，也吃了起來。令狐冲搶著將最焦的蛙肉自己吃了，把並不甚焦的部分都留了給她。

二人吃完了烤蛙，和暖的太陽照在身上，大感困倦，不知不覺間都合上眼睛睡著了。

二人一晚未睡，又受了傷，這一覺睡得甚是沉酣。令狐冲在睡夢之中，忽覺正和岳靈珊在瀑布中練劍，突然多了一人，卻是林平之，跟著便和林平之鬥劍。但手上沒半點力氣，拚命想使獨孤九劍，偏偏一招也想不起來，林平之一劍又一劍的刺在自己心口、腹上、頭上、肩上，又見岳靈珊在哈哈大笑。他又驚又怒，大叫：「小師妹，小師妹！」叫了幾聲，便驚醒過來，聽得一個溫柔的聲音道：「你夢見小師妹了？她對你怎樣？」令狐冲兀自心中酸苦，說道：「有人要殺我，小師妹不睬我，還……還笑呢！」盈盈嘆了口氣，輕輕的道：「你額頭上都是汗水。」

令狐冲伸袖拂拭，忽然一陣涼風吹來，不禁打了個寒噤，但見繁星滿天，已是中夜。

令狐冲神智一清，便即坦然，正要說話，突然盈盈伸手按住了他嘴，低聲道：「有人來了。」令狐冲凝神傾聽，果然聽得遠處有三人的腳步聲傳來。

又過一會，聽得一人說道：「這裏還有兩個死屍。」令狐冲認出說話的是祖千秋。另一人道：「啊，這是少林派中的和尚。」卻是老頭子發現了覺月的屍身。

盈盈慢慢縮轉了手，只聽得計無施道：「這三人也都是少林派的俗家弟子，怎地都死在這裏？咦，這人是辛國樑，他是少林派的好手。」祖千秋道：「是誰這樣厲害，一舉將少林派的四名好手殺了？」老頭子囁嚅道：「莫非……莫非是黑木崖上的人物？甚至是東方教主自己？」計無施道：「瞧來倒也甚像。咱們趕緊把這四具屍體埋了，免得給少林派中人瞧出蹤跡。」祖千秋道：「倘若眞是黑木崖人物下的手，他們也就不怕給少林派知道。說不定故意遺屍於此，向少林派示威。」計無施道：「若要示威，不會將屍首留在這荒野之地。咱們若非湊巧經過，這屍首給鳥獸吃了，就也未必會發現。日月神教如要示威，多半便將屍首懸在通都大邑，寫明是少林派的弟子，這才教少林派面上無光。」祖千秋道：「不錯，多半是黑木崖人物殺了這四人後，又去追敵，來不及掩埋屍首。」跟著便聽得一陣挖地之聲，三人用兵刃掘地，掩埋屍體。

令狐冲尋思：「這三人和黑木崖東方教主定然大有淵源，否則不會費這力氣。」忽聽得祖千秋「咦」的一聲，道：「這是甚麼？一顆丸藥？」計無施嗅了幾嗅，說道：「這是少林派的治傷靈藥，大有起死回生之功，定是這幾個少林弟子的衣袋裏掉出來的。」祖千秋道：「你怎知道？」計無施道：「許多年前，我曾在一個少林老和尙處見過。」祖千秋道：「旣是治傷靈藥，那可妙極。老兄，你拿去給你那不死姑娘服了，治她的病。」老頭子道：「我女兒的死活，也管不了這許多，咱們趕緊去找令狐公子，送給他服。」

令狐冲心頭一陣感激，尋思：「這是盈盈掉下的藥丸。怎地去向老頭子要回來，給她服下？」一轉頭，淡淡月光下只見盈盈微微一笑，扮個鬼臉，一副天眞爛漫的模樣，笑容說不出的動人，眞不信她便在不多久之前，曾連殺四名少林好手。

但聽得一陣抛石搬土之聲，三人將死屍埋好。老頭子道：「眼下有個難題，夜貓子，你幫我想想。」計無施道：「甚麼難題？」老頭子道：「這當兒令狐公子一定是和……和聖姑她在一起。我送這顆藥丸去，非撞到聖姑不可。聖姑生氣把我殺了，也沒甚麼，只是這麼一來，定要沖撞了她，惹得她生氣，可就大大不妙。」

令狐冲向盈盈瞧了一眼，心道：「原來他們叫你聖姑，又對你怕成這個樣子。你爲甚麼動不動便殺人？」

計無施道：「今日咱們在道上見到的那三個瞎子，倒有用處。咱們明日一早追到那三個瞎子，要他們將藥丸送去給令狐公子。他們眼睛是盲的，就算見到聖姑和令狐公子在一起，也沒殺身之禍。」祖千秋道：「我卻在疑心，只怕這三人所以剜去眼睛，便是因爲見到聖姑和令狐公子在一起之故。」老頭子一拍大腿，道：「不錯！若非如此，怎地三個人好端端的都壞了眼睛？這四名少林弟子只怕也是運氣不好，無意中撞見了聖姑和令狐公子。」

三人半晌不語。令狐冲心中疑團愈多，只聽得祖千秋嘆了口氣，道：「只盼令狐公子傷勢早愈，聖姑儘早和他成爲神仙眷屬。他二人一日不成親，江湖上總是難得安寧。」

令狐冲大吃一驚，偷眼向盈盈瞧去，夜色朦朧中隱隱可見她臉上暈紅，目光中卻射出了惱怒之意。令狐冲生怕她躍出去傷害了老頭子等三人，伸出右手，輕輕握住她左手，但覺她全身都在顫抖，也不知是氣惱，還是害羞。

祖千秋道：「咱們在五霸岡上聚集，聖姑竟然會生這麼大的氣。其實男歡女愛，理所當然。像令狐公子那樣瀟洒仁俠的豪傑，也只有聖姑那樣美貌的姑娘才配得上。爲甚麼聖姑如此了不起的人物，卻也像世俗女子那般扭扭揑揑？她明明心中喜歡令狐公子，卻不許旁人提起，更不許人家見到，這不是……不是有點不近情理嗎？」

令狐冲心道：「原來如此。卻不知此言是眞是假？」突然覺到掌中盈盈那隻小手一摔，要將自己手掌甩脫，忙用力握住，生怕她一怒之下，立時便將祖千秋等三人殺了。

計無施道：「聖姑雖是黑木崖上了不起的人物，便東方教主，也從來對她沒半點違拗，但她畢竟是個年輕姑娘。世上的年輕姑娘初次喜歡了一個男人，縱然心中愛煞，臉皮子總是薄的。咱們這次拍馬屁拍在馬腳上，雖是一番好意，還是惹得聖姑發惱，只怪大夥兒都是粗魯漢子，不懂得女孩兒家的心事。來到五霸岡上的姑娘大嫂，本來也有這麼幾十個，偏偏她們的性子粗粗魯魯，跟男子漢可也沒多大分別。五霸岡羣豪聚會，拍馬屁聖姑生氣。這一回書傳了出去，可笑壞了名門正派中那些狗崽子們。」

老頭子朗聲道：「聖姑於大夥兒有恩，衆兄弟感恩報德，只盼能治好了她心上人的傷。大丈夫恩怨分明，有恩報恩，有仇報仇，有甚麼錯了？那一個狗崽子敢笑話咱們，老子抽他的筋，剝他的皮。」

令狐冲這時方才明白：一路上羣豪如此奉承自己，原來都是爲了這個閨名叫作盈盈的聖姑，而羣豪突然在五霸岡上一鬨而散，也爲了聖姑不願旁人猜知她的心事，在江湖上大肆張揚，因而生氣。他轉念又想：聖姑以一個年輕姑娘，能令這許多英雄豪傑來討好自己，自是魔教中一位驚天動地的大人物，聽計無施說，連號稱「武功天下第一」的東方不敗，對她也從不違拗。我令狐冲只是武林中一個無名小卒，和她相識，只不過在洛陽小巷中隔簾傳琴，說不上有半點情愫，是不是綠竹翁誤會其意，傳言出去，以致讓聖姑大大生氣呢？

只聽祖千秋道：「老頭子的話不錯，聖姑於咱們有大恩大德，只要能成就這段姻緣，讓她一生滿意喜樂，大家就算粉身碎骨，那也死而無悔。在五霸岡上碰一鼻子灰，又算得甚麼？只是……只是令狐公子乃華山派首徒，和黑木崖勢不兩立，要結成這段美滿姻緣，恐怕這中間阻難重重。」

計無施道：「我倒有一計在此。咱們何不將華山派的掌門人岳不羣抓了來，以死相脅，命他主持這樁婚姻？」祖千秋和老頭子齊聲道：「夜貓子此計大妙！事不宜遲，咱們立即動身，去抓岳不羣。」計無施道：「只是那岳先生乃一派掌門，內功劍法俱有極高造詣。咱們對他動粗，第一難操必勝，第二就算擒住了他，他寧死不屈，卻又如何？」老頭子道：「那麼咱們只好綁架他老婆、女兒，加以威逼。」祖千秋道：「不錯！但此事須當做得隱秘，不可令人知曉，掃了華山派的顏面。令狐公子如得知咱們得罪了他師父，定然不快。」三人當下計議如何去擒拿岳夫人和岳靈珊。

盈盈突然朗聲道：「喂，三個膽大妄爲的傢伙，快滾得遠遠地，別惹姑娘生氣！」

令狐冲聽她忽然開口說話，嚇了一跳，使力抓住她手。

計無施等三人自是更加吃驚。老頭子道：「是，是，小人……小人……小人……」連說了三聲「小人」，驚慌過度，再也接不下去。計無施道：「是，是！咱們胡說八道，聖姑可別當眞。咱們明日便遠赴西域，再也不回中原來了。」

令狐冲心想：「這一來，又是三個人給充了軍。」

盈盈站起身來，說道：「誰要你們到西域去？我有一件事，你們三個給我辦一辦。」計無施等三人大喜，齊聲應道：「聖姑但請吩咐，小人自當盡心竭力。」盈盈道：「我要殺一個人，一時卻找他不到。你們傳下話去，那一位江湖上的朋友殺了此人，我重重酬謝。」祖千秋道：「酬謝是決不敢當，聖姑要取此人性命，我兄弟三人便追到天涯海角，也要尋到了他。只不知這賊子是誰，竟敢得罪了聖姑？」盈盈道：「單憑你們三人，耳目不廣，須當立即傳言出去。」三人齊聲道：「是！是！」盈盈道：「你們去罷！」祖千秋道：「是。請問聖姑要殺的，是那一個大膽惡賊。」

盈盈哼了一聲，道：「此人複姓令狐，單名一個冲字，乃華山派門下弟子。」

此言一出，令狐冲、計無施、祖千秋、老頭子四人都大吃一驚，誰都不作聲。

過了好半天，老頭子道：「這個……這個……」盈盈厲聲道：「這個甚麼？你們怕了五嶽劍派，不敢動華山門下的弟子，是不是？」計無施道：「給聖姑辦事，別說五嶽劍派，便是玉皇大帝、閻羅老子，也敢得罪了。咱們設法去把令狐……令狐冲擒了來，交給聖姑發落。老頭子，祖千秋，咱們去罷。」老頭子心想：「定是令狐公子在言語上得罪了聖姑，年輕人越相好，越易鬧別扭，當年我跟不死她媽好得蜜裏調油，可又不是天天吵嘴打架？唉，不死這孩子胎裏帶病，還不是因為她媽懷著她時，我在她肚子上狠狠擂了一拳，傷了胎氣？說不得，只好去將令狐公子請了來，由聖姑自己對付他。」

他正在胡思亂想，那知聽得盈盈怒道：「誰叫你們去擒他了？這令狐冲倘若活在世上，於我清白的名聲有損。早一刻殺了他，我便早一刻出了心中惡氣。」祖千秋吞吞吐吐的道：「聖姑……」盈盈道：「好，你們跟令狐冲有交情，不願為我辦這件事，那也不妨，我另行遣人傳言便是。」

三人聽她說得認眞，只得一齊躬身說道：「謹遵聖姑台命！」

老頭子卻想：「令狐公子是個大仁大義之人，老頭子今日奉聖姑之命，不得不去殺他，殺了他後，老頭子也當自刎以殉。」從懷中取出那顆傷藥，放在地下。

三人轉身離去，漸漸走遠。

令狐冲向盈盈瞧去，見她低了頭沉思，心想：「她爲保全自己名聲，要取我性命，那又是甚麼難事了？」說道：「你要殺我，自己動手便是，又何必勞師動衆？要不然，我立刻自刎，那也不妨。」緩緩拔出長劍，倒轉劍柄，遞了過去。

盈盈接過長劍，微微側頭，凝視著他。令狐冲哈哈一笑，將胸膛挺了挺。盈盈道：「你死在臨頭，還笑甚麼？」令狐冲道：「正因爲死在臨頭，所以要笑。」

盈盈提起長劍，手臂一縮，作勢便欲刺落，突然轉過身去，用力一揮，將劍擲了出去。長劍在黑暗中閃出一道寒光，噹的一聲，落在遠處地下。

盈盈頓足道：「都是你不好，教江湖上這許多人都笑話於我。倒似我一輩子……一輩子沒人要了，千方百計的要跟你相好。你……你有甚麼了不起？累得我此後再也沒臉見人。」令狐冲又哈哈一笑。盈盈怒道：「你還要笑我？還要笑我？」忽然哇的一聲，哭了出來。

她這麼一哭，令狐冲心下登感歉然，柔情一起，驀然間恍然大悟：「她在江湖上位望甚尊，這許多豪傑漢子都對她十分敬畏，自必向來十分驕傲，又是女孩兒家，天生的靦腆，忽然間人人都說她喜歡了我，也眞難免令她不快。她叫老頭子他們如此傳言，未必眞要殺我，只不過是爲了闢謠。她旣這麼說，自是誰也不會疑心我跟她在一起了。」柔聲道：「果然是我不好，累得損及姑娘淸名。在下這就告辭。」

盈盈伸袖拭了拭眼淚，道：「你到那裏去？」令狐冲道：「信步所之，到那裏都好。」盈盈道：「你答允過要保護我的，怎地自行去了？」令狐冲微笑道：「在下不知天高地厚，說這些話，可教姑娘笑話了。姑娘武功如此高強，又怎需人保護？便有一百個令狐冲，也及不上姑娘。」說著轉身便走。

盈盈急道：「你不能走。」令狐冲道：「爲甚麼？」盈盈道：「祖千秋他們已傳了話出去，數日之間，江湖上便無人不知，那時人人都要殺你，這般步步荊棘，別說你身受重傷，就算完好無恙，也難逃殺身之禍。」

令狐冲淡然一笑，道：「令狐冲死在姑娘的言語之下，那也不錯啊。」走過去拾起長劍插入劍鞘，自忖無力走上斜坡，便順著山澗走去。

盈盈眼見他越走越遠，追了上來，叫道：「喂，你別走！」令狐冲道：「令狐冲跟姑娘在一起，只有累你，還是獨自走了的好。」盈盈道：「你……你……」咬著嘴唇，心頭煩亂之極，見他始終不肯停步，又奔近幾步，說道：「令狐冲，你定要迫我親口說了出來，這才快意，是不是？」令狐冲奇道：「甚麼啊？我可不懂了。」

盈盈又咬了咬嘴唇，說道：「我叫祖千秋他們傳言，是要你……要你永遠在我身邊，不能離開我一步。」說了這句話後，身子發顫，站立不穩。

令狐冲大是驚奇，道：「你……你要我陪伴？」

盈盈道：「不錯！祖千秋他們把話傳出之後，你只有陪在我身邊，才能保全性命。沒想到你這不顧死活的小子，竟一點不怕，那不是……那不是反而害了你麼？」

令狐冲心下感激，尋思：「原來你當眞是對我好，但對著那些漢子，卻又死也不認。」轉身走到她身前，伸手握住她雙手，入掌冰涼，只覺她兩隻掌心都是冷汗，低聲道：「你何苦如此？」盈盈道：「我怕。」令狐冲道：「怕甚麼？」盈盈道：「怕你這傻小子不聽我話，當眞要去江湖涉險，只怕過不了明天，便死在那些不値一文錢的臭傢伙手下。」

令狐冲嘆道：「那些人都是血性漢子，對你又是極好，你爲甚麼對他們如此輕賤？」盈盈道：「他們在背後笑我，又想殺你，還不是該死的臭漢子？」令狐冲忍不住失笑，道：「是你叫他們殺我的，怎能怪他們了？再說，他們也沒在背後笑你。你聽計無施、老頭子、祖千秋三人談到你時，語氣何等恭謹？那裏有絲毫笑話你了？」盈盈道：「他們口裏沒笑，肚子裏在笑。」

令狐冲覺得這姑娘蠻不講理，沒法跟她辯駁，只得道：「好，你不許我走，我便在這裏陪你便是。唉，給人家斬成十七八塊，滋味恐怕也不大好受。」

盈盈聽他答允不走，登時心花怒放，答道：「甚麼滋味不大好受？簡直難受之極。」她說這話時，將臉側了過來。星月微光照映之下，雪白的臉龐似乎發射出柔和的光芒，令狐冲心中一動：「這姑娘其實比小師妹美貌得多，待我又這麼好，可是……可是……我心中怎地還是對小師妹念念不忘？」

盈盈卻不知他正在想到岳靈珊，道：「我給你的那張琴呢？不見了，是不是？」令狐冲道：「是啊，路上沒錢使，我將琴拿到典當店裏去押了。」一面說，一面取下背囊，打了開來，捧出了短琴。

盈盈見他包裹嚴密，足見對自己所贈之物極爲重視，心下甚喜，道：「你一天要說幾句謊話，心裏才舒服？」接過琴來，輕輕撥弄，隨即奏起那曲〈清心普善咒〉來，問道：「你都學會了沒有？」令狐冲道：「差得遠呢。」靜聽她指下優雅的琴音，甚是愉悅。

聽了一會，覺得琴音與她以前在洛陽城綠竹巷中所奏的頗爲不同，猶如枝頭鳥喧，清泉迸發，丁丁東東的十分動聽，心想：「曲調雖同，音節卻異，原來這〈清心普善咒〉尚有這許多變化。」

忽然間錚的一聲，最短的一根琴絃斷了。盈盈皺了皺眉頭，繼續彈奏，過不多時，又斷了一根琴絃。令狐冲聽得琴曲中頗有煩躁之意，和〈淸心普善咒〉的琴旨殊異其趣，正訝異間，琴絃啪的一下，又斷了一根。

盈盈一怔，將瑤琴推開，嗔道：「你坐在人家身邊，只是搗亂，這琴那裏還彈得成？」令狐冲心道：「我安安靜靜的坐著，幾時搗亂過了？」隨即明白：「你自己心神不定，便來怪我。」卻也不去跟她爭辯，臥在草地上閉目養神，疲累之餘，竟不知不覺的睡著了。

次日醒轉，見盈盈正坐在澗畔洗臉，又見她洗罷臉，用一隻梳子梳頭，皓臂如玉，長髮委地，不禁看得痴了。盈盈一回頭，見他怔怔的呆望自己，臉上一紅，笑道：「瞌睡鬼，這時候才醒來。」令狐冲也有些不好意思，訕訕的道：「我再去捉靑蛙，且看有沒有力氣。」盈盈道：「你躺著多歇一會兒，我去捉。」

令狐冲掙扎著想要站起，卻手足酸軟，稍一用力，胸口又氣血翻騰，心下好生煩惱：「死就死，活就活，這般不死不活，廢人一個，別說人家瞧著累贅，自己也眞厭煩。」

盈盈見他臉色不愉，安慰他道：「你這內傷未必當眞難治。這裏甚是僻靜，左右無事，慢慢養傷，又何必性急？」

山澗之畔地處偏僻，自從計無施等三人那晚經過，此後便沒人來。二人一住十餘日。盈盈的內傷早就好了，每日採摘野果、捕捉靑蛙爲食，卻見令狐冲一日消瘦一日。

她硬逼他服了方生大師留下的藥丸，彈奏琴曲撫其入睡，但於他的傷勢已沒半分好處。

令狐冲自知大限將屆，好在他生性豁達，也不以爲憂，每日裏仍與盈盈說笑。

盈盈本來自大任性，但想到令狐冲每一刻都會突然死去，對他便加意溫柔，千依百順的服侍，偶爾忍不住使些小性兒，也是立即懊悔，向他賠話。

這一日令狐冲吃了兩個桃子，即感困頓，迷迷糊糊的便睡著了。睡夢中聽到一陣哭泣之聲，他微微睜眼，見盈盈伏在他腳邊，不住啜泣。令狐冲一驚，正要問她爲何傷心，突然心下明白：「她知我快死了，是以難過。」伸出左手，輕輕撫摸她秀髮，強笑道：「別哭，別哭！我還有八十年好活呢，那有這麼快便去西天。」

盈盈哭道：「你一天比一天瘦，我……我……我也不想活了……」

令狐冲聽她說得又誠摯，又傷心，不由得大爲感激，胸口一熱，只覺得天旋地轉，喉頭不住有血狂湧，便此人事不知。

那老者轉過頭來，兩道冷電似的目光向令狐冲一掃，臉上微現詫色，哼了一聲。令狐冲舉杯說道：「請！」

一八　聯手

令狐冲這一番昏迷，實不知過了多少時日，有時微有知覺，身子也如在雲端飄飄盪盪，過不多時，又暈了過去。如此時暈時醒，有時似乎有人在他口中灌水，有時又似有人用火在他周身燒炙，手足固然沒法動彈，連眼皮也睜不開來。

這一日神智略清，只覺雙手手腕的脈門給人抓住了，各有一股炙熱之氣分從兩手脈門中注入，登時和體內所蓄眞氣激盪衝突。他全身說不出的難受，只想張口呼喊，卻叫不出半點聲音，猶如身受千般折磨、萬種煎熬的酷刑。

如此昏昏沉沉的又不知過了多少日子，只覺每一次眞氣入體，均比前一次苦楚略減，心下也明白了些，知道有一位內功極高之人在給自己治傷，心道：「難道是師父、師娘請了一位前輩高人來救我性命？盈盈卻到那裏去了？師父、師娘呢？小師妹又怎地不見？」一想到岳靈珊，胸口氣血翻湧，便又人事不知。

如此每日有人來給他輸送內力。這一日輸了眞氣後，令狐冲神智比前大爲清醒，說道：「多……多謝前輩，我……我是在那裏？」緩緩睜眼，見到一張滿是皺紋的臉，露著溫和的笑容。

令狐冲覺得這張臉好生熟悉，迷迷惘惘的看了他一會，見這人頭上無髮，燒有香疤，是個和尙，隱隱約約想了起來，說道：「你……你是方……方……大師……」

那老僧神色甚是欣慰，微笑道：「很好，很好！你認得我了，我是方生。」令狐冲道：「是，是。你是方生大師。」這時他察覺處身於一間斗室之中，桌上一燈如豆，發出淡淡黃光，自己睡在榻上，身上蓋了棉被。

方生道：「你覺得怎樣？」令狐冲道：「我好些了。我……我在那裏？」方生道：「你是在少林寺中。」令狐冲大爲驚奇，問道：「我……我在少林寺中？盈盈呢？我怎麼會到少林寺來？」方生微笑道：「你神智剛清醒了些，不可多耗心神，以免傷勢更有反覆。一切以後慢慢再說。」

此後朝晚一次，方生來到斗室，以內力助他療傷。過了十餘日，令狐冲已能坐起，自用飲食，但每次問及盈盈的所在，以及自己何以能來到寺中，方生總微笑不答。

這一日，方生又給令狐冲輸了內力，說道：「令狐少俠，現下你這條命暫且算保住了。但老衲功夫有限，沒法化去你體內的異種眞氣，眼前只能拖得一日算一日，只怕過不了一年，你內傷又會大發，那時縱有大羅金仙，也難救你性命了。」令狐冲點頭道：「當日平一指平大夫對晚輩也這麼說。大師盡心竭力相救，晚輩已感激不盡。一個人壽算長短，各有天命，大師功力再高，也不能逆天行事。」方生搖頭道：「我佛家不信天命，只講緣法。當日我曾跟你說過，本寺住持方證師兄內功淵深，倘若和你有緣，能傳你《易筋經》秘術，則筋骨尚能轉易，何況化去內息異氣？我這就帶你去拜見方丈。」

令狐冲素聞少林寺方丈方證大師的聲名，心下甚喜，道：「有勞大師引見。就算晚輩無緣，不蒙方丈大師垂青，但能拜見這位當世高僧，也是十分難得的機遇。」當下慢慢起床，穿好衣衫，隨著方生大師走出斗室。

一到室外，陽光耀眼，竟如進入了另一個天地，精神爲之一爽。

他移步之際，雙腿酸軟，只得慢慢行走，但見寺中一座座殿堂構築宏偉。一路上遇到不少僧人，都遠遠便避在一旁，向方生合什低首，執禮甚恭。

穿過三條長廊，來到一間石屋之外。方生向屋外的小沙彌道：「方生有事求見方丈師兄。」小沙彌進去稟報了，隨即轉身出來，合什道：「方丈有請。」

令狐冲跟在方生之後，走進室去，只見一個身材矮小的老僧坐在中間一個蒲團上。方生躬身行禮，說道：「方生拜見方丈師兄，引見華山派首徒令狐冲令狐少俠。」令狐沖當即跪下，叩首禮拜。方證方丈微微欠身，右手一舉，說道：「少俠少禮，請坐。」

令狐沖拜畢，在方生下首的蒲團上坐了，只見那方證方丈容顏瘦削，神色慈和，也瞧不出有多少年紀，心下暗暗納罕：「想不到這位名震當世的高僧，竟如此貌不驚人，若非事先得知，有誰會料得到他是武林中第一大派的掌門。」

方生大師道：「令狐少俠經過兩個多月來調養，已好得多了。」令狐沖又是一驚：「原來我昏迷不醒，已有兩個多月，我還道只二十多天的事。」

方證道：「很好。」轉頭向令狐沖道：「少俠，尊師岳先生執掌華山一派，為人嚴正不阿，清名播於江湖，老衲向來十分佩服。」令狐沖站起身來，說道：「不敢。晚輩身受重傷，不省人事，多蒙方生大師相救，原來已二月有餘。我師父、師娘想必平安？」自己師父、師娘是否平安，本不該去問旁人，只是他心下掛念，忍不住脫口相詢。

方證道：「聽說岳先生、岳夫人和華山派羣弟子，眼下都在福建。」

令狐沖當即放寬了心，道：「多謝方丈大師示知。」隨即不禁心頭一酸：「師父、師娘終於帶著小師妹，到了林師弟家裏。」

方證道：「少俠請坐。聽方生師弟說道，少俠劍術精絕，已深得華山前輩風老先生的眞傳，實乃可喜可賀。」令狐沖道：「不敢。」方證道：「風老先生歸隱已久，老衲只道他老人家已然謝世，原來尚在人間，令人聞之不勝之喜。」令狐沖道：「是。」

方證緩緩說道：「少俠受傷之後，爲人所誤，以致體內注有多種異樣眞氣，難以化去，方生師弟已爲老衲詳告。老衲仔細參詳，唯有修習敝派內功秘要《易筋經》，方能以本身功力逐步化去，若以外力加強少俠之體，雖能延得一時之命，實則乃飲鴆止渴，爲患更深。方生師弟兩個月來以內力延你性命，可是他的眞氣注入你體內之後，你身體中可又多了一道異種眞氣了。少俠試一運氣，便當自知。」令狐冲微一運氣，果覺丹田中內息澎湃，難以抑制，劇痛攻心，登時身子搖晃，額頭汗水涔涔而下。

方生合什道：「老衲無能，致增少俠病苦。」令狐冲道：「大師說那裏話來？大師爲晚輩盡心竭力，大耗淸修之功。晚輩二世爲人，實拜大師再造之恩。」方生道：「不敢。風老先生昔年於老衲有大恩大德，老衲此舉，亦不過報答風老先生之恩德於萬一。」

方證抬起頭來，說道：「說甚麼大恩大德，深仇大恨？恩德是緣，寃仇亦是緣，仇恨不可執著，恩德亦不必執著。塵世之事，皆如過眼雲煙，百歲之後，更有甚麼恩德仇怨？」方生應道：「是，多謝師兄指點。」

方證緩緩說道：「佛門子弟，慈悲爲本，既知少俠負此內傷，自當盡心救解。那《易筋經》神功，乃東土禪宗初祖達摩老祖所創，禪宗二祖慧可大師得之於老祖。慧可大師本來法名神光，是洛陽人氏，幼通孔老之學，尤精玄理。達摩老祖駐錫本寺之時，神光大師來寺請益。達摩老祖見他所學駁雜，先入之見甚深，自恃聰明，難悟禪理，當下拒不收納。神光大師苦求良久，始終未得其門而入，當即提起劍來，將自己左臂砍斷了。」

令狐冲「啊」的一聲，心道：「這位神光大師求法學道，竟如此堅毅。」

方證說道：「達摩老祖見他這等誠心，這才將他收爲弟子，改名慧可，終得承受達摩老祖衣鉢，傳禪宗法統。二祖跟著達摩老祖所學的，乃是佛法大道，依《楞伽經》而明心見性。我宗武功之名雖流傳天下，實則那是末學，殊不足道。達摩老祖當年只傳授弟子們一些強身健體的法門而已。身健則心靈，心靈則易悟。但後世門下弟子往往迷於武學，以致捨本逐末，不體老祖當年傳授武功的宗旨，可嘆，可嘆。」說著連連搖頭。

過了一會，方證又道：「老祖圓寂之後，二祖在老祖的蒲團之旁見到一卷經文，那便是《易筋經》了。這卷經文義理深奧，二祖苦讀鑽研，不可得解，心想達摩老祖面壁九年，在石壁畔遺留此經，雖然經文寥寥，必定非同小可，於是遍歷名山，訪尋高僧，求解妙諦。但二祖其時已是得道高僧，他老人家苦思深慮而不可解，世上欲求智慧深湛更勝於他的大德，那也難得很了。因此歷時二十餘載，經文秘義，終未能彰。一日，二祖以絕大法緣，在四川峨嵋山得晤梵僧般刺密諦，講談佛學，大相投機。二祖取出《易筋經》來，和般刺密諦共同研讀參究。二位高僧在峨嵋金頂互相啓發，經七七四十九日，終於豁然貫通。」

方生合什讚道：「阿彌陀佛，善哉善哉！」

方證方丈續道：「但那般剌密諦大師所闡發的，大抵是禪宗佛學。直至十二年後，二祖在長安道上遇上一位精通武功的年輕人，談論三日三晚，才將《易筋經》中的武學秘奧盡數領悟。」他頓了一頓，說道：「那位年輕人，便是唐朝開國大功臣，後來輔佐太宗，平定突厥，出將入相，爵封衛公的李靖。李衛公建不世奇功，想來也是從《易筋經》中得到了不少教益。」

令狐冲「哦」了一聲，心想：「原來《易筋經》有這等大來頭。」

方證又道：「易筋經的功夫圜一身之脈絡，繫五臟之精神，周而不散，行而不斷，氣自內生，血從外潤。練成此經後，心動而力發，一攢一放，自然而施，不覺其出而自出，如潮之漲，似雷之發。少俠，練那易筋經，便如一葉小舟於大海巨濤之中，怒浪澎湃之際，小舟自然拋高伏低，何嘗用力？若要用力，又那有力道可用？又從何處用起？」

令狐冲連連點頭，覺得這道理果然博大精深，和風清揚所說的劍理頗有相通處。

方證又道：「只因這易筋經具如斯威力，是以數百年來非其人不傳，非有緣不傳，縱然是本派出類拔萃的弟子，若無福緣，也不獲傳授。便如方生師弟，他武功既高，持戒亦復精嚴，乃本寺了不起的人物，卻未獲上代師父傳授此經。」

令狐冲道：「是。晚輩無此福緣，不敢妄自干求。」

方證搖頭道：「不然。少俠是有緣人。」

令狐冲驚喜交集，心中怦怦亂跳，沒想到這項少林秘技，連方生大師這樣的少林高僧也未蒙傳授，自己卻屬有緣。

方證緩緩的道：「佛門廣大，只渡有緣。少俠是風老先生的傳人，此是一緣；少俠來到我少林寺中，此又是一緣；少俠不習易筋經便須喪命，方生師弟習之固爲有益，不習亦無所害，這中間的分別又是一緣。」

方生合什道：「令狐少俠福緣深厚，方生亦代爲欣慰。」

方證道：「師弟，你天性執著，一切事物拘泥實相，於『空、無相、無作』這三解脫門的至理，始終未曾參透，了生死這一關，也就勘不破。不是我不肯傳你《易筋經》，實是怕你研習這門上乘武學之後，沉迷其中，於參禪的正業不免荒廢。」

方生神色惶然，站起身來，恭恭敬敬的道：「師兄教誨的是。」

方證微微點頭，意示激勵，過了半晌，見方生臉現微笑，這才臉現喜色，又點了點頭，轉頭向令狐冲道：「這中間本來尙有一重大障礙，此刻卻也跨過去了。自達摩老祖以來，這《易筋經》只傳本寺弟子，不傳外人，此例不能自老衲手中而破。因此少俠須得投我嵩山少林寺門下，爲少林派俗家弟子。」頓了一頓，又道：「少俠若不嫌棄，便歸老衲門下，爲『國』字輩弟子，可更名爲令狐國冲。」

方生喜道：「恭喜少俠。我方丈師兄生平只收過兩名弟子，那都是三十年前的事了。少俠爲我方丈師兄的關門弟子，不但得窺易筋經的高深武學，而我方丈師兄所精通的一十二般少林絕藝，亦可量才而授，那時少俠定可光大我門，在武林中放一異采。」

令狐冲站起身來，說道：「多承方丈大師美意，晚輩感激不盡，只是晚輩身屬華山派門下，不便另投明師。」方證微微一笑，說道：「我所說的大障礙，便是指此而言。少俠，你眼下已不是華山弟子了，你自己只怕還不知道。」

令狐冲吃了一驚，顫聲道：「我……我……怎麼已不是華山派門下？」

方證從衣袖中取出一封信來，道：「請少俠過目。」手掌輕輕一送，那信便向令狐冲身前平平飛來。

令狐冲雙手接住，只覺全身一震，不禁駭然：「這位方丈大師果然內功深不可測，單憑這薄薄一封信，居然便能傳過來這等渾厚內力。」見信封上蓋著「華山派掌門之印」的朱鈐，上書「謹呈少林派掌門大師」，九個字間架端正，筆致凝重，正是師父岳不羣的親筆。令狐冲隱隱感到大事不妙，雙手發顫，抽出信紙，看了一遍，眞難相信世上竟有此事，又看了一遍，登覺天旋地轉，咕咚一聲，摔倒在地。

待得醒轉，只見身在方生大師懷中，令狐冲支撐著站起，忍不住放聲大哭。方生問道：「少俠何故悲傷？難道尊師有甚不測麼？」令狐冲將書函遞過，哽咽道：「大師請看。」方生接了過來，只見信上寫道：

「華山派掌門岳不羣頓首，書呈少林派掌門大師座前：猥以不德，執掌華山門戶。久疏問候，乃闕清音。頃以敝派逆徒令狐冲，秉性頑劣，屢犯門規，比來更結交妖孽，與匪人爲伍，宣稱與之有福共享，有難同當。不羣無能，雖加嚴訓痛懲，迄無顯效。爲維繫武林正氣，正派清譽，茲將逆徒令狐冲逐出本派門牆。自今而後，該逆徒非復敝派弟子，若再有勾結淫邪、爲禍江湖之舉，祈我正派諸友共誅之，不羣感激無已。臨書惶愧，言不盡意，祈大師諒之。」

方生看後，也大出意料之外，想不出甚麼言語來安慰令狐冲，當下將書信交還方證，見令狐冲淚流滿臉，嘆道：「少俠，你與黑木崖上的人交往，原是不該。」

方證道：「諸家正派掌門人想必都已接到尊師此信，傳諭門下。你就算身上無傷，只須出得此門，江湖之上，步步荆棘，諸凡正派門下弟子，無不以你爲敵。」

令狐冲一怔，想起在那山澗之旁，盈盈也說過這麼一番話。此刻不但旁門左道之士要殺自己，而正派門下亦人人以己爲敵，當眞天下雖大，卻無容身之所；又想起師恩深重，師父師娘於自己向來便如父母一般，不僅有傳藝之德，更兼有養育之恩，不料自己任性妄爲，竟給逐出師門，料想師父寫這些書信時，心中傷痛恐怕更在自己之上。一時又傷心，又慚愧，恨不得一頭便即撞死。

他淚眼模糊中，只見方證、方生二僧臉上均有憐憫之色，忽然想起劉正風要金盆洗手，退出武林，只因結交了魔教長老曲洋，終於命喪嵩山派之手，可見正邪不兩立，連劉正風如此藝高勢大之人，尚且不免，何況自己這樣一個孤立無援、卑不足道、重傷垂死的少年？更何況五霸岡上羣邪聚會，鬧出這樣大的事來？

方證緩緩的道：「苦海無邊，回頭是岸。縱是十惡不赦的奸人，只須心存悔悟，佛門亦來者不拒。你年紀尚輕，一時失足，誤交匪人，難道就此便無自新之路？你與華山派的關連已然一刀兩斷，今後在我少林門下，痛改前非，再世爲人，武林之中，諒來也不見得有甚麼人能與你爲難。」他這幾句話說得輕描淡寫，卻自有一股威嚴氣象。

令狐冲心想：「此時我已無路可走，若托庇於少林派門下，不但能學到神妙內功，救得性命，而且以少林派的威名，江湖上確實無人膽敢向方證大師的弟子生事。」

但便在此時，胸中一股倔強之氣，勃然而興，心道：「大丈夫不能自立於天地之間，靦顏向別派托庇求生，算甚麼英雄好漢？江湖上千千萬萬人要殺我，就讓他們來殺好了。師父不要我，將我逐出了華山派，我便獨來獨往，卻又怎地？」言念及此，不由得熱血上湧，口中乾渴，只想喝他幾十碗烈酒，甚麼生死門派，盡數置之腦後，霎時之間，連心中一直念念不忘的岳靈珊，也變得如同陌路人一般。

他站起身來，向方證及方生跪拜下去，恭恭敬敬的磕了幾個頭。

二僧只道他已決意投入少林派，臉上都露出了笑容。

令狐冲站起身來，朗聲說道：「晚輩既不容於師門，亦無顏改投別派。兩位大師慈悲，晚輩感激不盡，就此拜別。」

方證愕然，沒想到這少年竟如此的泯不畏死。方生勸道：「少俠，此事有關你生死大事，千萬不可意氣用事。」

令狐冲嘿嘿一笑，躬身行禮，轉身出了室門。他胸中充滿了一股不平之氣，步履竟十分輕捷，大踏步走出了少林寺。

令狐冲出得寺來，心中一股蒼蒼涼涼，仰天長笑，心想：「正派中人以我爲敵，左道之士人人要想殺我，令狐冲多半難以活過今日，且看是誰取了我性命。」

一摸之下，囊底無錢，腰間無劍，連盈盈所贈的那具短琴也已不知去向，當眞是一無所有，了無掛礙，便即走下少室山。心想：「世人成千成萬，未必皆有門派，我今後是無門無派的無主孤魂，師父、師娘、小師妹個個視我如陌路之人。小師妹懷疑我吞沒林師弟的辟邪劍譜，當我是個無恥之徒，卑視、賤視，又豈僅視如陌路而已？」

行到下午時分，眼見離少林寺已遠，人既疲累，腹中也甚飢餓，尋思：「卻到那裏去找些吃的？」忽聽得腳步聲響，七八人自西方奔來，都是勁裝結束，身負兵刃，奔行甚急。令狐冲心想：「你們要殺我，那就動手，免得我又麻煩去找飯吃。吃飽了反正也是死，又何必多此一舉？」當即在道中一站，雙手叉腰，大聲道：「令狐沖在此。要殺我的便上罷！」

那知這幾名漢子奔到他身前時，只向他瞧了一眼，便即繞身而過。一人道：「這人是個瘋子。」又一人道：「是，別要多生事端，誤了大事。」另一人道：「若給那廝逃了，可糟糕之極。」霎時間便奔得遠了。令狐沖心道：「原來他們去追拿另一個人。」

這幾人腳步聲方歇，西首傳來一陣蹄聲，五騎馬如風般馳至，從他身旁掠過。馳出十餘丈後，忽然一騎馬兜了轉來，馬上是個中年婦人，說道：「客官，借問一聲，你可見到一個身穿白袍的老頭子嗎？這人身材瘦長，腰間佩一柄彎刀。」令狐沖搖頭道：「沒瞧見。」那婦人更不打話，圈轉馬頭，追趕另外四騎而去。

令狐沖心想：「他們去追拿這個身穿白袍的老頭子？左右無事，去瞧瞧熱鬧也好。」當下折而東行。走不到一頓飯時分，身後又有十餘人追了上來。一行人越過他身畔後，一個五十來歲的老者回頭問道：「兄弟，你可見到一個身穿白袍的老頭子麼？這人身材高瘦，腰掛彎刀。」令狐沖道：「沒瞧見。」

又走了一會，來到一處三岔路口，西北角上鸞鈴聲響，三騎馬疾奔而至，乘者都是二十來歲的青年。當先一人手揚馬鞭，說道：「喂，借問一聲，你可見到一個……」令狐沖接口道：「你要問一個身材高瘦，腰懸彎刀，穿一件白色長袍的老頭兒，是不是？」

三人臉露喜色，齊聲道：「是啊，這人在那裏？」令狐冲嘆道：「我沒見過。」當先那青年大怒，喝道：「沒的來消遣老子！你既沒見過，怎麼知道？」令狐冲微笑道：「沒見過，便不能知道麼？」那青年提起馬鞭，便要向令狐冲頭頂劈落。另一個青年道：「二弟，別多生枝節，咱們快追。」那手揚馬鞭的青年哼了一聲，將鞭子在空中虛揮一記，縱馬奔馳而去。

令狐冲心想：「這些人一起去追尋一個白衣老者，不知爲了何事？去瞧瞧熱鬧，固然有趣，但如他們知道我便是令狐冲，定然當場便將我殺了。」言念及此，不由得有些害怕，但轉念又想：「眼下正邪雙方都要取我性命，我躲躲閃閃的，縱然苟延殘喘，多活得幾日，最後終究難逃這一刀之厄。這等怕得要死的日子，多過一天又有甚麼好處？反不如隨遇而安，且看是撞在誰的手下送命便了。」

當即隨著那三匹馬激起的煙塵，向前行去。其後又有幾批人趕來，都向他探詢那「身穿白袍，身材高瘦，腰懸彎刀」的老者。令狐冲心想：「這些人追趕那白衣老者，都不知他在何處，走的卻是同一方向，倒也奇怪。」

又行出里許，穿過一片松林，眼前突然出現一片平野，黑壓壓的站著不少人，少說也有六七百人，只曠野實在太大，六七百人置身其間，也不過佔了中間小小的一團。一條筆直的大道通向人羣，令狐冲便沿著大路向前。

行到近處，見人羣中有座小小涼亭，那是山道上供行旅憩息之用，構築頗爲簡陋。那羣人圍著涼亭，相距約有數丈，卻不逼近。

令狐冲再走近十餘丈，只見亭中赫然有個白衣老者，孤身一人，坐在一張板桌旁飲酒，他是否腰懸彎刀，一時沒法見到。此人雖然坐著，幾乎仍有常人高矮。

令狐冲見他在羣敵圍困之下，仍好整以暇的泰然飲酒，不由得心生敬仰，生平所見所聞的英雄人物，極少有人如此這般豪氣干雲。他慢慢行前，擠入了人羣。

那些人個個都目不轉睛的瞧著那白衣老者，對令狐冲的過來毫沒留意。

令狐冲凝神向那老者瞧去，只見他容貌清癯，頦下疏疏朗朗一叢花白長鬚，垂在胸前，手持酒杯，眼望遠處黃土大地和青天相接之所，對圍著他的衆人竟一眼不瞧。他背上負著一個包袱，再看他腰間時，卻無彎刀。原來他竟連兵刃也沒攜帶。

令狐冲不知這老者姓名來歷，不知何以有這許多武林中人要跟他爲難，更不知他是正是邪，只是欽佩他這般旁若無人的豪氣，此時江湖各路武人正都要與自己爲敵，不知不覺間起了一番同病相憐、惺惺相惜之意，便大踏步上前，朗聲說道：「前輩請了，你獨酌無伴，未免寂寞，我來陪你喝酒。」走入涼亭，向他一揖，便坐了下來。

那老者轉過頭來，兩道冷電似的目光向令狐冲一掃，見他不持兵刃，臉有病容，是個素不相識的少年，臉上微現詫色，哼了一聲，也不回答。令狐冲提起酒壺，先在老者面前的酒杯中斟了酒，又在另一隻杯中斟了酒，舉杯說道：「請！」咕的一聲，將酒喝乾了，那酒極烈，入口有如刀割，便似無數火炭般流入腹中，大聲讚道：「好酒！」

只聽得涼亭外一條大漢粗聲喝道：「兀那小子，快快出來！咱們要跟向問天拚命，別在這裏礙手礙腳。」令狐冲笑道：「我自和向老前輩喝酒，礙你甚麼事了？」又斟了一杯酒，咕的一聲，仰脖子倒入口中，大拇指一翹，說道：「好酒！」

左首有個冷冷的聲音說道：「小子走開，別在這裏枉送了性命。咱們奉東方教主之命，擒拿叛徒向問天。旁人若來滋擾干撓，教他死得慘不堪言。」

令狐冲向話聲來處瞧去，見說話的是個臉如金紙的瘦小漢子，身穿黑衣，腰繫黃帶。他身旁站著二三百人，衣衫也都是黑色，腰間帶子卻各種顏色均有。令狐冲驀地想起，那日在衡山城外見到魔教長老曲洋，他便身穿這樣的黑衣，依稀記得腰間所繫也是黃帶。那瘦子說奉了東方教主之命追拿叛徒，那麼這些人都是魔教教眾了，莫非這瘦子也是魔教長老？

他又斟一杯酒，仰脖子乾了，讚道：「好酒！」向那白衣老者向問天道：「向老前輩，在下喝了你三杯酒，多謝，多謝！」

忽聽得東首有人喝道：「這小子是華山派棄徒令狐冲。」令狐冲晃眼瞧去，認出說話的是青城派弟子侯人英。這時看得仔細了，在他身旁的竟有不少是五嶽劍派中的人物。

一名道士朗聲道：「令狐冲，你師父說你和妖邪爲伍，果然不錯。這向問天雙手染滿了英雄俠士的鮮血，你跟他在一起幹甚麼？再不給我快滾，大夥兒把你一起斬成了肉醬。」令狐冲道：「這位是泰山派的師叔麼？在下跟這位向前輩素不相識，只是見你們幾百人圍住了他一個兒，那算甚麼樣子？五嶽劍派幾時又跟魔教聯手了？正邪雙方一起來對付向前輩一人，豈不令天下英雄恥笑？」那道士怒道：「我們幾時跟魔教聯手了？魔教追拿他們教下叛徒，我們卻是爲命喪在這惡賊手下的朋友們復仇。各幹各的，毫無關連！」令狐冲道：「好好好，只須你們單打獨鬥，我便坐著喝酒看熱鬧。」

侯人英喝道：「你是甚麼東西？大夥兒先將這小子斃了，再找姓向的算帳。」令狐冲笑道：「要斃我令狐冲一人，又怎用得著大夥兒動手？侯兄自己請上來便是。」侯人英曾給令狐冲一腳踢下酒樓，知道自己武功不如，還眞不敢上前動手，他卻不知令狐冲內力已失，已然遠非昔比。旁人似乎都忌憚向問天了得，也不敢便此衝入涼亭。

那魔教的瘦小漢子叫道：「姓向的，快跟我們去見教主，請他老人家發落，未必便無生路。你也是本教的英雄，難道大家眞要鬥個血肉橫飛，好教旁人笑話麼？」

向問天嘿的一聲，舉杯喝了一口酒，卻發出嗆啷一聲響。

令狐冲見他雙手之間竟繫著一根鐵鍊，大爲驚詫：「原來他是從囚牢中逃出來的，連手上的束縛也尚未去掉。」對他同情之心更盛，心想：「這人已無抗禦之能，我便助他抵擋一會，胡裏胡塗的在這裏送了性命便是。」當即站起，雙手在腰間一叉，朗聲說道：「這位向前輩手上繫著鐵鍊，怎能跟你們動手？我喝了他老人家三杯好酒，說不得，只好助他抵禦強敵。誰要動姓向的，非得先殺了令狐冲不可。」

向問天見令狐冲瘋瘋顛顛，毫沒來由的強自出頭，不由得大為詫異，低聲道：「小子，你為甚麼要幫我？」令狐冲道：「路見不平，拔刀相助。」向問天道：「你的刀呢？」令狐冲道：「在下使劍，就可惜沒劍。」向問天道：「你劍法怎樣？你是華山派的，劍法恐怕也不怎麼高明。」令狐冲笑道：「原本不怎麼高明，加之在下身受重傷，內力全失，更糟糕之至。」向問天道：「你這人莫名其妙。好，我去給你弄把劍來。」只見白影一晃，他已向羣豪衝了過去。

霎時間白光耀眼，十餘件兵刃齊向他砍去。向問天斜刺穿出，向那泰山派的道士欺近。那道士挺劍刺出，向問天身形一晃，閃到了他背後，左肘反撞，噗的一聲，撞中了那道士後心，雙手輕揮，已將他手中長劍捲在鐵鍊之中，右足一點，躍回涼亭。這幾下兔起鶻落，迅捷無比，正派羣豪待要阻截，那裏還來得及？一名漢子追得最快，逼近涼亭不逾數尺，提起單刀砍落，向問天背後如生眼睛，竟不回頭，左腳反足踢出，腳底踹中那人胸膛。那人大叫一聲，直飛出去，右手單刀這一砍之勢力道正猛，嚓的一響，竟將自己右腿砍了下來。

泰山派那道人晃了幾下，軟軟的癱倒，口中鮮血不住湧出。

魔教人叢中采聲如雷，數十人大叫：「向右使好俊的身手。」

向問天微微一笑，舉起雙手向魔教諸人一抱拳，答謝采聲，手上鐵鍊嗆啷啷直響。他一甩手，那劍嗒的一聲，插入了板桌，說道：「拿去使罷！」

令狐冲好生欽佩，心道：「這人睥睨羣豪，果然身有驚人藝業。」卻不伸手拔劍，說道：「向前輩武功如此了得，又何必晚輩再來獻醜。」一抱拳，說道：「告辭了。」

向問天尚未回答，只見劍光閃爍，三柄長劍指向涼亭，卻是青城派中侯人英等三名弟子攻了過來。三人三劍都是指向令狐冲，一劍指住他背心，兩劍指住他後腰，相距均不到一尺。侯人英喝道：「令狐冲，給我跪下！」這一聲喝過，長劍挺前，已刺到了令狐冲肌膚。

令狐冲心道：「令狐冲堂堂男兒，今日雖無倖理，卻也不甘死在你青城派這些卑鄙之徒的劍下。」此刻自身已在三劍籠罩之下，只須一轉身，那便一劍插入胸膛，二劍插入小腹，當即哈哈一笑，道：「跪下便跪下！」右膝微屈，右手已拔起桌上長劍，迴手一揮，青城派弟子三隻手掌齊腕而斷，連著三柄長劍一齊落地。侯人英等三人臉上立無血色，眞難相信世上居然會有此事，惶然失措片刻，這才向後躍開。其中一名青城弟子只十七八歲，痛得大聲號哭。令狐冲歉然道：「兄弟，是你先要殺我！」

向問天喝采道：「好劍法！」接著又道：「劍上無勁，內力太差！」

令狐冲笑道：「豈但內力太差，簡直毫無內力。」

突然聽得向問天一聲呼叱，跟著嗆啷啷鐵鍊聲響，只見兩名黑衣漢子已撲入涼亭，疾攻向問天。這二人一個手執鑌鐵雙懷杖，另一個手持雙鐵牌，都是沉重兵器，四件兵刃和向問天的鐵鍊相撞，火星四濺。向問天連閃幾下，欲待搶到那使懷杖之人身後，那人雙杖嚴密守衛，護住了周身要害。向問天雙手給鐵鍊縛住了，運轉不靈。

魔教中連聲呼叱，又有二人搶入涼亭。這二人均使八角銅鎚，直上直下的猛砸。二人四鎚一到，那使雙懷杖的便轉守爲攻。向問天穿來揷去，身法靈動之極，卻也沒法傷到對手。每當有隙可乘，鐵鍊攻向一人，其餘三人便奮不顧身的撲上，打法兇悍之極。

堪堪鬥了十餘招，魔教人衆的首領喝道：「八槍齊上！」八名黑衣漢子手提長槍，分從涼亭四面搶上，東南西北每一方均有兩桿長槍，朝向問天攢刺。

向問天向令狐冲叫道：「小朋友，你快走罷！」喝聲未絕，八根長槍已同時向他刺去。便在此時，四柄銅鎚砸他胸腹，雙懷杖掠地擊他脛骨，兩塊鐵牌向他臉面擊到，四面八方，無處不是殺手。這十二名魔教好手各奮平生之力，下手毫不容情。看來人人均知和向問天交手，乃世間最凶險之事，多挨一刻，便是向鬼門關走近了一步。

令狐冲眼見衆人如此狠打，向問天勢難脫險，叫道：「好不要臉！」

向問天突然迅速無比的旋轉身子，甩起手上鐵鍊，撞得一眾兵刃叮叮噹噹直響。他身子便如一個陀螺，轉得各人眼也花了，只聽得噹噹兩聲大響，兩塊鐵牌撞上鐵鍊，穿破涼亭頂，飛了出去。向問天更不去瞧對方來招，越轉越快，將八根長槍都盪了開去。魔教那首領喝道：「緩攻遊鬥，耗他力氣！」使槍的八人齊聲應道：「是！」各退了兩步，只待向問天力氣稍衰，鐵鍊中露出空隙，再行搶攻。

旁觀眾人稍有閱歷的都看了出來，向問天武功再高，也決難長久旋轉不休，如此打法，終究會力氣耗盡，束手就擒。

向問天哈哈一笑，突然間左腿微蹲，鐵鍊呼的甩出，打在一名使銅鎚之人的腰間。那人「啊」的一聲大叫，左手銅鎚反撞過來，打中自己頭頂，登時腦漿迸裂。八名使槍之人八槍齊出，分刺向問天前後左右。向問天以鐵鍊盪開了兩桿槍，其餘六人的鋼槍不約而同的刺向他左脅。當此情景，向問天避得開一桿槍，避不開第二桿，避得開第二桿，避不開第三桿，更何況六槍齊發？

令狐冲一瞥之下，看到這六槍攢刺，向問天勢無可避，腦中靈光一閃，想起了獨孤九劍的第四式「破槍式」，當這間不容髮之際，那裏還能多想？長劍閃出，只聽得噹啷一聲響，八桿長槍一齊跌落，八槍跌落，卻只發出噹啷一響，幾乎是同時落地。令狐冲一劍分刺八人手腕，自有先後之別，只是劍勢實在太快，八人便似同時中劍一般。

他長劍既發，勢難中斷，跟著第五式「破鞭式」又再使出。這「破鞭式」只是個總名，其中變化多端，舉凡鋼鞭、鐵鐧、點穴橛、判官筆、拐子、蛾眉刺、匕首、板斧、鐵牌、八角鎚、鐵椎等等短兵刃皆能破解。但見劍光連閃，兩根懷杖、兩柄銅鎚又皆跌落。十二名攻入涼亭的魔教教衆，除了一人爲向問天所殺、一人鐵牌已脫手之外，其餘十人皆手腕中劍，兵刃脫落。十一人發一聲喊，狼狽逃歸本陣。

正派羣豪情不自禁的大聲喝采：「好劍法！」「華山派劍法，教人大開眼界！」

那魔教首領發了聲號令，立時又有五人攻入涼亭。一個中年婦人手持雙刀，向令狐冲殺來。四名大漢圍攻向問天。那婦人刀法極快，一刀護身，一刀疾攻，左手刀攻敵時右手刀守禦，右手刀攻敵時左手刀守禦，雙刀連使，每一招均在攻擊，同時也每一招均在守禦，守是守得牢固嚴密，攻亦攻得淋漓酣暢。令狐冲看不清來路，連退四步。

便在這時，只聽呼呼風響，似是有人用軟兵刃和向問天相鬥，令狐冲百忙中斜眼一瞥，見兩人使鏈子鎚，兩人使軟鞭，和向問天手上的鐵鍊鬥得正烈。鏈子鎚上的鋼鏈甚長，甩將開來，橫及丈餘，好幾次從令狐冲頭頂掠過。只聽得向問天罵道：「你奶奶的！」一名漢子叫道：「向右使，得罪！」原來一根鏈子鎚上的鋼鏈已和向問天手上的鐵鍊纏住。便在這一瞬之間，其餘三人三般兵刃，同時往向問天身上擊來。

向問天「嘿」的一聲，運勁猛拉，將使鏈子鎚的拉了過來，正好擋在他身前。兩根軟鞭、一枚鋼鎚盡數擊上那人背心。

令狐冲斜刺裏刺出一劍，劍勢飄忽，正中那婦人左腕，卻聽得噹的一聲，長劍一彎，那婦人手中柳葉刀竟不跌落，反揮刀橫掃過來。令狐冲一驚，隨即省悟：「她腕上有鋼製護腕，劍刺不入。」手腕微翻，長劍挑上，噗的一聲，刺入她左肩「肩貞穴」。那婦人一怔，但她極爲勇悍，左肩雖然劇痛，右手刀仍奮力砍出。令狐冲長劍閃處，那婦人右肩的「肩貞穴」又再中劍。她兵刃再也拿揑不住，使勁將雙刀向令狐冲擲出，但雙臂使不出力道，兩柄刀只擲出一尺，便即落地。

令狐冲剛將那婦人制服，右首正派羣豪中一名道人挺劍而上，鐵青著臉喝道：「華山派中，只怕沒這等妖邪劍法。」令狐冲見他裝束，知是泰山派的長輩，想是他不忿同門爲向問天所傷，上來找還場子。令狐冲雖爲師父革逐，但自幼便在華山派門下，五嶽劍派，同氣連枝，見到這位泰山派前輩，自然而然有恭敬之意，倒轉長劍，劍尖指地，抱拳說道：「弟子沒敢得罪了泰山派的師伯。」

那道人道號天乙，和天門、天松等道人乃屬同輩，冷冷的道：「你使的是甚麼劍法？」令狐冲道：「弟子所使劍法，乃華山派長輩所傳。」天乙道人哼了一聲，道：「胡說八道，不知到那裏去拜了個妖魔爲師，看劍！」挺劍向令狐冲當胸刺到，劍光閃爍，長劍發出嗡嗡之聲，單只這一劍，便罩住了他胸口的膻中、神藏、靈墟、神封、步廊、幽門、通谷七處大穴，不論他閃向何處，總有一穴會讓劍尖刺中。這一劍叫做「七星落長空」，是泰山派劍法的精要所在。

這一招刺出，對方須得輕功高強，立即倒縱出丈許之外，方可避過，但也必須識得這一招「七星落長空」，當他劍招甫發，立即毫不猶豫的飛快倒躍，方能免去劍尖穿胸之禍，而落地之後，又須應付跟著而來的三招淩厲後著，這三招一著狠似一著，連環相生，實所難當。天乙道人眼見令狐冲劍法厲害，出手第一劍便使上了這下絕招。自泰山派先輩創了這招劍招以來，與人動手第一招便即使用，只怕從所未有。

令狐冲一驚之下，猛地想起在思過崖後洞的石壁之上見過這招，當日自己學了來對付田伯光，只學得不像，未能取勝，但於這招劍法的勢路卻了然於胸。這時劍氣森森，將及於體，更無思索餘暇，登時挺劍直刺天乙道人小腹。

這一劍正是石壁上的圖形，魔教長老用以破解此招，粗看似是與敵人鬥個兩敗俱傷，同歸於盡。其實泰山派這招「七星落長空」分爲兩節，第一節以劍氣罩住敵人胸口七大要穴，當敵人驚慌失措之際，再以第二節中的劍法擇一穴而刺。劍氣所罩雖是七穴，致敵死命，卻只一劍。這一劍不論刺在那一穴中，都可克敵取勝，是以既不須同時刺中七穴，也不可能同時刺中七穴。招分兩節，本是這一招劍法的厲害之處，但當年魔教長老仔細推敲，正從這厲害之處找出了弱點，待對方第一節劍法使出之後，立時疾攻其小腹，這一招「七星落長空」便即從中斷絕，招不成招。

天乙道人一見敵劍來勢奧妙，絕無可能再行格架，大驚失色，縱聲大叫，料想自己肚腹定然給長劍洞穿，驚惶中也不知痛楚，腦中一亂，只道自己已經死了，登時昏暈摔倒。其實令狐冲劍尖將及他小腹，便即凝招不發，倘若天乙的武功稍差，料想不到令狐冲這一下劍刺小腹的厲害招數，反不致嚇得暈去。

泰山派門下眼見天乙倒地，均道是爲令狐冲所傷，紛紛叫罵，五名青年道人挺劍來攻。這五人都是天乙的門人，心急師仇，五柄長劍猶如狂風暴雨般急刺疾舞。令狐冲長劍連點，五名道人手腕中劍，長劍嗆啷、嗆啷落地。五人驚惶之下，各自躍開。只見天乙道人顫巍巍的站了起來，叫道：「刺死我了，刺死我了！」

五個弟子見他身上無傷，不住大叫，盡皆駭然，不知他是死是活。天乙道人叫了幾聲，身子一晃，又復摔倒。兩名弟子搶過去扶起，狼狽退開。

羣豪見令狐冲只使半招，便將泰山派高手天乙道人打得生死不知，無不心驚。

這時圍攻向問天的又換了數人。兩個使劍的漢子是衡山派中人，雙劍起落迅速，找尋向問天鐵鍊中的空隙。另一個左手持盾，右手使刀，卻是魔教中的人物，這人以盾護體，展開地堂刀法，滾近向問天足邊，以刀砍他下盤。向問天的鐵鍊在盾牌上接連狠擊兩下，都傷他不到。盾牌下的鋼刀陡伸陡縮，招數狠辣。

令狐沖心想：「這人盾牌護身，防守嚴密，但他一出刀攻人，自身便露破綻，立時可斷他手臂。」

忽聽得身後有人喝道：「小子，你還要不要性命？」這聲音雖然不響，但相距極近，離他耳朵似不過一兩尺。令狐沖一驚回頭，已和一人面對面而立，兩人鼻子幾乎相觸，急待閃避，那人雙掌已按住他胸口，冷冷的道：「我內力一吐，教你肋骨盡斷。」

令狐沖心知他所說不虛，站定了不敢再動，連一顆心似也停止了跳動。那人雙目凝視著令狐沖，只因相距太近，令狐沖反而無法見到他容貌，但見他雙目神光炯炯，凜然生威，心道：「原來我死在此人手下。」想起生死大事終於有個了斷，心下反而舒泰。

那人初見令狐沖眼色中大有驚懼之意，但片刻之間，便現出一股漫不在乎的神情，如此臨死不懼，縱是武林中的一流高手亦所難能，不由得起了欽佩之心，哈哈一笑，說道：「我偷襲得手，制你要穴，雖然殺了你，諒你死得不服！」雙掌一撤，退了三步。

令狐沖這才看清，這人矮矮胖胖，面皮黃腫，約莫五十來歲年紀，兩隻手掌肥肥的又小又厚，一掌高，一掌低，擺著「嵩陽手」的架式。令狐沖微笑道：「這位嵩山派前輩，不知尊姓大名？多謝掌下留情。」

那人道：「我是孝感樂厚。」他頓了一頓，又道：「你劍法的確甚高，臨敵經驗卻太也不足。」令狐沖道：「慚愧。『大陰陽手』樂師伯，好快的身手。」樂厚道：「師伯二字，可不敢當！」接著左掌一提，右掌一招便即劈出。他是嵩山派掌門左冷禪的第五師弟，其人貌相醜陋，但一掌出手，登時全身猶如淵停嶽峙，氣度凝重，說不出的好看。

令狐冲見他周身竟無一處破綻，喝采道：「好掌法！」長劍斜挑，因見樂厚掌法身形中全無破綻，這一劍便守中帶攻，九分虛，一分實。樂厚見令狐冲長劍斜挑，自己雙掌不論拍向他那一個部位，掌心都會自行送到他劍尖之上，雙掌只拍出尺許，立即收掌躍開，叫道：「好劍法！」令狐冲道：「晚輩無禮！」

樂厚喝道：「小心了！」雙掌凌空推出，一股猛烈的掌風逼體而至。令狐冲暗叫：「不好！」此時樂厚和他相距甚遠，雙掌發力遙擊，令狐冲沒法以長劍擋架，剛要閃避，只覺一股寒氣襲上身來，登時機伶伶打了個冷戰。樂厚雙掌掌力不同，一陰一陽，陽掌先出，陰力卻先行著體。令狐冲只一呆，一股炙熱的掌風跟著撲到，擊得他幾乎窒息，身子晃了幾晃。

陰陽雙掌掌力著體，本來更無倖理，但令狐冲內力雖失，體內眞氣卻充沛欲溢，既有桃谷六仙的眞氣，又有不戒和尚的眞氣，在少林寺中養傷，又得了方生大師的眞氣，每一股都渾厚之極。這一陰一陽兩般掌力打在身上，他體內眞氣自然而然的生出相應之力，護住心脈內臟，不受損傷。但霎時間全身劇震，說不出的難受，生怕樂厚再以掌力擊來，當即提劍衝出涼亭，挺劍疾刺而出。

樂厚雙掌得手，只道對方縱不立斃當場，也必重傷倒地，那知他竟安然無恙，跟著又見劍光點點，指向自己掌心，驚異之下，雙掌交錯，一拍令狐冲面門，一拍他的小腹。掌力甫吐，突然間一陣劇痛連心，只見自己兩隻手掌疊在一起，都已穿在對方長劍之上，不知是他用劍連刺自己雙掌，還是自己將手掌擊到他劍尖之上，但見左掌在前，右掌在後，劍尖從左掌的手背透入五寸有餘。

令狐冲倘若順勢挺劍，立時便刺入了他胸膛，但念著他先前掌底留情之惠，劍穿雙掌後便即凝劍不動。樂厚大叫一聲，雙掌回縮，拔離劍鋒，倒躍而出。

令狐冲心下歉然，躬身道：「得罪了！」他所使這一招是「獨孤九劍」中「破掌式」的絕招之一，自從風清揚歸隱，從未一現於江湖。

猛聽得砰蓬、喀喇之聲大作，令狐冲回過頭來，但見七八條漢子正在圍攻向問天，其中二人掌力凌厲，將那涼亭打得杜斷樑折，頂上椽子瓦片紛紛墮下。各人鬥得興發，瓦片落在頭頂，都置之不理。

他便這麼望得一眼，樂厚倏地欺近，遠遠發出一掌，掌力擊中令狐冲胸口，打得他身子飛了出去，長劍跟著脫手。他背心未曾著地，已有七八人追將過來，齊舉兵刃，往他身上砸落。

令狐冲笑道：「撿現成便宜嗎？」忽覺腰間一緊，一根鐵鍊飛過來捲住了他身子，便如騰雲駕霧般給人拖著凌空而行。

救了令狐冲性命的正是那魔教高手向問天。他受魔教和正教雙方圍攻追擊，勢窮力竭之時，突然有這樣一個天不怕、地不怕的少年出來打抱不平，助他擊退勁敵，自然大生知己之感。他一見令狐冲退敵的手段，便知這少年劍法極高，內力卻極差，當此強敵環攻，凶險殊甚，是以一面和敵人周旋，卻時時留心令狐冲的戰況，眼見他受擊飛出，當即飛出鐵鍊，捲了他狂奔。向問天這一展開輕功，當眞疾逾奔馬，瞬息間便已在數十丈外。

後面數十人飛步趕來，只聽得數十人大聲呼叫：「向問天逃了，向問天逃了！」向問天大怒，突然回身，衝了幾步。追趕之人俱皆大驚，急忙停步。一人下盤功夫較浮，奔得勢急，收足不住，直衝過來。向問天飛起左足，將他踢得往人叢中摔去，當即轉身又奔。衆人又隨後追來，但這時誰也不敢發力狂追，和他相距越來越遠。

向問天腳下疾奔，心頭盤算：「這少年跟我素不相識，居然肯爲我賣命，這樣的朋友，天下到那裏找去？這些狗崽子陰魂不散，怎生擺脫他們才好？」

奔了一陣，忽然想起一處所在，心頭登時一喜：「那地方極好！」轉念又想：「只是相去甚遠，不知有沒力氣奔得到那裏？不妨，我若力氣不夠，那些狗崽子們更沒力氣。」抬頭一望太陽，辨明方向，斜刺裏橫越麥田，逕向東北角上奔去。

奔出十餘里後，又來到大路，忽有三匹快馬從身旁掠過，向問天罵道：「你奶奶的！」提氣疾衝，追到馬匹身後，縱身躍在半空，飛腳將馬上乘客踢落，跟著便落上馬背。他將令狐冲橫放在馬鞍橋上，鐵鍊橫揮，將另外兩匹馬上的乘客也都擊了下來。那二人筋折骨斷，眼見不活了。三人都是尋常百姓，看裝束不是武林中人，適逢其會，遇上這個煞星，無端送了性命。乘者落地，兩匹馬仍繼續奔馳。向問天鐵鍊揮出，捲住了轡繩，這鐵鍊在他手中揮洒自如，倒似是一條極長的手臂一般。令狐冲見他濫殺無辜，不禁暗暗嘆息。

向問天搶得三馬，精神大振，仰天哈哈大笑，說道：「小兄弟，那些狗崽子追咱們不上了。」令狐冲淡淡一笑，道：「今日追不上，明日又追上了。」向問天罵道：「他奶奶的，追他個屁！咱兩人將他們一個個殺得乾乾淨淨。」

向問天輪流乘坐三馬，在大路上奔馳一陣，轉入了一條山道，漸行漸高，到後來馬匹已不能行。向問天道：「你餓不餓？」令狐冲點頭道：「嗯，你有乾糧麼？」向問天道：「沒乾糧，喝馬血！」跳下馬來，右手五指在馬頸中一抓，登時穿了一洞，血如泉湧。向問天湊口過去，骨嘟骨嘟的喝了幾口馬血，道：「你喝！」

令狐冲見到這等情景，甚是駭異。向問天道：「不喝馬血，怎有力氣再戰？」令狐冲道：「還要再打？」向問天道：「你怕了嗎？」令狐冲豪氣登生，哈哈一笑，道：「你說我怕不怕？」就口馬頸，只覺馬血衝向喉頭，當即嚥了下去。

馬血初入口時血腥刺鼻，但喝得幾口，也已不覺如何難聞，令狐冲連喝了十幾大口，直至腹中飽脹，這才離嘴。向問天跟著湊口上去喝血，喝不多時，那馬支持不住，長聲悲嘶，軟倒在地。向問天飛起左腿，將馬踢入了山澗。令狐冲不禁駭然，這匹馬如此龐然大物，少說也有八百來斤，他隨意抬足，便踢了出去。向問天跟著又將第二匹馬踢下，轉過身來，呼的一掌，將第三匹馬的後腿硬生生切了下來，隨即又切了那馬的另一條後腿。那馬嘶叫得震天價響，中了向問天一腿後墮入山澗，兀自嘶聲不絕。

向問天道：「你拿一條腿！慢慢的吃，可作十日之糧。」令狐冲這才醒悟，原來他割切馬腿是作糧食之用，倒不是一味的殘忍好殺，當下依言取了一條馬腿。只見向問天提了馬腿逕向山嶺上行去，便跟在後面。向問天放慢腳步，緩緩而行。令狐冲內力全失，行不到半里，已遠遠落後，趕得氣喘吁吁，臉色發青。向問天只得停步等待。又行里許，令狐冲再也走不動了，坐在道旁歇足。

向問天道：「小兄弟，你這人倒也奇怪，內力如此差勁，但身中樂厚這混蛋的兩次大陰陽手掌力，居然若無其事，可叫人弄不明白。」令狐冲苦笑道：「那裏是若無其事了？我五臟六腑早給震得顛三倒四，已不知受了幾十樣內傷。我自己也在奇怪，怎地這時候居然還不死？只怕隨時隨刻就會倒了下來，再也爬不起身。」向問天道：「既是如此，咱們便多歇一會。」令狐冲本想對他說明，自己命不長久，不必相候自己，致爲敵人追上，但轉念一想，此人甚是豪邁，決不肯拋下自己獨自逃生，倘若說這等話，不免將他看得小了。

向問天坐在山石之上，問道：「小兄弟，你內力是怎生失去的？」

令狐冲微微一笑，道：「此事說來當眞好笑。」當下將自己如何受傷、桃谷六仙如何爲自己輸氣療傷、後來不戒和尚又如何再在自己體內輸入眞氣等情簡略說了。

向問天哈哈大笑，聲震山谷，說道：「這等怪事，我老向今日還是第一次聽見。」大笑聲中，忽聽得遠處傳來呼喝：「向問天，你逃不掉的，還是乖乖的投降罷！」

向問天仍哈哈大笑，說道：「好笑，好笑！這桃谷六仙跟不戒和尚，都是天下一等一的胡塗蛋。」又再笑了三聲，雙眉一豎，罵道：「他奶奶的，大批混蛋追來了。」雙手一抄，將令狐冲抱在懷中，那隻馬腿不便再提，任其棄在道旁，便即提氣疾奔。

這一下發足快跑，令狐冲便如騰雲駕霧一般，不多時忽見眼前白茫茫一片，果眞是鑽入了濃霧，心道：「妙極！這一上山，那數百人便沒法一擁而上，只須一個個上來單打獨鬥，我和這位向先生定能對付得了。」可是後面呼叫聲竟越來越近，顯然追來之人也都是輕功好手，雖和向問天相較容有不及，但他手中抱了人，奔馳既久，總不免慢了下來。

向問天奔到一處轉角，放下令狐沖，低聲道：「別作聲。」兩人均貼著山壁而立，片刻之間，便聽得腳步聲響，有人追近。

追來的兩人奔跑迅速，濃霧中沒見到向問天和令狐沖，直至奔過兩人身側，這才察覺，待要停步轉身，向問天雙掌推出，既狠且準，那兩人哼也沒哼，便掉下了山澗，過了一會，才騰騰兩下悶響，身子墮地。令狐沖心想：「這兩人墮下之時，怎地並不呼叫？是了，他兩人中了掌力，尚未墮下，早就已死了。」

向問天嘿嘿一笑，道：「這兩個混蛋平日耀武揚威，說甚麼『點蒼雙劍，劍氣沖天』，他奶奶的跌入山澗之中，爛個臭氣沖天。」

令狐沖曾聽到過「點蒼雙劍」的名頭，聽說他二人劍法著實了得，曾殺過不少黑道的厲害人物，沒想到莫名其妙的死在這裏，連相貌如何也沒見到。

向問天又抱起令狐沖，說道：「此去仙愁峽，還有十來里路，一到了峽口，便不怕那些混蛋了。」他腳下越奔越快。卻聽得腳步聲響，又有好幾人追了上來。這時所行山道轉而向東，其側已無深澗，向問天不能重施故技，躲在山壁間偷襲，只有提氣直奔。

只聽得呼的一聲響，一枚暗器飛了過來，破空聲勁急，顯然暗器份量甚重。向問天放下令狐沖，回過身來，伸手抄住，罵道：「姓何的，你也來淌這渾水幹甚麼？」

濃霧中傳來一人聲音叫道：「你爲禍武林，人人得而誅之，再接我一錐。」只聽得呼呼呼呼響聲不絕，他口說「一錐」，飛射而來的少說也有七八枚飛錐。

令狐冲聽了這暗器破空的悽厲聲響，心下暗暗發愁：「風太師叔傳我的劍法雖可擊打任何暗器，但這飛錐上所帶勁力如此厲害，我長劍縱然將其擊中，但我內力全無，長劍勢必給他震斷。」

只見向問天雙腿擺了馬步，上身前俯，神情甚是緊張，反不若在涼亭中受羣敵圍困時那麼漫不在乎。一枚枚飛錐飛到他身前，便都沒了聲息，想必都給他收了去。

突然響聲大盛，不知有多少飛錐同時擲出，令狐冲知道這是「滿天花雨」的暗器手法，本來以此手法發射暗器，所用的定是金錢鏢、鐵蓮子等等細小暗器，這飛錐從破空聲中聽來，每枚若沒斤半，也有一斤，怎能數十枚同時發出？他聽到這淩厲的破空之聲，自然而然身子往地下一伏，卻聽得向問天大叫一聲：「啊喲！」似是身受重傷。

令狐冲大驚，縱身過去，擋在他的前面，急問：「向先生，你受了傷嗎？」向問天道：「我……我不成了，你……你……快走……」令狐冲大聲道：「咱二人同生共死，令狐冲決不捨你獨生！」

只聽得追敵大聲呼叫：「向問天中了飛錐！」白霧中影影綽綽，十幾個人漸漸逼近。便在此時，令狐冲猛覺一股勁風從身右掠過，向問天哈哈大笑，前面十餘人紛紛倒地。原來他將數十枚飛錐都接在手中，卻假裝中錐受傷，令敵人不備，隨即也以「滿天花雨」手法射了出去。其時濃霧瀰天，視界不明；而令狐冲惶急之聲出於眞誠，對方聽了，盡皆深信不疑；再加向問天居然也能以「滿天花雨」手法發射如此沉重暗器，大出追者意料之外，是以追在最前的十餘人或死或傷，竟沒一人倖免。

向問天抱起令狐冲，轉身又奔，說道：「不錯，小兄弟，你很有義氣。」他想令狐冲挺身而出，胡亂打抱不平，還不過是少年人的古怪脾氣，可是自己適才假裝身受重傷，裝得極像，令狐冲竟不肯捨己逃生，決意同生共死，那實是江湖上最可貴的「義氣」。

過得少時，敵人又漸追近，只聽得颼颼之聲不絕，暗器連續飛至。向問天竄高伏低的閃避，追者更加迫近，他將令狐冲放下，一聲大喝，回身衝入追敵人叢之中，乒乒乓乓幾聲響，又再奔回，背上已負了一人。他將那人雙手用自己手腕上的鐵鍊繞住，負在背上，這才將令狐冲抱起，繼續奔跑，笑道：「咱們多了塊活盾牌。」

那人大叫：「別放暗器！別放暗器！」可是追敵置之不理，暗器發之不已。那人突然大叫一聲：「哎唷！」背心上給暗器打中。向問天背負活盾牌，手抱令狐冲，仍然奔躍迅捷。背上那人大聲叱罵：「王崇古，他媽的你不講義氣，明知我……哎喲，是袖箭，你奶奶的，張芙蓉你這騷狐狸，你……你借刀殺人。」只聽得噗噗噗之聲連響，那人叫罵之聲漸低，終於一聲不響。向問天笑道：「活盾牌變了死盾牌。」

他不須顧忌暗器，提氣疾奔，轉了兩個山坳，說道：「到了！」吁了一口長氣，哈哈大笑，心懷大暢，最後這十里山道委實凶險萬分，是否能擺脫追敵，當時實在殊無把握。

令狐冲放眼望去，心下微微一驚，眼前一條窄窄的石樑，通向一個萬仞深谷，所見到的石樑不過八九尺長，再過去便雲封霧鎖，不知盡頭。向問天低聲道：「白霧之中是條鐵索，可別隨便踏上去。」令狐冲道：「是！」忍不住心驚：「這石樑寬不逾尺，下臨深谷，本已危險萬狀，再換作了鐵索，以我眼前功力，絕難渡過。」

向問天放開了纏在「死盾牌」手上的鐵鍊，從那人腰間抽出一柄長劍，遞給令狐冲，再將「盾牌」豎在身前，靜待追敵。

等不到一盞茶時分，第一批追敵已然趕到，正、魔雙方的人物均有。衆人見地形險惡，向問天布的是背水爲陣之勢，倒也不敢逼近。過了一會，追敵越來越多，均聚在五六丈外，大聲喝罵，隨即飛鏢、飛蝗石、袖箭等暗器紛紛打了過來。向問天和令狐冲縮在「盾牌」之後，諸般暗器都只打到了「盾牌」。

驀地裏一聲大吼，聲震山谷，一名莽頭陀手舞禪杖衝來，一柄七八十斤的鐵禪杖往向問天腰間砸到。向問天一低頭，禪杖自頭頂掠過，鐵鍊著地揮出，抽他腳骨。那頭陀這一杖用力極猛，沒法收轉擋架，當即上躍閃避。向問天鐵鍊急轉，已捲住他右踝，乘勢向前一送，使上借力打力之法，那頭陀立足不定，向前摔出，登時跌向深谷。向問天一抖一送，已將鐵鍊從他足踝放開。那頭陀驚吼聲慘厲之極，一路自深谷中傳上來。衆人聽了無不毛骨悚然，不自禁的都退開幾步，似怕向問天將自己也摔下谷去。

僵持半晌，忽有二人越衆而出。一人手挺雙戟，另一個是個和尚，持一柄月牙鏟。兩人並肩齊上，雙戟一上一下，戳往向問天面門與小腹，那月牙鏟卻往他左脅推到。這三件兵刃都斤兩甚重，挾以渾厚內力，攻出時大具威勢。二人看準了地形，教向問天沒法旁避，非以鐵鍊硬接硬格不可。果然向問天鐵鍊揮出，噹噹噹三響，將雙戟和月牙鏟盡數砸開，四件兵刃上發出點點火花，那是硬碰硬的打法，更無取巧餘地。對面人叢中采聲大作。

那二人手中兵刃為鐵鍊盪開，隨即又攻了上來，噹噹噹三響，四件兵刃再度相交。那和尚及那漢子都晃了幾下，向問天卻穩穩站住。他不等敵人緩過氣來，大喝一聲，疾揮鐵鍊擊出。二人分舉兵刃擋住，又爆出噹噹噹三聲急響。那和尚大聲吼叫，拋去月牙鏟，口中鮮血狂噴。那漢子高舉雙戟，對準向問天刺去。向問天挺直胸膛，不擋不架，哈哈一笑，只見雙戟刺到離他胸口半尺之處，忽然軟軟的垂了下來。那漢子順著雙戟落下之勢，俯伏於地，就此一動不動。兩敵竟然都給向問天的硬勁活生生震死。

聚在山峽前的羣豪相顧失色，無人再敢上前。

向問天道：「小兄弟，咱們跟他們耗上了，你坐下歇歇。」說著坐了下來，抱膝向天，對衆人正眼也不瞧上一眼。

忽聽得有人朗聲說道：「大膽妖邪，竟敢如此小視天下英雄。」四名道人挺劍而上，走到向問天面前，四劍一齊橫轉，說道：「站起來交手。」向問天嘿嘿一笑，冷冷的道：「姓向的惹了你們峨嵋派甚麼事了？」左首一名道士說道：「邪魔外道爲害江湖，我輩修眞之士伸張正義，除妖滅魔，責無旁貸。」向問天笑道：「好一個除妖滅魔，責無旁貸！你們身後這許多人中，有一半是魔教中人，怎地不去除妖滅魔？」那道人道：「先誅首惡！」

向問天仍抱膝而坐，舉頭望著天上浮雲，淡淡的道：「原來如此，不錯，不錯！」突然一聲大喝，身子縱起，鐵鍊如深淵騰蛟，疾向四人橫掃而至。這一下奇襲來得突兀之至，總算四名道人皆屬峨嵋派好手，倉卒中三道長劍下豎，擋在腰間，站在最右的第四名道士長劍刺出，指向向問天咽喉。只聽得啪的一聲響，三柄長劍齊爲鐵鍊打彎，向問天一側頭，避開了這一劍。那道人劍勢如風，連環三劍，逼得向問天沒法緩手。其餘三名道人退了開去，換了劍又再來鬥。四道劍勢相互配合，宛似一個小小的劍陣。四柄長劍矢矯飛舞，忽分忽合。

令狐冲瞧得一會，見向問天揮舞鐵鍊時必須雙手齊動，遠不及單手運使的靈便，時刻一長，難免落敗，從向問天右側踏上，長劍刺出，疾取一道的脅下。這一劍出招的方位古怪之極，那道士萬難避開，噗的一聲，脅下已然中劍。令狐冲心念電閃：「聽說峨嵋派向來潔身自好，不理江湖上的閒事，聲名甚佳，我助向先生解圍，不必傷這道士性命。」劍尖甫刺入對方肌膚，立刻迴劍，但臨時強縮，劍招便不精純。那道人手臂下壓，竟不顧痛楚，強行將他的長劍夾住。

令狐冲長劍回拖，登時將那道人的手臂和脅下都劃出了一道長長口子，便這麼一緩，另一名中年道人的長劍擊了過來，砸在令狐冲劍上。令狐冲手臂一麻，便欲放手撤劍，但想兵器一失，便成廢人，拚命抓住劍柄，只覺劍上勁力一陣陣傳來，疾攻自己心脈。

第一名道士脅下中劍，受傷不重，但他以手臂夾劍，給令狐冲長劍拖回時所劃的口子卻深及見骨，鮮血狂湧，沒法再戰。其餘兩名道人這時已在令狐冲背後，正和向問天激鬥，二道劍法精奇，雙劍聯手，守得嚴謹異常。

向問天接鬥數招，便退後一步，一連退了十餘步，身入白霧之中。二道繼續前攻，長劍前半截已沒入霧中。石樑彼端突然有人大叫：「小心，再過去便是鐵索橋！」這「橋」字剛出口，只聽得二道齊聲慘呼，身子向前疾衝，鑽入了白霧，顯是身不由主，給向問天拖了過去。慘呼聲迅速下沉，從橋上傳入谷底，霎時之間便即無聲無息。

向問天哈哈大笑，從白霧中走出來，驀見令狐冲身子搖搖欲墜，不禁一驚。

令狐冲在涼亭中以「獨孤九劍」連續傷人，四個峨嵋派道士眼見之下，自知劍法決非其敵，但都已瞧出他內力平平。此刻那道士便將內力源源不絕的攻去。別說令狐冲此時內力全失，即在往昔，畢竟修爲日淺，也非這個已練了三十餘年峨嵋內家心法的道人之可比，幸好他體內眞氣充沛，一時倒也不致受傷，但氣血狂翻亂湧，眼前金星飛舞。忽覺背心「大椎穴」上一股熱氣透入，手上的壓力立時一輕，令狐冲精神一振，知已得向問天之助，但隨即察覺，向問天竟是將對方攻來的內力導引向下，自手臂傳至腰脅，又傳至腿腳，隨即在地下消失得無影無蹤。

那道人察覺到不妙，大喝一聲，撤劍後躍，叫道：「吸星妖法，吸星妖法！」

羣豪聽到「吸星妖法」四字，有不少人立時臉色大變。

向問天哈哈一笑，說道：「不錯，這是吸星大法，那一位有興致的便上來試試。」魔教中那名黃帶長老嘶聲說道：「難道那任……任……又出來了？咱們回去稟告教主，再行定奪。」魔教人衆答應了一聲，一齊轉身，百餘人中登時散去了一半。其餘正教中人低聲商議了一會，便有人陸陸續續的散去，到得後來，只剩下寥寥十餘人。

只聽得一個清朗的聲音說道：「向問天，令狐冲，你們竟使用吸星妖法，墮入萬劫不復之境，此後武林朋友對付你們兩個，更不必計較手段是否正當。這是你們自作自受，事到臨頭，可別後悔。」

向問天笑道：「姓向的做事，幾時後悔過了？你們數百人圍攻我等二人，難道便是正當手段了？嘿嘿，可笑啊可笑！」腳步聲響，那十餘人也都走了。

向問天側耳傾聽，察知來追之敵確已遠去，低聲說道：「這批狗傢伙必定去而復回。你伏在我背上。」令狐冲見他神情鄭重，當下也不多問，便伏在他背上。向問天彎下腰來，左足慢慢伸落，竟向深谷中走去。令狐冲微微一驚，只見向問天鐵鍊揮出，捲住了山壁旁伸出的一棵樹，試了試那樹甚是堅牢，吃得住兩人身子的份量，這才輕輕向下縱落。兩人身懸半空，向問天晃了幾下，找到了踏腳之所，當即手腕迴力，自相反方向甩去，鐵鍊自樹幹上滑落。向問天雙手在山壁上一按，略行凝定，鐵鍊已捲向腳底一塊凸出的大石，兩人身子便又下降丈餘。

如此不住下落，有時山壁光溜溜地既無樹木，又無凸出石塊，向問天便即行險，身貼山壁，逕自向下滑溜，一溜十餘丈，越滑越快，但只須稍有可資借力之處，便施展神功，或以掌拍，或以足踏，或揮鍊勾樹，延緩下溜之勢。

令狐冲身歷如此大險，委實驚心動魄，這般滑下深谷，凶險處實不下於適才的激鬥，但想這等平生罕歷之奇，險固極險，若非遇上向問天這等奇人，只怕百世也是難逢，是以當向問天雙足踏到谷底時，他反覺微微失望，恨不得這山谷更深數百丈才好，抬頭上望，谷口盡是白雲，石樑已成了極細的一條黑影。

令狐冲道：「向先生……」向問天伸出手來，按住他嘴，左手食指向上一指。令狐冲隨即省悟，追敵果然去而復來，極目望去，卻不見石樑上有何人影。

向問天放開了手，將耳貼山壁傾聽，過了好一會，才微笑道：「他奶奶的，有的守在上面，有的在四處找尋。」轉頭瞪著令狐冲，說道：「你是名門正派的弟子，姓向的卻是旁門妖邪，雙方向來便是死敵。你爲甚麼甘願得罪正教朋友，這般奮不顧身的來救我性命？」

令狐冲道：「晚輩適逢其會，和先生聯手，跟正教魔教雙方羣豪周旋一場，居然得能不死，實是僥天之倖。向先生說甚麼救命不救命，當眞……咳咳……當眞是……」向問天接口道：「當眞是胡說八道之至，是不是？」令狐冲道：「晚輩可不敢說向先生胡說八道，但若說晚輩有救命之功，卻大大的不對了。」向問天道：「姓向的說過了的話，從不改口。我說你於我有救命之恩，便有救命之恩。」令狐冲笑了笑，便不再辯。

向問天道：「剛才那些狗娘養的大叫甚麼『吸星大法』，嚇得一鬨而散。你可知『吸星大法』是甚麼功夫？他們爲甚麼這等害怕？」令狐冲道：「晚輩正要請教。」向問天皺眉道：「甚麼晚輩長輩、先生學生的，教人聽了好不耐煩。乾乾脆脆，你叫我大哥，我叫你兄弟便了。」令狐冲道：「這個晚輩卻是不敢。」向問天怒道：「好，你見我是魔教中人，瞧我不起。你救過我性命，老子這條命在與不在，那是稀鬆平常之至，你瞧我不起，咱們先來打上一架。」他話聲雖低，卻怒容滿面，顯然甚爲氣惱。

令狐冲笑道：「打架倒也不必，而且我是萬萬不敵。大哥旣執意如此，小弟自當從命。」尋思：「我連田伯光這等採花大盜也結交爲友，多交一個向問天又有何妨？這人豪邁洒脫，眞是一條好漢子，我本來就喜歡這等人物。」俯身下拜，說道：「大哥在上，受小弟一禮。」

向問天大喜，說道：「天下跟向某義結金蘭的，就只兄弟你一人，你可要記好了。」令狐冲笑道：「小弟受寵若驚之至。」照江湖上慣例，二人結義爲兄弟，至少也當撮土爲香，立誓他日有福共享，有難同當，但他二人均是放蕩不羈之人，經此一戰，都覺意氣相投，肝膽相照，這些磕頭結拜的繁文縟節誰都不加理會，說是兄弟，便是兄弟了。

向問天身在魔教，但教中兄弟極少是他瞧得上眼的，今日認了一個義兄弟，心下甚喜，說道：「可惜這裏沒好酒，否則咱們一口氣喝他媽的幾十杯，那才痛快。」令狐冲道：「正是，小弟喉頭早已饞得發癢，大哥這一提，可更加不得了。」

向問天向上一指，道：「那些狗崽子還沒遠去，咱們只好在這谷底熬上幾日。兄弟，適才那峨嵋派的牛鼻子以內力攻你，我以內力相助，那牛鼻子的內力便怎樣了？」令狐冲道：「大哥似是將那道人的內力都引入了地下。」向問天一拍大腿，喜道：「不錯，不錯！兄弟的悟心眞好。我這門功夫，是自己無意中想出來的，武林中無人得知，我給取個名字，叫做『吸功入地小法』。」令狐冲道：「這名字倒也奇怪。」

向問天道：「我這門功夫，和那武林中人人聞之色變的『吸星大法』相比，眞如小巫見大巫，因此只好稱爲『小法』。我這功夫只是移花接木、借力打力的小技，將對方的內力導入地下，使之不能爲害，於自己可半點也沒好處。再者，這功夫只有當對方以內力相攻之時方能使用，卻不能拿來攻敵傷人，對方當時但覺內力源源外洩，不免大驚失色，過不多時，便即復元。我料到他們必定去而復回，只因那峨嵋派的牛鼻子功力一復，便知我這『吸功入地小法』只是個唬人的玩意兒，其實不足爲懼。你哥哥素來不喜攬這些騙人的伎倆，因此從來沒用過。」

令狐冲笑道：「向問天從不騙人，今日爲了小弟，卻破了戒。」向問天嘿嘿一笑，說道：「從不騙人，卻也未必，但如峨嵋派松紋道人這等小小腳色，你哥哥可還眞不屑騙他。要騙人，就得揀件大事，騙得驚天動地，天下皆知。」

兩人相對大笑，生怕給上面的敵人聽見了，雖壓低了笑聲，卻笑得甚爲歡暢。

黑白子待長劍刺到，左手食中二指陡地伸出，往劍刃上夾去。旁觀五人見他行此險著，都不禁「咦」的一聲驚呼。

一九　打賭

這時兩人都已甚爲疲累，分別倚在山石旁閉目養神。

令狐冲不久便睡著了。睡夢之中，忽見盈盈手持三隻烤熟了的青蛙，遞在他手裏，問道：「你忘了我麼？」令狐冲大聲道：「沒忘，沒忘！你……你到那裏去了？」見盈盈的影子忽然隱去，忙叫：「你別走！我有很多話跟你說。」卻見刀槍劍戟，紛紛殺來，他大叫一聲，醒了過來。向問天笑嘻嘻的道：「夢見了情人麼？要說很多話？」

令狐冲臉上一紅，也不知說了甚麼夢話給他聽了去。向問天道：「兄弟，你要見情人，只有養好了傷，治好了病，才能去找她。」令狐冲黯然道：「我……我沒情人。再說，我的傷是治不好的。」向問天道：「我欠了你一命，雖是自家兄弟，總是心中不舒服，非還你一條命不可。我帶你去一個地方，定可治好你的傷。」

令狐沖雖說早將生死置之度外，畢竟出於無奈，只好淡然處之，聽向問天說自己之傷可治，此言若從旁人口中說出，未必能信，但向問天實有過人之能，武功之高，除了太師叔風清揚外，生平從所未睹，以師父岳不羣之能，也必有所不及，他輕描淡寫的一句話，份量之重，無可言喻，心頭登時湧起一股喜悅之情，道：「我……我……」說了兩個「我」字，卻接不下話去。這時一彎冷月從谷口照射下來，清光遍地，谷中雖仍陰森森地，但在令狐沖眼中瞧出來，便如是滿眼陽光。

向問天道：「咱們去見一個人。這人脾氣十分古怪，事先不能讓他知情。兄弟，你如信得過我，一切便由我安排。」令狐沖道：「那有甚麼信不過的？大哥是要設法治我之傷，這是死馬當作活馬醫，本來是沒指望之事。治得好是謝天謝地、意外之喜，治不好那是理所當然！」

向問天微微一笑，說道：「兄弟，你我生死如一，本來萬事不能瞞你。但這件事，事前可不能洩露機關，事後自會向你說個一清二楚。」令狐沖道：「大哥不須躭心，你說甚麼，我一切照做便是。」向問天道：「兄弟，我是日月神教的右使者，在你們正教中人看來，我們的行事不免有點古裏古怪，邪裏邪氣。哥哥要你去做一件事，若能成功，於治你之傷大有好處，不過我話說在前頭，這件事哥哥也是利用了你，要委屈你吃些苦頭。」令狐沖一拍自己胸膛，說道：「你我既已義結金蘭，我這條命就是你的。吃點苦頭打甚麼緊？做人義氣爲重，還能討價還價、說好說歹麼？」向問天甚喜，說道：「那咱們也不必說多謝之類的話了。」令狐冲道：「當然！」

他自華山派學藝以來，一番心意盡數放在小師妹身上，雖和陸大有交好，也只當他是師弟那麼照顧，直至此刻，方始領略到江湖上慷慨重義，所謂「過命的交情」、那種把性命交給了朋友的眞味。其實他於向問天的身世、過往、爲人所知實在極少，遠不及對施戴子、高根明等師弟的了解，但所謂一見心折，於同病相憐、惺惺相惜之際，自然而然成了生死之交。

向問天伸舌頭舐了舐嘴唇，道：「那條馬腿不知丟到那裏去了？他媽的，殺了這許多狗崽子，山谷裏卻一個也不見。」令狐冲見他這副神情，知他是想尋死屍來吃，心下駭然，不敢多說，又即閉眼入睡。

第二日早晨，向問天道：「兄弟，這裏除了青草苔蘚，甚麼也沒有。咱們在這裏挨下去，非去找死屍來吃不可，可是昨天跌在這山谷中的，個個又老又韌，我猜你吃起來胃口不會太好。」令狐冲忙道：「簡直半點胃口也沒有。」

向問天笑道：「咱們只好覓路出去。我先給你的相貌改上一改。」到山谷底去抓了些爛泥，塗在他臉上，隨即伸手在自己下巴上揉了一會，神力到處，長鬚盡脫，雙手再在自己頭上一陣搓揉，滿頭花白頭髮脫得乾乾淨淨，變成了一個油光精滑的禿頭。令狐沖見他頃刻之間相貌便全然不同，又好笑，又佩服。向問天又去抓些爛泥來，加大自己鼻子，敷腫雙頰，此時便是對面細看，也不易辨認。

向問天在前覓路而行，他雙手攏在袖中，遮住了繫在腕上的鐵鍊，只要不出手，誰也認不出這禿頭胖子便是那矍鑠瀟洒的向問天。

二人在山谷中穿來穿去，到得午間，在山坳裏見到一株毛桃，桃子尚青，入口酸澀，兩人卻也顧不得這許多，採來飽餐了一頓。休息了一個多時辰，又再前行。到得黃昏時，向問天終於尋到了出谷的方位，但須翻越一個數百尺的峭壁。他將令狐沖負於背上，騰越而上。

登上峭壁，放眼一條小道蜿蜒於長草之間，雖景物荒涼，總是出了那連鳥獸之跡也絲毫不見的絕地，兩人都長長吁了口氣。

次日清晨，兩人逕向東行，到得一處大市鎮，向問天從懷中取出一片金葉子，要令狐沖去一家銀鋪兌成了銀子，然後投店住宿。向問天叫了一桌酒席，命店小二送來一大罈酒，和令狐沖二人痛飲了半罈，飯也不吃了，一個伏案睡去，一個爛醉於床。直到次日紅日滿窗，這才先後醒轉。兩人相對一笑，回想前日涼亭中、石樑上的惡鬥，直如隔世。

向問天道：「兄弟，你在此稍候，我出去一會。」這一去竟是一個多時辰。令狐沖正自擔憂，生怕他遇上了敵人，卻見他雙手大包小包，挾了許多東西回來，手腕間的鐵鍊也已不知去向，想是叫鐵匠給鑿開了。向問天打開包裹，一包包都是華貴衣飾，說道：「咱二人都扮成大富商的模樣，越闊綽越好。」當下和令狐冲二人裏裏外外換得煥然一新。出得店時，店小二牽過兩匹鞍轡鮮明的高頭大馬過來，也是向問天買來的。

二人乘馬而行，緩緩向東。行得兩日，令狐冲感到累了，向問天便僱了大車給他乘坐，到得運河邊上，索性棄車乘船，折而南行。一路之上，向問天花錢如流水，身邊的金葉子似乎永遠用不完。過了長江，運河兩岸市肆繁華，向問天所買的衣飾也越來越華貴。

舟中日長，向問天談些江湖上的軼聞趣事。許多事情令狐冲都是聞所未聞，聽得津津有味。但涉及黑木崖上魔教之事，向問天卻絕口不提，令狐冲也就不問。

這一天將到杭州，向問天在舟中又爲令狐冲及自己刻意化裝了一番，剪下令狐冲一些頭髮，再剪短了當作小鬍子，用膠水黏在令狐冲上唇。打點妥當，這才捨舟登陸，買了兩匹駿馬，乘馬進了杭州城。

杭州古稱臨安，南宋時建爲都城，向來是個好去處。進得城來，一路上行人比肩，笙歌處處。令狐冲跟著向問天來到西湖之畔，但見碧波如鏡，垂柳拂水，景物之美，直如神仙境地。令狐冲道：「常聽人言道：上有天堂，下有蘇杭。蘇州沒去過，不知端的，今日親見西湖，這天堂之譽，確是不虛了。」

向問天一笑，縱馬來到一個所在，一邊倚著小山，和外邊湖水相隔著一條長堤，更是幽靜。兩人下了馬，將坐騎繫在湖邊的柳樹上，向山邊的石級上行去。向問天似是到了舊遊之地，路徑甚是熟悉。轉了幾個彎，遍地都是梅樹，老幹橫斜，枝葉茂密，想像初春梅花盛開之日，香雪如海，定然觀賞不盡。

穿過一大片梅林，走上一條青石板大路，來到一座朱門白牆的大莊院外，行到近處，見大門外寫著「梅莊」兩個大字，旁邊署著「虞允文題」四字。令狐冲讀書不多，不知虞允文是南宋破金的大功臣，但覺這幾個字儒雅之中透著勃勃英氣。

向問天走上前去，抓住門上擦得精光雪亮的大銅環，回頭低聲道：「一切聽我安排。兄弟，這件事難免有性命之憂，就算一切順利，也要大大的委屈你幾天。」令狐冲點了點頭，道：「不妨！」心想：「這座梅莊，顯是杭州城大富之家的寓所，莫非住的是一位當世名醫？大哥說有性命之憂，難道這治病之法會令我十分痛苦，且甚為凶險？」

只見向問天將銅環敲了四下，停一停，再敲兩下，停一停，敲了五下，又停一停，再敲三下，然後放下銅環，退在一旁。

過了半晌，大門緩緩打開，並肩走出兩個家人裝束的老者。令狐冲微微一驚，這二人目光炯炯，步履穩重，顯是武功不低，卻如何在這裏幹這僕從廝養的賤役？左首那人躬身說道：「兩位駕臨敝莊，有何貴幹？」向問天道：「嵩山門下、華山門下弟子，有事求見江南四友，四位前輩。」那人道：「我家主人向不見客。」說著便欲關門。

向問天從懷中取出一物，展了開來，令狐冲又是一驚，只見他手中之物寶光四耀，乃是一面五色錦旗，上面鑲滿了珍珠寶石。令狐冲知是嵩山派左盟主的五嶽令旗，令旗所到之處，猶如左盟主親到，五嶽劍派門下，無不凜遵持旗者的號令。令狐冲隱隱覺得不妥，猜想向問天此旗定然來歷不正，說不定還是殺了嵩山派中重要人物而搶來的，又想正教中人追殺於他，或許便因此旗而起，他自稱是嵩山派弟子，不知有何圖謀？自己答允了一切聽他安排，只好一言不發，靜觀其變。

那兩名家人見了此旗，神色微變，齊聲道：「嵩山派左盟主的令旗？」向問天道：「正是！」右首那家人道：「江南四友和五嶽劍派素不往來，便是嵩山左盟主親到，我家主人也未必……未必……嘿嘿！」下面的話沒說下去，意思卻甚明顯：「便是左盟主親到，我家主人也未必接見。」嵩山派左盟主畢竟位高望重，這人不願口出輕侮之言，但他顯然認爲「江南四友」的身分地位，比之左盟主又高得多了。

令狐冲心道：「這『江南四友』是何等樣人物？倘若他們在武林之中眞有這等大來頭，怎地從沒聽師父、師娘提過他四人名字？我在江湖上行走，多聽人講到當世武林中的前輩高人，卻也不曾聽到有人提及『江南四友』四字。」

向問天微微一笑，將令旗收入懷中，說道：「我左師姪這面令旗，不過是拿來唬人的。江南四位前輩是何等樣人，自不會將這令旗放在眼裏……」令狐冲心道：「你說『左師姪』？居然冒充左盟主的師叔，越來越不成話了。」只聽向問天續道：「只是在下一直無緣拜見江南四位前輩，拿這面令旗出來，不過作爲信物而已。」

兩名家人「哦」了一聲，聽他話中將江南四友的身分抬得甚高，臉色便和緩了下來。一人道：「閣下是左盟主的師叔？」

向問天又是一笑，說道：「正是。在下是武林中的無名小卒，兩位自是不識了。想當年丁兄在祁連山下單掌劈四霸，一劍伏雙雄；施兄在湖北橫江救孤，一柄紫金八卦刀殺得青龍幫一十三名大頭子血濺漢水江頭，這等威風，在下卻常在心頭。」

那兩個家人打扮之人，一個叫丁堅，一個叫施令威，歸隱梅莊之前，是江湖上兩個行事十分辣手的半正半邪人物。他二人一般的脾氣，做了事後，絕少留名，是以武功雖高，名字卻少有人知。向問天所說那兩件事，正是他二人生平的得意傑作。一來對手甚強，而他二人以寡敵衆，勝得乾淨利落；二來這兩件事都曲在對方，二人所作的乃行俠仗義的好事，這等義舉他二人生平所爲者甚是寥寥。大凡做了好事，雖不欲故意宣揚，但若給人無意中得知，畢竟心中竊喜。丁施二人聽了向問天這一番話，不由得都臉露喜色。丁堅微微一笑，說道：「小事一件，何足掛齒？閣下見聞倒廣博得很。」

向問天道：「武林中沽名釣譽之徒甚衆，而身懷眞材實學、做了大事而不願宣揚的清高之士，卻十分難得。『一字電劍』丁大哥和『五路神』施九哥的名頭，在下仰慕已久。左師姪說起，有事須向江南四友請教。在下歸隱已久，心想江南四友未必見得著，但如能見到『一字電劍』和『五路神』二位，便算不虛此行，因此上便答允來杭州走一趟。左師姪說道：如他自己親來，只怕四位前輩不肯接見，因他近年來在江湖上太過張揚，生恐前輩們瞧他不起，倒是在下素不在外走動，說不定還不怎麼惹厭。哈哈！」

丁施二人聽他既捧江南四友，又大大的捧了自己二人，都甚爲高興，陪他哈哈哈的笑了幾聲，見這禿頭胖子雖衣飾華貴，面目可憎，但言談舉止，頗具器度，確然不是尋常人物，他既是左冷禪的師叔，武功自必不低，心下也多了幾分敬意。

施令威心下已決定代他傳報，轉頭向令狐冲道：「這一位是華山派門下？」

向問天搶著道：「這一位風兄弟，是當今華山掌門岳不羣的師叔。」

令狐冲聽他信口胡言，早已猜到他要給自己捏造一個名字和身分，卻決計料不到他竟說自己是師父的師叔。令狐冲雖諸事漫不在乎，但要他冒認是恩師的長輩，究竟心中不安，忍不住身子一震，幸好他臉上塗了厚厚的黃粉，震驚之情絲毫不露。

丁堅和施令威相互瞧了一眼，心下都有些起疑：「這人眞實年紀瞧不出來，雖留了小鬍子，看來多半未過四十，怎能是岳不羣的師叔？」

向問天雖已將令狐冲的面貌扮得大爲蒼老，畢竟難以使他變成一個老者，如強加化裝，難免露出馬腳，當即接口：「這位風兄弟年紀比岳不羣還小了幾歲，卻是風清揚風師兄的堂房小兄弟，也是風師兄獨門劍法的唯一傳人，劍術之精，華山派中少有人能及。」

令狐冲又大吃一驚：「向大哥怎知我是風太師叔的傳人？」隨即省悟：「風太師叔劍法如此了得，當年必定威震江湖。向大哥識見不凡，見了我的劍法後自能推想得到。方生大師既看得出，向大哥自也看得出。」

丁堅「啊」的一聲，他是使劍的名家，聽得令狐冲精於劍法，忍不住技癢，可是見這人滿臉黃腫，形貌猥葸，實不像是個精擅劍法之人，問道：「不知二位大名如何稱呼。」

向問天道：「在下姓童，名叫童化金。這位風兄弟，大名是上二下中。」

丁施二人都拱了拱手，說道：「久仰，久仰。」

向問天暗暗好笑，自己叫「童化金」，便是「銅化金」之意，以銅化金，自然是假貨了；這「二中」二字卻是將「冲」字拆開來的。武林中並沒這樣兩個人，他二人居然說「久仰，久仰」，不知從何「仰」起？更不用說「久」了。

丁堅說道：「兩位請進廳上用茶，待在下去稟告敝上，見與不見，卻是難言。」向問天笑道：「兩位和江南四友名雖主僕，情若兄弟。四位前輩可不會不給丁施二兄的面子。」丁堅微微一笑，讓在一旁。向問天便即邁步入內，令狐冲跟了進去。

走過一個大天井，天井左右各植一棵老梅，枝幹如鐵，極是蒼勁。來到大廳，施令威請二人就座，自己站著相陪，丁堅進內稟報。

向問天見施令威站著，自己踞坐，未免對他不敬，但他在梅莊身爲僕役，卻不能請他也坐，說道：「風兄弟，你瞧這一幅畫，雖只寥寥數筆，氣勢可著實不凡。」一面說，一面站起身來，走到懸在廳中的那幅大中堂之前。

令狐冲和他同行多日，知他雖十分聰明機智，於文墨書畫卻不擅長，這時忽然讚起畫來，自是另有深意，當即應了一聲，走到畫前。見畫中所繪是一個仙人的背面，墨意淋漓，筆力雄健，令狐冲雖不懂畫，卻也知確是力作，又見畫上題款是：「丹青生大醉後潑墨」八字，筆法森嚴，一筆筆便如長劍的刺劃。令狐冲看了一會，說道：「童兄，我一見畫上這個『醉』字，便十分喜歡。這字中畫中，更似乎蘊藏著一套極高明的劍術。」他見到這八個字的筆法，以及畫中仙人的手勢衣摺，不禁想到了思過崖後洞石壁上所刻的劍法。

向問天尚未答話，施令威在他二人身後說道：「這位風爺果然是劍術名家。我家四莊主丹青先生說道：那日他大醉後繪此一畫，無意中將劍法蘊蓄於內，那是他生平最得意之作，酒醒之後再也繪不出了。風爺居然能從畫中看出劍意，四莊主定當引爲知己。我進去告知。」說著喜孜孜的走了進去。

向問天咳嗽一聲，說道：「風兄弟，原來你懂得書畫。」令狐冲道：「我甚麼也不懂，胡謅幾句，碰巧撞中。這位丹青先生倘若和我談書論畫，可要我大大出醜了。」

忽聽得門外一人大聲道：「他從我畫中看出了劍法？這人的眼光可了不起啊！」叫嚷聲中，走進一個人來，髯長及腹，左手拿著一隻酒杯，臉上醺醺然大有醉意。

施令威跟在其後，說道：「這兩位是嵩山派童爺，華山派風爺。這位是梅莊四莊主丹青先生。四莊主，這位風爺一見莊主的潑墨筆法，便說其中含有一套高明劍術。」

那四莊主丹青生斜著一雙醉眼，向令狐冲端相一會，問道：「你懂得畫？會使劍？」這兩句話問得甚是無禮。

令狐冲見他手中拿的是一隻翠綠欲滴的翡翠杯，又聞到杯中所盛是梨花酒，猛地裏想起祖千秋在黃河舟中所說的話來，說道：「白樂天杭州春望詩云：『紅袖織綾誇柿蒂，青旗沽酒趁梨花。』飲梨花酒當用翡翠杯，四莊主果然是飲酒的大行家。」他沒讀過多少書，甚麼詩詞歌賦，全然不懂，但生性聰明，於別人說過的話，卻有過耳不忘之才，這時逕將祖千秋的話照搬過來。

丹青生一聽，雙眼睜得大大的，突然一把抱住令狐冲，大叫：「啊哈，好朋友到了。來來來，咱們喝他三百杯去。風兄弟，老夫好酒、好畫、好劍，人稱三絕。三絕之中，以酒為首，丹青次之，劍道居末。」

令狐冲大喜，心想：「丹青我是一竅不通，我是來求醫治傷，終不成跟人家比劍動手。這喝酒嗎，可就求之不得。」當即跟著丹青生向內走去，向問天和施令威跟隨在後。穿過一道迴廊，來到西首一間房中。門帷掀開，便是一陣撲鼻酒香。

令狐冲自幼嗜酒，只師父、師娘沒給他多少錢零花，自來有酒便喝，也不容他辨選好惡，自從在洛陽聽綠竹翁細論酒道，又得他示以各種各樣美酒，一來天性相投，二來得了名師指點，此後便賞鑒甚精，一聞到這酒香，便道：「好啊，這兒有三鍋頭的陳年汾酒。唔，這百草酒只怕已有七十五年，那猴兒酒更加難得。」他聞到猴兒酒的酒香，登時想起六師弟陸大有來，忍不住心中一酸。

丹青生拊掌大笑，叫道：「妙極，妙極！風兄弟一進我酒室，便將我所藏三種最佳名釀報了出來，當眞是大名家，了不起！了不起！」

令狐冲見室中琳瑯滿目，到處都是酒罈、酒瓶、酒葫蘆、酒杯，說道：「前輩所藏，豈止名釀三種而已。這紹興女兒紅固是極品，這西域吐魯番的葡萄濃酒，四蒸四釀，在當世也是首屈一指的了。」丹青生又驚又喜，問道：「我這吐魯番四蒸四釀葡萄濃酒密封於木桶之中，老弟怎地也嗅得出來？」令狐冲微笑道：「這等好酒，即使是藏於地下數丈的地窖之中，也掩不住它的酒香。」

丹青生叫道：「來來來，咱們便來喝這四蒸四釀葡萄濃酒。」將屋角落中一隻大木桶搬了出來。那木桶已舊得發黑，上面彎彎曲曲的寫著許多西域文字，木塞上用火漆封住，火漆上蓋了印，顯得極爲鄭重。丹青生握住木塞，輕輕拔開，登時滿室酒香。

施令威向來滴酒不沾唇，聞到這股濃洌的酒氣，不禁便有醺醺之意。

丹青生揮手笑道：「你出去，你出去，可別醉倒了你。」將三隻酒杯並排放了，抱起酒桶往杯中斟去。那酒藤黃如脂油，酒高於杯緣，只因酒質黏醇，似含膠質，卻不溢出半點。令狐冲心中喝一聲采：「此人武功了得，抱住這百來斤的大木桶向小小酒杯中倒酒，居然齊口而止，實是難能。」

丹青生將木桶夾在脅下，左手舉杯，道：「請，請！」雙目凝視令狐冲的臉色，瞧他嚐酒之後的神情。令狐冲舉杯喝了半杯，大聲辨味，只是他臉上塗了厚粉，瞧上去一片漠然，似乎不甚喜歡。丹青生神色惴惴，似乎生怕這位酒中行家覺得他這桶酒平平無奇。

令狐冲閉目半晌，睜開眼來，說道：「奇怪，奇怪！」丹青生問道：「甚麼奇怪？」令狐冲道：「此事難以索解，晚輩可當眞不明白了。」丹青生眼中閃動著十分喜悅的光芒，道：「你問的是……」令狐冲道：「這酒晚輩生平只在洛陽城中喝過一次，雖然醇美之極，酒中卻有微微酸味。據一位酒國前輩言道，那是由於運來之時沿途顚動之故。這四蒸四釀的吐魯番葡萄濃酒，多搬一次，便減色一次。從吐魯番來到杭州，不知有幾萬里路，可是前輩此酒，竟然絕無酸味，這個……」

丹青生哈哈大笑，得意之極，說道：「這是我的不傳之秘。我是用三招劍法向西域劍豪莫花爾徹換來的秘訣，你想不想知道？」

令狐冲搖頭道：「晚輩得嘗此酒，已心滿意足，前輩這秘訣卻不敢多問了。」

丹青生道：「喝酒，喝酒。」又倒了三杯，他見令狐冲不問這秘訣，不禁心癢難搔，說道：「其實這秘訣說出來不值一文，可說毫不希奇。」令狐冲知道自己越不想聽，他越是要說，忙搖手道：「前輩千萬別說，你這三招劍招，定然非同小可。以如此重大代價換來的秘訣，晚輩輕輕易易的便學了去，於心何安？常言道：無功不受祿……」丹青生道：「你陪我喝酒，說得出此酒的來歷，便是大大的功勞了。這秘訣你非聽不可。」

令狐冲道：「晚輩蒙前輩接見，又賜以極品美酒，已經感激之至，怎可……」丹青生道：「我願意說，你就聽好了。」向問天勸道：「四莊主一番美意，風兄弟不用推辭了。」丹青生道：「對，對！」笑咪咪的道：「我再考你一考，你可知這酒已有多少年份？」

令狐冲將杯中酒喝乾，辨味多時，說道：「這酒另有一個怪處，似乎已有一百二十年，又似只有十二三年。新中有陳，陳中有新，比之尋常百年以上的美酒，另有一般別致風味。」

向問天眉頭微蹙，心道：「這一下可獻醜了。一百二十年和十二三年相差百年以上，怎可相提並論。」他生怕丹青生聽了不愉，卻見這老兒哈哈大笑，一部大鬍子吹得筆直，笑道：「好兄弟，果然厲害。我這秘訣便在於此。我跟你說，那西域劍豪莫花爾徹送了我十桶三蒸三釀的一百二十年吐魯番美酒，用五匹大宛良馬馱到杭州來，然後我依法再加一釀一蒸，十桶美酒，釀成一桶。屈指算來，正是十二年半以前之事。這美酒歷關山萬里而不酸，酒味陳中有新，新中有陳，便在於此。」

向問天和令狐冲一齊鼓掌，道：「原來如此。」令狐冲道：「能釀成這等好酒，便是以十招劍法去換，也是值得。前輩只用三招去換，那是佔了天大的便宜了。不過料想前輩這三招劍法精妙異常，足足抵得十招而有餘。」

向問天心想：「我這兄弟劍法精妙，想不到口才也伶俐如此。」他不知令狐冲向來擅於言詞，常給岳不羣罵太過油嘴滑舌。

丹青生更加歡喜，說道：「老弟眞是我的知己。當日大哥、三哥都埋怨我以劍招換酒，令我中原絕招傳入了西域。二哥雖笑而不言，心中恐怕也是不以爲然。只有老弟才明白我是佔了大便宜，咱們再喝一杯。」他見向問天顯然不懂酒道，對之便不多加理睬。

令狐冲又喝了一杯，說道：「四莊主，此酒另有一個喝法，可惜眼下沒法辦到。」丹青生忙問：「怎麼個喝法？爲甚麼辦不到？」令狐冲道：「吐魯番是天下最熱之地，聽說當年玄奘大師到天竺取經，途經火燄山，便是吐魯番了。」丹青生道：「是啊，那地方當眞熱得可以。一到夏天，整日浸在冷水桶中，還是難熬，到得冬天，卻又奇寒徹骨。正因如此，所產葡萄才與衆不同。」令狐冲道：「晚輩在洛陽城中喝此酒之時，天時尙寒，那位酒國前輩拿了一大塊冰來，將酒杯放於冰上。這美酒一經冰鎭，另有一番滋味。此刻正當初夏，這冰鎭美酒的奇味，便品嘗不到了。」

丹青生道：「我在西域之時，不巧也正是夏天，那莫花爾徹也說過冰鎭美酒的妙處。老弟，那容易，你就在我這裏住上大半年，到得冬天，咱們同來品嘗。」他頓了一頓，皺眉道：「只是要人等上這許多時候，實是心焦。」

向問天道：「可惜江南一帶，並無練『寒冰掌』、『陰風爪』一類純陰功夫的高手，否則……」他一言未畢，丹青生喜叫：「有了，有了！」說著放下酒桶，興沖沖的走了出去。令狐冲朝向問天瞧去，滿腹疑竇。向問天含笑不語。

過不多時，丹青生拉了一個極高極瘦的黑衣老者進來，說道：「二哥，這一次無論如何要請你幫幫忙。」令狐冲見這人眉淸目秀，只是臉色泛白，似是一具殭屍模樣，令人一見之下，心中便感到一陣涼意。丹青生給二人引見了，原來這老者是梅莊二莊主黑白子，他頭髮極黑而皮膚極白，果然是黑白分明。黑白子冷冷的道：「幫甚麼忙？」丹青生道：「請你露一手化水成冰的功夫，給我這兩位好朋友瞧瞧。」

黑白子翻著一雙黑白分明的怪眼，冷冷的道：「雕蟲小技，何足掛齒？沒的讓大行家笑話。」丹青生道：「二哥，不瞞你說，這位風兄弟言道，吐魯番葡萄酒以冰鎮之，飲來別有奇趣。這大熱天卻到那裏找冰去？」黑白子道：「這酒香醇之極，何必更用冰鎮？」

令狐冲道：「吐魯番是酷熱之地……」丹青生道：「是啊，熱得緊！」令狐冲道：「當地所產的葡萄雖佳，卻不免有點兒暑氣。」丹青生道：「是啊，那是理所當然。」令狐冲道：「這暑氣帶入了酒中，過得百年，雖已大減，但微微一股辛辣之意，終究難免。」丹青生道：「是極，是極！老弟不說，我還道是我蒸酒之時火頭太旺，可錯怪了那個御廚了。」令狐冲問道：「甚麼御廚？」丹青生笑道：「我只怕蒸酒時火候不對，蹧蹋了這十桶美酒，特地到北京皇宮之中，將皇帝老兒的御廚抓了來生火蒸酒。」

黑白子搖頭道：「當眞小題大做。」

向問天道：「原來如此。若是尋常的英雄俠士，喝這酒時多一些辛辣之氣，原亦不妨。但二莊主、四莊主隱居於這風景秀麗的西湖邊上，何等清高，和武林中的粗人大不相同。這酒一經冰鎮，去其火氣，便和二位高人的身分相配了。好比下棋，力鬥搏殺，那是第九流的棋品，一二品的高棋卻是入神坐照……」

黑白子怪眼一翻，抓住他肩頭，急問：「你也會下棋？」向問天道：「在下生平最喜下棋，只可惜天資所限，棋力不高，於是走遍大江南北、黃河上下，訪尋棋譜。三十年來，古往今來的名局，胸中倒記得不少。」黑白子忙問：「記得那些名局？」向問天道：「比如王質在爛柯山遇仙所見的棋局，劉仲甫在驪山遇仙對弈的棋局，王積薪遇狐仙婆媳的對局……」他話未說完，黑白子已連連搖頭，道：「這些神話，焉能信得？更那裏眞有棋譜了？」說著鬆手放開了他肩頭。

向問天道：「在下初時也道這是好事之徒編造的故事，但二十五年前見到了劉仲甫和驪山仙姥的對弈圖譜，著著精警，實非世間凡人所能，這才死心塌地，相信確非虛言。前輩於此道也有所好嗎？」

丹青生哈哈大笑，一部大鬍子又直飄起來。向問天問道：「前輩如何發笑？」丹青生道：「你問我二哥喜不喜歡下棋？哈哈哈，我二哥道號黑白子，你說他喜不喜歡下棋？二哥之愛棋，便如我之愛酒。」向問天道：「在下胡說八道，當眞是班門弄斧了，二莊主莫怪。」

黑白子道：「你當眞見過劉仲甫和驪山仙姥對弈的圖譜？我在前人筆記之中，見過這則記載，說劉仲甫是當時國手，卻在驪山之麓給一個鄉下老媪殺得大敗，登時嘔血數升，這局棋譜便稱爲『嘔血譜』。難道世上眞有這局嘔血譜？」他初進室時神情冷漠，此刻卻十分熱切。

向問天道：「在下廿五年之前，曾在四川成都一處世家舊宅之中見過，只因這一局實在殺得太過驚心動魄，雖事隔廿五年，全數一百一十二著，至今倒還著著記得。」

黑白子道：「一共一百一十二著？你倒擺來給我瞧瞧。來來，到我棋室中去擺局。」

丹青生伸手攔住，道：「且慢！二哥，你不給我製冰，說甚麼也不放你走。」說著捧過一隻白瓷盆，盆中盛滿了清水。

黑白子嘆道：「四兄弟各有所痴，那也叫無可如何。」伸出右手食指，插入瓷盆。片刻間水面便浮起一絲絲白氣，過不多時，瓷盆邊上起了一層白霜，跟著水面結成一片片薄冰，冰越結越厚，只一盞茶時分，一瓷盆清水都化成了寒冰。

向問天和令狐冲都大聲喝采。向問天道：「這『黑風指』的功夫，聽說武林失傳已久，卻原來二莊主……」丹青生搶著道：「這不是『黑風指』，這叫『玄天指』，和『黑風指』的霸道功夫頗有上下床之別。」一面說，一面將四隻酒杯放在冰上，在杯中倒了葡萄酒，不久酒面上便冒出絲絲白氣。令狐冲道：「行了！」

丹青生拿起酒杯，一飲而盡，果覺既厚且醇，更沒半分異味，再加一股清涼之意，沁人心脾，大聲讚道：「妙極！我這酒釀得好，風兄弟品得好，二哥的冰製得好。你呢？」向著向問天笑道：「你在旁一搭一檔，搭檔得好。」

丹青生又倒了四杯酒，他性子急，要將盛冰的瓷盆放在酒杯之上，說道：「寒氣自上而下，冰氣下去得快些。」令狐冲道：「冰氣下去得雖快，但如此一來，一杯酒便從上至下一般的冰涼，非為上品。如冰氣從下面透上來，酒中便一層有一層微異的冷暖，可以細辨其每一層氣味的不同。」丹青生聽他品酒如此精辨入微，欽佩之餘大爲高興，照法試飲，細辨酒味，果有些微差別。

黑白子將酒隨口飲了，也不理會酒味好壞，拉著向問天的手，道：「去，去！擺劉仲甫的『嘔血譜』給我看。」向問天一扯令狐冲的袖子，令狐冲會意，道：「在下也去瞧瞧。」丹青生道：「那有甚麼好看？我跟你不如在這裏喝酒。」令狐冲道：「咱們一面喝酒，一面看棋。」說著跟了黑白子和向問天而去。丹青生無奈，只得挾著那隻大酒桶跟入棋室。

只見好大一間房中，除了一張石几、兩張軟椅之外，空盪盪地一無所有，石几上刻著縱橫十九道棋路，對放著一盒黑子、一盒白子。這棋室中除了几椅棋子之外不設另物，當是免得對局者分心。

向問天走到石几前，在棋盤的「平、上、去、入」四角擺了勢子，跟著在「平部」六三路放了一枚白子，然後在九三路放一枚黑子，在六五路放一枚白子，在九五路放一枚黑子，如此不住置子，漸放漸慢。

黑白雙方一起始便纏鬥極烈，中間更無一子餘裕，黑白子只瞧得額頭汗水涔涔而下。

令狐冲暗暗納罕，眼見他適才以「玄天指」化水成冰，那是何等高強的內功修爲，當時他渾不在意；弈棋只是小道，他卻瞧得滿頭大汗，可見關心則亂，此人愛棋成痴，向問天多半是揀正了他這弱點進襲。又想：「那位名醫不知跟他們是甚麼關係？」

黑白子見向問天置了第六十六著後，隔了良久不放下一步棋子，耐不住問道：「下一步怎樣？」向問天微笑道：「這是關鍵所在，以二莊主高見，該當如何？」黑白子苦思良久，沉吟道：「這一子嗎？斷又不妥，連也不對，衝是衝不出，做活卻又活不成。這……這……這……」他手中拈著一枚白子，在石几上輕輕敲擊，直過了一頓飯時分，這一子始終沒法放入棋局。這時丹青生和令狐冲已各飲了十七八杯葡萄濃酒。

丹青生見黑白子的臉色越來越青，說道：「童老兄，這是『嘔血譜』，難道你眞要我二哥想得嘔血不成？下一步怎麼下，爽爽快快說出來罷。」

向問天道：「好！這第六十七子，下在這裏。」於是在「上部」七四路下了一子。

黑白子啪的一聲，在大腿上重重一拍，叫道：「好，既然那邊下甚麼都不好，最好便是『脫先他投』，這一子下在此處，確是妙著。」

向問天微笑道：「劉仲甫此著，自然精采，但那也只是人間國手的妙棋，和驪山仙姥的仙著相比，卻又大大不如了。」黑白子忙問：「驪山仙姥的仙著，卻又如何？」向問天道：「二莊主不妨想想看。」

黑白子思索良久，總覺局面不利，難以反手，搖頭說道：「既是仙著，我輩凡夫俗子又怎想得出來？童兄不必賣關子了。」向問天微笑道：「這一著神機妙算，當眞只有神仙才想得出來。」黑白子是善弈之人，也就精於揣度對方心意，見向問天不肯將這一局棋爽爽快快的說出，好教人心癢難搔，料想他定有所求，便道：「童兄，你將這一局棋說與我聽，我也不會白聽了你的。」

令狐冲心想：「莫非向大哥知道這位二莊主的『玄天指』神功能治我之病，才兜了這樣一個大圈子來求他？」

向問天抬起頭來，哈哈一笑，說道：「在下和風兄弟，對四位莊主絕無所求。二莊主此言，可將我二人瞧得小了。」

黑白子深深一揖，說道：「在下失言，這裏謝過。」向問天和令狐冲還禮。

向問天道：「我二人來到梅莊，乃是要和四位莊主打一個賭。」黑白子和丹青生齊聲問道：「打一個賭？打甚麼賭？」向問天道：「我賭梅莊之中，沒人能在劍法上勝得過這位風兄弟。」黑白子和丹青生一齊轉看令狐冲。黑白子神色漠然，不置可否。丹青生卻哈哈大笑起來，說道：「打甚麼賭？」

向問天道：「倘若我們輸了，這一幅圖輸給四莊主。」說著解下負在背上的包袱，打了開來，裏面是兩個卷軸。他打開一個卷軸，乃是一幅極爲陳舊的圖畫，右上角題著「北宋范中立谿山行旅圖」十字，一座高山衝天而起，墨韻凝厚，氣勢雄峻之極。令狐冲雖不懂繪畫，也知這幅山水實是精絕之作，但見那山森然高聳，雖是紙上的圖畫，也令人不由自主的興高山仰止之感。

丹青生大叫一聲：「啊喲！」目光牢牢釘住了那幅圖畫，再也移不開來，隔了良久，才道：「這是北宋范寬的眞跡，你……你……卻從何處得來？」

向問天微笑不答，伸手慢慢將卷軸捲起。丹青生道：「且慢！」在他手臂上一拉，要阻他捲畫，豈知手掌碰到他手臂之上，一股柔和而渾厚的內力湧將出來，將他手掌輕輕彈開。向問天卻如一無所知，將卷軸捲好了。丹青生好生詫異，他剛才扯向問天的手臂，生怕撕破圖畫，手上並未用力，但對方內勁這麼一彈，卻顯示了極上乘的內功，而且顯然尙自行有餘力。他暗暗佩服，說道：「老童，原來你武功如此了得，只怕不在我丹青生之下。」

向問天道：「四莊主取笑了。梅莊四位莊主除劍法之外，那一門功夫都是當世無敵。我童化金無名小卒，如何敢和四莊主相比？」丹青生臉一沉，道：「你爲甚麼說『除劍法之外』？難道我的劍法當眞及不上他？」

向問天微微一笑，道：「二位莊主，請看這一幅書法如何？」將另一個卷軸打了開來，卻是一幅筆走龍蛇的狂草。

丹青生奇道：「咦，咦，咦！」連說三個「咦」字，突然張口大叫：「三哥，三哥！你的性命寶貝來了！」這一下呼叫聲音響極，牆壁門窗都為之震動，椽子上灰塵簌簌而落，加之這聲叫喚突如其來，令狐冲不禁吃了一驚。

只聽得遠處有人說道：「甚麼事大驚小怪？」丹青生叫道：「你再不來看，人家收了起來，可叫你後悔一世。」外面那人道：「你又覓到甚麼冒牌貨的書法了，是不是？」門帷掀起，走進一個人來，矮矮胖胖，頭頂禿得油光滑亮，一根頭髮也無，右手提著一枝大筆，衣衫上都是墨跡。他走近看時，突然雙目直瞪，呼呼喘氣，顫聲道：「這……這是眞跡！眞是……眞是唐朝……唐朝張旭的『率意帖』，假……假……假不了！」

帖上的草書大開大闔，便如一位武林高手展開輕功，竄高伏低，雖行動迅捷，卻不失高雅風致。令狐冲在十個字中還識不到一個，但見帖尾寫滿了題跋，蓋了不少圖章，料想此帖的是非同小可。

丹青生道：「這位是我三哥禿筆翁，他取此外號，是因他性愛書法，寫禿了千百枝毛筆，卻不是因他頭頂光禿禿地。這一節千萬不可弄錯。」令狐冲微笑應道：「是。」

那禿筆翁伸出右手食指，順著率意帖中的筆路一筆一劃的臨空鉤勒，神情如醉如痴，對向問天和令狐冲二人固一眼不瞧，連丹青生的說話也顯然渾沒聽在耳中。

令狐冲突然間心頭一震：「向大哥此舉，只怕全是早有預謀。記得我和他在涼亭中初會，他背上便有這麼一個包袱。」但轉念又想：「當時包袱之中，未必藏的便是這兩個卷軸，說不定他為了來求梅莊的四位莊主治我之病，途中當我在客店中休息之時，出去買來，甚或是偷來搶來。嗯，多半是偷盜而得，這等無價之寶，又那裏買得到手？」耳聽得那禿筆翁臨空寫字，指上發出極輕微的嗤嗤之聲，內力之強，和黑白子各擅勝場，又想：「我的內傷乃因桃谷六仙及不戒大師而起，這梅莊三位莊主的內功，似不在桃谷六仙和不戒大師之下，那大莊主說不定更加厲害。再加上向大哥，五人合力，或許便能治我之傷了。但願他們不致大耗功力才好。」

向問天不等禿筆翁寫完，便將率意帖收起，包入包裹。

禿筆翁向他愕然而視，過了好一會，問道：「換甚麼？」向問天搖頭道：「不換！」禿筆翁道：「二十八招石鼓打穴筆法！」黑白子和丹青生齊聲叫道：「不行！」禿筆翁道：「行，為甚麼不行？能換得這幅張旭狂草眞跡到手，我那石鼓打穴筆法又何足惜？」

向問天搖頭道：「不行！」禿筆翁急道：「那你為甚麼拿來給我看？」向問天道：「就算是在下的不是，三莊主只當從來沒看過便是。」禿筆翁道：「看已經看過了，怎麼能只當從來沒看過？」向問天道：「三莊主眞的要得這幅張旭眞跡，那也不難，只須和我們打一個賭。」禿筆翁忙問：「賭甚麼？」

丹青生道：「三哥，此人有些瘋瘋顛顛。他說賭我們梅莊之中，沒一人能勝得這位華山派風朋友的劍法。」禿筆翁道：「倘若有人勝得了這位朋友，那便如何？」向問天道：「倘若梅莊之中，不論那一位勝得我風兄弟手中長劍，那麼在下便將這幅張旭眞跡『率意帖』奉送三莊主，將那幅范寬眞跡『谿山行旅圖』奉送四莊主，還將在下心中所記神仙鬼怪所下的圍棋名局二十局，一一錄出，送給二莊主。」禿筆翁道：「我們大哥呢？你送他甚麼？」

向問天道：「在下有一部〈廣陵散〉琴譜，說不定大莊主……」

他一言未畢，黑白子等三人齊聲道：「廣陵散？」

令狐冲也是一驚，尋思：「這〈廣陵散〉琴譜，是曲洋前輩發掘古墓而得，他將之譜入了〈笑傲江湖之曲〉，向大哥又如何得來？」隨即恍然：「向大哥是魔教右使，曲長老是魔教長老，兩人多半交好。曲長老得到這部琴譜之後，喜悅不勝，自會跟向大哥說起。向大哥要借來鈔錄，曲長老自必欣然允諾。」想到譜在人亡，不禁喟然。

禿筆翁搖頭道：「自嵇康死後，〈廣陵散〉從此不傳於世，童兄這話未免是欺人之談了。」向問天微笑道：「我有一位知交好友，愛琴成痴。他說嵇康一死，天下從此便無〈廣陵散〉。這套琴譜在西晉之後固然從此湮沒，然而在西晉之前呢？」

禿筆翁等三人茫然相顧，一時不解這句話的意思。

向問天道：「我這位朋友心智過人，兼又大膽妄爲，便去發掘晉前擅琴名人的墳墓。果然有志者事竟成，他掘了數十個古墓之後，終於在東漢蔡邕的墓中，尋到了此曲。」

禿筆翁和丹青生都驚噫一聲。黑白子緩緩點頭，說道：「智勇雙全，了不起！」

向問天打開包袱，取了一本册子，封皮上寫著「廣陵散琴曲」五字，隨手一翻，册內錄的果是琴譜。他將那册子交給令狐冲，說道：「風兄弟，梅莊之中，倘若有那一位高人勝得你的劍法，兄弟便將此琴譜送給大莊主。」

令狐冲接過，收入懷中，心想：「說不定這便是曲長老的遺物。曲長老既死，向大哥要取他一本琴譜，有何難處？」

丹青生笑道：「這位風兄弟精通酒理，劍法也必高明，可是他年紀輕輕，難道我梅莊之中……嘿嘿，這可太笑話了。」

黑白子道：「倘若我梅莊之中，果然無人能勝得風少俠，我們要賠甚麼賭注？」

令狐冲和向問天有約在先，一切聽由他安排，但事情演變至斯，覺得向問天做得太也過份，既來求醫，怎可如此狂妄，輕視對方？何況自己內力全失，如何能是梅莊中這些高人的對手？便道：「童大哥愛說笑話，區區末學後輩，怎敢和梅莊諸位莊主講武論劍？」

向問天道：「這幾句客氣話當然是要說的，否則別人便會當你狂妄自大了。」

禿筆翁似乎沒將二人的言語聽在耳裏，喃喃吟道：「『張旭三杯草聖傳，脫帽露頂王公前，揮毫落紙如雲煙。』二哥，那張旭號稱『草聖』，乃草書之聖，這三句詩，便是杜甫在〈飲中八仙歌〉寫張旭的。此人也是『飲中八仙』之一。你看了這率意帖，可以想像他當年酒酣落筆的情景。唉，當眞是天馬行空，不可羈勒，好字，好字！」丹青生道：「是啊，此人既愛喝酒，自是個大大的好人，寫的字當然也不會差的了。」

禿筆翁道：「韓愈品評張旭道：『喜怒窘窮，憂悲愉佚，怨恨思慕，酣醉無聊。不平有動於心，必於草書焉發之。』此公正是我輩中人，不平有動於心，發之於草書，有如仗劍一揮，不亦快哉！」提起手指，又臨空書寫，寫了幾筆，對向問天道：「喂，你打開來再給我瞧瞧。」

向問天搖了搖頭，笑道：「三莊主取勝之後，這張帖便是你的了，此刻何必心急？」黑白子善於弈棋，思路周詳，未算勝，先慮敗，又問：「倘若梅莊之中，無人勝得風少俠的劍法，我們該輸甚麼賭注？」向問天道：「我們來到梅莊，不求一事，不求一物。風兄弟只不過來到天下武學的巔峯之所，與當世高手印證劍法。倘若僥倖得勝，我們轉身便走，甚麼賭注都不要。」黑白子道：「哦，這位風少俠是求揚名來了。一劍連敗『江南四友』，自是名動江湖。」向問天搖頭道：「二莊主料錯了。今日梅莊印證劍法，不論誰勝誰敗，若有一字洩漏於外，我和風兄弟天誅地滅，乃狗屎不如之輩。」

丹青生道：「好，好！說得爽快！這房間甚爲寬敞，我便和風兄弟來比劃兩手。風兄弟，你的劍呢？」向問天笑道：「來到梅莊，我們敬仰四位莊主，怎敢攜帶兵刃？」

丹青生放大喉嚨叫道：「拿兩把劍來！」外邊有人答應，接著丁堅和施令威各捧一劍，走到丹青生面前，躬身奉上。丹青生從丁堅手中接了劍，道：「這劍給他。」施令威道：「是！」雙手托劍，走到令狐冲面前。

令狐冲覺得此事甚爲尷尬，轉頭去瞧向問天。向問天道：「梅莊四莊主劍法通神，風兄弟，你只消學得一招一式，那也是終身受用不盡。」令狐冲眼見當此情勢，這場劍已不得不比，只得微微躬身，伸雙手接過長劍。

黑白子忽道：「四弟且慢。這位童兄打的賭，是賭我們梅莊之中無人勝得風兄。丁堅也會使劍，他也是梅莊中人，倒也不必定要你親自出手。」他越聽向問天說得有恃無恐，越覺此事不妥，當下決定要丁堅先行出手試招，心想他劍法著實了得，而在梅莊只是家人身分，縱然輸了，也無損梅莊令名，一試之下，這風二中劍法的虛實便可得知。

向問天道：「是，是。只須梅莊之中有人勝得我風兄弟的劍法，便算我們輸了，也不必定要四位莊主親自出手。這位丁兄，江湖上人稱『一字電劍』，劍招迅捷無倫，世所罕見。風兄弟，你先領教這位丁兄的一字電劍，也是好的。」

丹青生將長劍向丁堅一抛，笑道：「你如輸了，罰你去吐魯番運酒。」

丁堅躬身接住長劍，轉身向令狐冲道：「丁某領教風爺的劍法。」唰的一聲，將劍拔了出來。令狐冲當下也拔劍出鞘，將劍鞘放上石几。

向問天道：「三位莊主，丁兄，咱們是印證劍法，可不用較量內力。」黑白子道：「那自是點到爲止。」向問天道：「風兄弟，你可不得使出絲毫內力。咱們較量劍法，招數精熟者勝，粗疏者敗。你華山派的氣功在武林中是有名的，你若以內力取勝，便算是咱們輸了。」令狐冲暗暗好笑：「向大哥知我沒半分內力，卻用這些言語擠兌人家。」便道：「小弟的內力使將出來，教三位莊主和丁施二兄笑掉了牙齒，自然是半分也不敢使。」

向問天道：「咱們來到梅莊，實出於一片至誠，風兄弟若再過謙，對四位前輩反而不敬了。你華山派『紫霞神功』遠勝於我嵩山派內功，武林中衆所周知。風兄弟，你站在我這兩隻腳印之中，雙腳不可移動，和丁兄試試劍招如何？」

他說了這幾句話，身子往旁一讓，只見地下兩塊青磚之上，分別各出現一個腳印，深及兩寸。原來他適才說話之時，潛運內力，竟在青磚上硬生生踏出了兩個腳印。

黑白子、禿筆翁、丹青生三人齊聲喝采：「好功夫！」眼見向問天口中說話，不動聲色的將內力運到了腳底，而踏出的足印之中並無青磚碎粉，兩個足印又一般深淺，平平整整，便如用鋒利小刀細心彫刻出來一般，內力驚人，實非自己所及。丹青生等只道他是試演內功，這等做作雖不免有點膚淺，非高人所爲，但畢竟神功驚人，令人欽佩，卻不知他另有深意。令狐冲自然明白，他宣揚自己內功較他爲高，他內功已如此了得，自己自然更加厲害，則對方於過招之時便決不敢運行內力，以免自取其辱。再者，自己除劍法之外，其他武功一無可取，輕功縱躍，絕非所長，雙足踏在足印之中，只施展劍法，便可藏拙。

丁堅聽得向問天要令狐冲雙足踏在腳印中再和自己比劍，顯然對自己有輕蔑之意，不禁惱怒，但見他踏磚留痕的功力如此深厚，也不禁駭異，尋思：「他們膽敢來向四位莊主挑戰，自然非泛泛之輩。我只消能和這人鬥個平手，便已為孤山梅莊立了一功。」他昔年甚是狂傲，後來遭逢強敵，逼得他求生不得，求死不能，幸得「江南四友」出手相救解困，他才投身梅莊，甘為廝養，當年的悍勇凶燄早收斂殆盡了。

令狐冲舉步踏入向問天的足印，微笑道：「丁兄請！」

丁堅道：「風爺，有僭了！」長劍橫揮，嗤的一聲輕響，眾人眼前便是一道長長的電光疾閃而過。他在梅莊歸隱十餘年，當年的功夫竟絲毫沒擱下。這「一字電劍」每招之出，皆如閃電橫空，令人一見之下，驚心動魄，先自生了怯意。當年丁堅乃敗在一個盲眼獨行大盜手下，只因對手眼盲，聽聲辨形，這一字電劍的懾人聲勢便無所施其技。此刻他將劍法施展出來，霎時之間，滿室都是電光，耀人眼目。

但這一字電劍只出得一招，令狐冲便瞧出了其中三個老大破綻。丁堅並不急於進攻，只長劍連劃，似是對來客盡了禮敬之道，眞正用意卻是要令狐冲於神馳目眩之餘，難以抵擋他的後著。他使到第五招時，令狐冲已看出了他劍法中的十八個破綻，說道：「得罪！」長劍斜斜指出。

其時丁堅一劍正自左而右急掠而過，令狐冲的劍鋒距他手腕尚有二尺六七寸左右，但丁堅這一掠之勢，正好將自己手腕送到他劍鋒上去。這一掠勁道太急，其勢已無法收轉，旁觀五人不約而同的叫道：「小心！」

黑白子手中正扣著黑白兩枚棋子，待要擲出擊打令狐冲的長劍，以免丁堅手腕切斷，但想：「我若出手相助，那是以二敵一，梅莊擺明是輸了，以後也不用比啦。」只一遲疑，丁堅的手腕已向劍鋒上直削過去。施令威大叫一聲：「啊喲！」

便在這電光石火的一刻間，令狐冲手腕輕輕一轉，劍鋒側過，啪的一聲響，丁堅的手腕擊在劍鋒平面之上，竟然絲毫無損。丁堅一呆，才知對方手下留情，便在這頃刻之間，自己已撿回了一隻手掌，此腕一斷，終身武功便即廢了，他全身都是冷汗，躬身道：「多謝風大俠劍下留情。」令狐冲躬身還禮，說道：「不敢！承讓了。」

黑白子、禿筆翁、丹青生見令狐冲長劍這麼一轉，免得丁堅血濺當場，心下都大起好感。丹青生斟滿了一杯酒，說道：「風兄弟，你劍法精奇，我敬你一杯。」

令狐冲道：「不敢當。」接過來喝了。丹青生陪了一杯，又在令狐冲杯中斟滿，說道：「風兄弟，你宅心仁厚，保全了丁堅的手掌，我再敬你一杯。」令狐冲道：「那是碰巧，何足為奇？」雙手捧杯喝了。丹青生又陪了一杯，再斟了一杯，說道：「這第三杯，咱倆誰都別先喝，我跟你玩玩，誰輸了，誰喝這杯酒。」令狐冲笑道：「那自然是我輸的，不如我先喝了。」丹青生搖手道：「別忙，別忙！」將酒杯放在石几上，從丁堅手中接過長劍，道：「風兄弟，你先出招。」

令狐冲喝酒之時，心下已在盤算：「他自稱第一好酒，第二好畫，第三好劍，劍法必定是極精的。我看大廳上他所畫的那幅仙人圖，筆法固然凌厲，然而似乎有點管不住自己，倘若他劍法也是這樣，那麼破綻必多。」躬身道：「四莊主，請你多多容讓。」丹青生道：「不用客氣，出招。」令狐冲道：「遵命！」長劍一起，挺劍便向他肩頭刺出。

這一劍歪歪斜斜，顯然全無力氣，更加不成章法，天下劍法中決不能有這麼一招。丹青生愕然道：「那算甚麼？」他既知令狐冲是華山派的，心中便一直思忖華山派的諸路劍法，豈知這一劍之出，渾不是這麼一回事，非但不是華山派劍法，甚至不是劍法。

令狐冲跟風清揚學劍，除了學得古今獨步的「獨孤九劍」之外，更領悟到了「以無招勝有招」這劍學中的精義。這要旨和「獨孤九劍」相輔相成，「獨孤九劍」精微奧妙，達於極點，但畢竟一招一式，尚有跡可尋，待得再將「以無招勝有招」的劍理加入運用，那就更加的空靈飄忽，令人無從捉摸。是以令狐冲一劍刺出，丹青生心中一怔，立覺倘若出劍擋架，實不知該當如何擋，如何架，只得退了兩步相避。

令狐冲一招迫得丁堅棄劍認輸，黑白子和禿筆翁雖暗讚他劍法了得，卻也並不如何驚奇，心想他既敢來梅莊挑戰，倘若連梅莊的一名僕役也鬥不過，未免太過笑話了，待見丹青生為他一劍逼得退出兩步，無不駭然。

丹青生退出兩步後，隨即踏上兩步。令狐冲長劍跟著刺出，這一次刺向他左脅，仍是隨手而刺，全然不符劍理。丹青生橫劍想擋，但雙劍尚未相交，立時察覺對方劍尖已斜指自己右脅，此處門戶大開，對方乘虛攻來，確實無可挽救，這一格萬萬不可，危急中迅即變招，雙足一彈，向後縱開了丈許。他猛喝一聲：「好劍法！」毫不停留的又撲了上來，連人帶劍，向令狐冲疾刺，勢道威猛。

令狐冲看出他右臂彎處是個極大破綻，長劍遽出，削他右肘。丹青生中途若不變招，那麼右肘先已讓對方削了下來。他武功也真了得，百忙中手腕急沉，長劍刺向地下，借著地下一股反激之力，一個觔斗翻出，穩穩落在兩丈之外，其時背心和牆壁相去已不過數寸，倘若這個觔斗翻出時用力稍巨，背心撞上了牆壁，可大失高人身分了。饒是如此，這一下避得太過狼狽，臉上已泛起了微微紫紅。

他是豁達豪邁之人，哈哈一笑，左手大拇指一豎，叫道：「好劍法！」舞動長劍，一招「白虹貫日」，跟著變「春風楊柳」，又變「騰蛟起鳳」，三劍一氣呵成，似乎沒見他腳步移動，但這三招使出之時，劍尖已及令狐冲面門。

令狐冲斜劍輕拍，壓在他劍脊之上，這一拍時刻方位，拿捏得不錯分毫，其時丹青生長劍遞到此處，精神氣力，盡行貫注於劍尖，劍脊處已無半分力道。只聽得一聲輕響，他手中長劍沉了下去。令狐冲長劍外吐，指向他胸口。丹青生「啊」的一聲，向左側縱開。

他左手揑個劍訣，右手長劍又攻將過來，這一次乃硬劈硬砍，當頭揮劍砍落，叫道：「小心了！」他並不想傷害令狐冲，但這一劍「玉龍倒懸」勢道凌厲，對方倘若不察，自己一個收手不住，只怕當眞砍傷了他。

令狐冲應道：「是！」長劍倒挑，唰的一聲，劍鋒貼著他劍鋒斜削而上。丹青生這一劍如乘勢砍下，劍鋒未及令狐冲頭頂，自己握劍的五根手指已先給削落，眼見對方長劍順著自己劍鋒滑將上來，這一招無可破解，只得左掌猛力拍落，一股掌力擊在地下，蓬的一聲響，身子借力向後躍出，已在丈許之外。

他尚未站定，長劍已在身前連劃三個圓圈，幻作三個光圈。三個光圈便如是有形之物，凝在空中停得片刻，緩緩向令狐冲身前移去。這幾個劍氣化成的光圈驟視之似不及一字電劍的凌厲，但劍氣滿室，寒風襲體。令狐冲長劍伸出，從光圈左側斜削過去，那正是丹青生第一招力道已逝，第二招勁力未生之間的一個空隙。丹青生「咦」的一聲，退了開去，劍氣光圈跟著他退開，隨即見光圈陡然一縮，跟著脹大，立時便向令狐冲湧去。令狐沖手腕一抖，長劍刺出，丹青生又是「咦」的一聲，急躍退開。
如此倏進倏退，丹青生攻得快，退得也越快，片刻之間，他攻了一十一招，退了一十一次，眼見他鬚髯俱張，劍光大盛，映得他臉上罩了一層青氣，一聲斷喝，數十個大大小小的光圈齊向令狐沖襲到。那是他劍法中登峯造極之作，將數十招劍法合而爲一。這數十招劍法每一招均有殺著，每一招均有變化，聚而爲一，端的是繁複無比。

令狐沖以簡御繁，身子微蹲，劍尖從數十個光圈之下挑上，直指丹青生小腹。

丹青生又是一聲大叫，奮力躍出，砰的一聲，重重坐上石几，跟著嗆啷一聲響，几上酒杯震於地下，打得粉碎。他哈哈大笑，說道：「妙極！妙極！風兄弟，你劍法比我高明得太多。來，來，來！敬你三杯酒。」

黑白子和禿筆翁素知四弟劍法的造詣，眼見他攻擊一十六招，令狐沖雙足不離向問天所踏出的足印，卻將丹青生逼退了一十八次，劍法之高，委實可怖可畏。

丹青生斟了酒來，和令狐沖對飲三杯，說道：「江南四友之中，以我武功最低，我雖服輸，二哥、三哥卻不肯服。多半他們都要跟你試試。」令狐沖道：「咱二人拆了十幾招，四莊主一招未輸，如何說是分了勝敗？」丹青生搖頭道：「第一招便已輸了，以後這一十七劍都是多餘的。大哥說我風度不夠，果眞一點不錯。」令狐沖笑道：「四莊主風度高極，酒量也是一般的極高。」丹青生笑道：「是，是，咱們再喝酒。就只酒量還可以，劍法不成！」

眼見他於劍術上十分自負，今日輸在一個名不見經傳的後生手中，居然毫不氣惱，這等瀟洒豁達，實是人中第一等的風度，向問天和令狐冲都不禁爲之心折，覺得此人品格甚高。

禿筆翁向施令威道：「施管家，煩你將我那桿禿筆拿來。」施令威應了，出去拿了一件兵刃進來，雙手遞上。令狐冲一看，見是一桿精鋼所鑄的判官筆，長一尺六寸，奇怪的是，判官筆筆頭上竟然縛有一束沾過墨的羊毛，恰如平日寫字用的大筆。尋常判官筆筆頭是作點穴之用，他這兵刃卻以柔軟的羊毛爲筆頭，點在人身穴道之上，如何能克敵制勝？想來他武功固另有家數，而內力又必渾厚之極，內力到處，雖羊毛亦能傷人。

禿筆翁將判官筆取在手裏，微笑道：「風兄，你仍雙足不離足印麼？」

令狐冲忙退後兩步，躬身道：「不敢。晚輩向前輩請教，何敢托大？」

丹青生點頭道：「是啊，你跟我比劍，站著不動是可以的，跟我三哥比就不行了。」

禿筆翁舉起判官筆，微笑道：「我這幾路筆法，是從名家筆帖中變化出來的。風兄文武全才，自必看得出我筆法的路子。風兄是好朋友，我這禿筆之上，便不蘸墨了。」

令狐冲微微一怔，心想：「你倘若不當我是好朋友，筆上便要蘸墨。筆上蘸墨，卻又怎地？」他不知禿筆翁臨敵之時，這判官筆上所蘸之墨，乃以特異藥材煎熬而成，著人肌膚後墨痕深印，數年內水洗不脫，刀刮不去。當年武林好手和「江南四友」對敵，最感頭痛的對手便是這禿筆翁，一不小心，便給他在臉上畫個圓圈，打個交叉，甚或是寫上一兩個字，那便好幾年見不得人，寧可給人砍上一刀，斷去一臂，也勝於給他在臉上塗抹。禿筆翁見令狐冲跟丁堅及丹青生動手時出劍頗爲忠厚，是以筆上也不蘸墨了。令狐冲雖不明其意，但想總是對自己客氣，便躬身道：「多感盛情。晚輩識字不多，三莊主的筆法，晚輩定然不識。」

禿筆翁微感失望，道：「你不懂書法？好罷，我先跟你解說。我這一套筆法，叫做『裴將軍詩』，是從顏眞卿所書詩帖中變化出來的，一共二十三字，每字三招至十六招不等，你聽好了：『裴將軍！大君制六合，猛將淸九垓。戰馬若龍虎，騰陵何壯哉！』」

令狐冲道：「多承指教。」心中卻想：「管你甚麼詩詞、書法，反正我一概不懂。」

禿筆翁大筆一起，向令狐冲右頰連點三點，正是那「裴」字的起首三筆，這三點乃是虛招，大筆高舉，正要自上而下的劃將下來，令狐冲長劍遞出，制其機先，疾刺他右肩。禿筆翁迫不得已，橫筆封擋，令狐冲長劍已然縮回。兩人兵刃並未相交，所使均是虛招，但禿筆翁這路「裴將軍詩筆法」第一式便只使了半招，沒法使全。他大筆擋了個空，立時使出第二式。令狐冲不等他筆尖遞出，長劍便已攻其必救。禿筆翁迴筆封架，令狐冲長劍又已縮回，禿筆翁這第二式，仍只使了半招。

禿筆翁一上手便給對方連封二式，自己一套十分得意的筆法沒法使出，甚感不耐，便如一個善書之人，提筆剛寫了幾筆，旁邊便有一名頑童來捉他筆桿，拉他手臂，教他始終沒法好好寫一個字。禿筆翁心想：「我將這首『裴將軍詩』先唸給他聽，他知道我的筆路，制我機先，以後各招可不能順著次序來。」大筆虛點，自右上角至左下角揮灑而下，勁力充沛，筆尖所劃正是「若」字草書的長撇。令狐冲長劍遞出，指向他右脅。禿筆翁吃了一驚，判官筆急忙反挑，砸他長劍，令狐冲這一劍其實並非眞刺，只是擺個姿式，禿筆翁又只使了半招。他這筆草書之中，本來灌注了無數精神力氣，突然間中途轉向，不但筆路登時爲之窒滯，同時內力改道，內息岔了，只覺丹田中一陣氣血翻湧，說不出的難受。

他呼了口氣，判官筆急舞，要使「騰」字那一式，但仍只半招，便給令狐冲攻得迴筆拆解。禿筆翁好生惱怒，喝道：「好小子，便只搗亂！」判官筆使得更加快了，可是不管他如何騰挪變化，每一個字的筆法最多寫得兩筆，便給令狐冲封死，沒法再寫下去。

他大喝一聲，筆法登變，不再如適才那麼恣肆流動，而是勁貫中鋒，筆致凝重，但鋒芒角出，劍拔弩張，大有磊落波磔意態。令狐冲自不知他這路筆法是取意於蜀漢大將張飛所書的「八濛山銘」，但也看出此時筆路與先前已大不相同。他不理對方使的是甚麼招式，總之見他判官筆一動，便攻其虛隙。禿筆翁哇哇大叫，不論如何騰挪變化，總是只寫得半個字，無論如何寫不全一字。

禿筆翁筆法又變，大書「懷素自敘帖」中的草書，縱橫飄忽，流轉無方，心想：「懷素的草書本已十分難以辨認，我草中加草，諒你這小子識不得我這自創的狂草。」他那知令狐冲別說草書，便是端端正正的眞楷也識不了多少，他只道令狐冲能搶先制住自己，由於揣摸到了自己的筆路，其實在令狐冲眼中所見，純是兵刃的路子，乘瑕抵隙，只是攻擊對方招數中的破綻而已。

禿筆翁這路狂草每一招仍只能使出半招，心中鬱怒越積越甚，突然大叫：「不打了，不打了！」向後縱開，提起丹青生那桶酒來，在石几上倒了一大片，大筆往酒中一蘸，便在白牆上寫了起來，寫的正是那首「裴將軍詩」。二十三個字筆筆精神飽滿，尤其那個「若」字直猶破壁飛去。他寫完之後，才鬆了口氣，哈哈大笑，側頭欣賞壁上藤黃如脂的大字，說道：「好極！我生平書法，以這幅字最佳。」

他越看越得意，道：「二哥，你這間棋室給我住罷，我捨不得這幅字，只怕從今而後，再也寫不出這樣的好字了。」黑白子道：「很好！反正我這間屋中除了一張棋枰，甚麼也沒有，就是你不要，我也得搬地方，對著你這幾個龍飛鳳舞的大字，怎麼還能靜心下棋？」禿筆翁對著那幾行字搖頭晃腦，自稱自讚：「便是顏魯公復生，也未必寫得出。」轉頭向令狐冲道：「兄弟，全靠你逼得我滿肚筆意，沒法施展，這才突然間從指端一湧而出，成此天地間從所未有的佳構。你的劍法好，我的書法好，這叫做各有所長，不分勝敗。」

向問天道：「正是，各有所長，不分勝敗。」丹青生道：「還有，全仗我的酒好！」

黑白子有點過意不去，說道：「我這三弟天眞爛漫，痴於揮毫書寫，倒不是比輸了不認。」向問天道：「在下理會得。反正咱們所賭，只是梅莊中無人能勝過風兄弟的劍法。只要雙方不分勝敗，這賭注我們也就沒輸。」黑白子點頭道：「正是。」伸手到石几之下，抽了一塊方形鐵板出來。鐵板上刻著十九道棋路，原來是一塊鐵鑄的棋枰。他抓住鐵枰之角，說道：「風兄，我以這塊棋枰作兵刃，領教你的高招。」

向問天道：「聽說二莊主這塊棋枰是件寶物，能收諸種兵刃暗器。」黑白子向他深深凝視，說道：「童兄當眞博聞強記，佩服，佩服。其實我這兵刃並非寶物，乃磁鐵所製，用以吸住鐵製的棋子，舟中馬上和人對弈，顚簸之際，便不致亂了棋路。」向問天道：「原來如此。」

令狐冲聽在耳裏，心道：「幸得向大哥指點，否則一上來長劍給他棋盤吸住，不用打便輸了。和此人對敵，可不能讓他棋盤和我長劍相碰。」當下劍尖下垂，抱拳說道：

「請二莊主賜教。」黑白子道：「不敢，風兄劍法高明，在下生平未睹。請進招！」

令狐冲隨手虛削，長劍在空中彎彎曲曲的蜿蜒而前。黑白子一怔，心想：「這是甚麼招數？」眼見劍尖指向自己咽喉，當即舉枰一封。令狐冲撥轉劍頭，刺向他的右肩，黑白子又舉枰一擋。令狐冲不等長劍接近棋枰，便已縮回，挺劍刺向他小腹。

黑白子又是一封，心想：「再不反擊，如何爭先？」下棋講究一個先手，比武過招也講究一個先手，黑白子精於棋理，自然深諳爭先之道，當即舉起棋枰，向令狐冲右肩疾砸。這棋枰二尺見方，厚達一寸，是件極沉重的兵刃，倘若砸在劍上，就算鐵枰平平無奇，全沒特性，長劍也非給砸斷不可。

令狐冲身子略側，斜劍往他右脅下刺去。黑白子見對方這一劍雖似不成招式，所攻之處卻務須照應，當即斜枰封他長劍，同時又即向前推出。這一招「大飛」本來守中有攻，只要對方應得這招，後著便源源而至。那知令狐冲竟不理會，長劍斜挑，逕和他搶攻。黑白子這一招守中帶攻之作只半招起了效應，唯有招架之功，卻無反擊之力。

此後令狐冲一劍又一劍，毫不停留的連攻四十餘劍。黑白子左擋右封，前拒後禦，守得幾乎連水也潑不進去，委實嚴密無倫。但兩人拆了四十餘招，黑白子便守了四十餘招，竟騰不出手來還擊一招。

禿筆翁、丹青生、丁堅、施令威四人只看得目瞪口呆，眼見令狐冲的劍法既非極快，更不威猛凌厲，變招之際，亦無甚麼特別巧妙，但每一劍刺出，總是教黑白子左支右絀，不得不防守自己的破綻。禿筆翁和丹青生自都理會得，任何招數中必有破綻，但教能夠搶先，早一步攻擊對方要害，那麼自己的破綻便不成破綻，縱有千百處破綻，亦是無妨。令狐冲這四十餘招源源不絕的連攻，正是使上了這道理。

黑白子心下也越來越驚，只想變招還擊，但棋枰甫動，對方劍尖便指向自己露出的破綻，四十餘招之中，自己連半手也緩不出來反擊，便如是和一個比自己棋力遠爲高明之人對局，對方連下四十餘著，自己每一著都非應不可，跟隨而走，全然不能自主。

黑白子眼見如此鬥下去，縱然再拆一百招、二百招，自己仍將處於挨打而不能還手的局面，心想：「今日若不行險，以圖一逞，我黑白子一世英名，化爲流水。」橫過棋枰，疾揮出去，逕砸令狐冲左腰。令狐冲仍不閃不避，長劍先刺他小腹。這一次黑白子卻不收枰防護，仍順勢砸將過去，似是決意拚命，要打個兩敗俱傷，待長劍刺到，左手食中二指陡地伸出，往劍刃上夾去。他練就「玄天指」神功，這兩根手指上內勁凌厲，實不下於另有一件厲害兵刃。

旁觀五人見他行此險著，都不禁「咦」的一聲驚呼，這等打法已不是比武較藝，而是生死相搏，若他一夾不中，那便是劍刃穿腹之禍。一霎時間，五人手心中都揑了把冷汗。

眼見黑白子兩根手指將要碰到劍刃，不論是否夾中，必將有一人或傷或死。倘若夾中，令狐冲的長劍沒法刺出，棋枰便擊在他腰間，其勢已無可閃避；但如一夾不中，甚或雖然夾中而二指之力阻不住劍勢，則長劍一通而前，黑白子縱欲後退，亦已不及。

便在黑白子的手指和劍刃將觸未觸之際，長劍劍尖突然昂起，指向他咽喉。

這一下變招出於人人意料之外，古往今來武學之中，決不能有這麼一招。如此一來，先前刺向小腹的一劍竟是虛招，高手相搏而使這等虛招，直如兒戲。可是此招雖為劍理之所絕無，畢竟已在令狐冲手下使了出來。劍尖上挑，疾刺咽喉，黑白子兩指來不及上提夾劍，他的棋枰如繼續前砸，這一劍定然先刺穿了他喉頭。

黑白子大驚之下，右手奮力凝住棋枰不動。他心思敏捷，又善於弈理，在這千鈞一髮之際，料到了對方心意，如自己棋枰頓住不砸，對方長劍也不會刺來。

果然令狐冲見他棋枰不再進擊，長劍便也凝住不動，劍尖離他咽喉不過數寸，而棋枰離令狐冲腰間也已不過數寸。兩人相對僵持，全身沒半分顫動。

局勢雖似僵持，其實令狐冲已佔了全面上風。棋枰乃是重物，至少也須相隔數尺之遙運力重擊，方能傷敵，此時和令狐冲只隔數寸，縱然大力向前猛推，也傷他不得，但令狐冲的長劍只須輕輕一刺，便送了對方性命。雙方處境之優劣，誰也瞧得出來。

向問天笑道：「此亦不敢先，彼亦不敢先，這在棋理之中，乃是『雙活』。二莊主果是大智大勇，和風兄弟鬥了個不分勝敗。」

令狐冲長劍一撤，退開兩步，躬身道：「得罪！」

黑白子道：「童兄取笑了。甚麼不勝不敗？風兄劍術精絕，在下已一敗塗地。」

丹青生道：「二哥，你的棋子暗器是武林中一絕，三百六十一枚黑白子射將出去，無人能擋，何不試試這位風兄弟破暗器的功夫？」

黑白子心中一動，見向問天微微點頭，側頭向令狐冲瞧去，卻見他絲毫不動聲色，忖道：「此人劍法高明之極，當今之世，恐怕只有那人方能勝得過他。瞧他二人神色之間有恃無恐，我便再使暗器，看來也只是多出一次醜而已。」當即搖了搖頭，笑道：「我既已輸了，還比甚麼暗器？」

注：有評論家論及丹青生與令狐冲在梅莊品酒一節，細心及此，盛意可感。唯我國古人製酒及酒具與今日大異，論者以在美國之自身經歷爲標準，論及丹青生、令狐冲之品酒，則未必相合。如欲以現代標準評論古人，現代葡萄酒之正宗者在法國，其次德國、意大利、西班牙、葡萄牙、瑞士、比利時、羅森堡、奧地利亦有佳釀，近年來澳大利亞之Penfold Granger崛起，國際間大受歡迎，價格陡漲；此外智利、阿根廷、南非、紐西蘭等地紅酒白酒亦有佳者。美國加州紅酒白酒品質較次，世界高級酒店及西餐廳之酒牌中常不予列入，否則自損餐廳品位。美國人飲紅酒，

往往沖以橘子汽水加冰，猶似香港、新加坡人以加冰七喜汽水沖白蘭地，以此為標準論令狐沖梅莊品酒，當不相合。法國人葡萄酒再加蒸餾，醇正者常為Cognac或Armagnac，今小說中稱之為葡萄濃酒，與葡萄酒略作區別。「白蘭地」一名，原出荷蘭文，用於法國酒，往往為多種葡萄蒸餾酒之混合品，各種牌子之混合成份不同，並不醇正。

令狐沖提起簫來，輕輕一揮，風過簫孔，發出幾聲柔和的樂音。黃鍾公右手在琴絃上輕撥幾下，琴音響處，琴尾向令狐沖右肩推來。

二〇 探獄

禿筆翁只是掛念著那幅張旭的「率意帖」，懇求道：「童兄，請你再將那帖給我瞧瞧。」向問天微笑道：「只等大莊主勝了我風兄弟，此帖便屬三莊主所有，縱然連看三日三夜，也由得你了。」禿筆翁道：「我連看七日七夜！」向問天道：「好，便連看七日七夜。」禿筆翁心癢難搔，問道：「二哥，我去請大哥出手，好不好？」

黑白子道：「你二人在這裏陪客，我跟大哥說去。」轉身出外。

丹青生道：「風兄弟，咱們喝酒。唉，這桶酒給三哥蹧蹋了不少。」說著倒酒入杯。

禿筆翁怒道：「甚麼蹧蹋了不少？你這酒喝入肚中，不久便化尿拉出，那及我粉壁留書，萬古不朽？酒以書傳，千載之下有人看到我的書法，才知世上有過你這桶吐魯番葡萄濃酒。」

丹青生舉起酒杯，向著牆壁，說道：「牆壁啊牆壁，你生而有幸，能嚐到四太爺手釀的美酒，縱然沒有我三哥在你臉上寫字，你……你……你也萬古不朽了。」令狐冲笑道：「比之這堵無知無識的牆壁，晚輩能嚐到這等千古罕有的美酒，那更幸運得多了。」說著舉杯乾了。向問天在旁陪得兩杯，就此停杯不飲。丹青生和令狐冲卻酒到杯乾，越喝興致越高。

兩人各自喝了十七八杯，黑白子這才出來，說道：「風兄，我大哥有請，請你移步。童兄便在這裏再飲幾杯如何？」

向問天一愕，說道：「這個……」見黑白子全無邀己同去之意，終不成硬要跟去？嘆道：「在下無緣拜見大莊主，實是終身之憾。」黑白子道：「童兄請勿見怪。我大哥隱居已久，向來不見外客，只因聽到風兄劍術精絕，心生仰慕，這才邀請一見，可決不敢對童兄有不敬之意。」向問天道：「豈敢，豈敢！」

令狐冲放下酒杯，心想不便攜劍去見主人，便兩手空空跟著黑白子走出棋室，穿過一道走廊，來到一個月洞門前。

月洞門門額上寫著「琴心」兩字，以藍色琉璃砌成，筆致蒼勁，當是出於禿筆翁的手筆。過了月洞門，是一條清幽的花徑，兩旁修竹珊珊，花徑鵝卵石上生滿青苔，顯得平素少有人行。花徑通到三間石屋之前。屋前屋後七八株蒼松夭矯高挺，遮得四下裏陰沉沉地。黑白子輕輕推開屋門，低聲道：「請進。」

令狐冲一進屋門，便聞到一股檀香。黑白子道：「大哥，華山派的風少俠來了。」內室走出一個老者，拱手道：「風少俠駕臨敝莊，未克遠迎，恕罪，恕罪。」

令狐冲見這老者六十來歲年紀，骨瘦如柴，臉上肌肉都凹了進去，直如一具骷髏，雙目卻炯炯有神，躬身道：「晚輩來得冒昧，請前輩恕罪。」那人道：「好說，好說。」黑白子道：「我大哥道號黃鍾公，風少俠想必早已知聞。」令狐冲道：「久仰四位莊主的大名，今日拜見淸顏，實是有幸。」尋思：「向大哥當眞開玩笑，事先全沒跟我說及，只說要我一切聽他安排。現下他又不在我身邊，倘若這位大莊主出下甚麼難題，不知如何應付才是。」

黃鍾公道：「聽說風少俠是華山派前輩風老先生的傳人，劍法如神。老朽對風老先生的爲人和武功向來十分仰慕，只可惜緣慳一面。前些時江湖之間傳聞，說道風老先生已經仙去，老朽甚是悼惜。今日得見風老先生的嫡系傳人，也算大慰平生之願了。聽二弟說，風少俠還是風老先生的堂兄弟？」

令狐冲尋思：「風太師叔鄭重囑咐，不可洩漏他老人家的行蹤。向大哥見了我的劍法，猜到是他老人家所傳，在這裏大肆張揚不算，還說我也姓風，未免有招搖撞騙之嫌。但我如直陳眞相，卻又不甚妥當。」只得含混說道：「我是他老人家的後輩子弟。

晚輩資質愚魯，兼之受教日淺，他老人家的劍法，晚輩學不到十之一二。」

黃鍾公嘆道：「倘若你眞只學到他老人家劍法的十之一二，而我三個兄弟卻都敗在你劍下，風老先生的造詣可當眞深不可測了。」令狐冲道：「三位莊主和晚輩都只隨意過了幾招，並沒分甚麼勝敗，便已住手。」黃鍾公點了點頭，皮包骨頭的臉上露出一絲笑意，說道：「年輕人不驕不躁，十分難得。請進琴堂用茶。」

令狐冲和黑白子隨著他走進琴堂坐好，一名童子奉上淸茶。黃鍾公道：「聽說風少俠懷有〈廣陵散〉古譜，這事可眞麼？老朽頗喜音樂，想到嵇中散臨刑時撫琴一曲，說道：『廣陵散從此絕矣！』每自嘆息。倘若此曲眞能重現人世，老朽垂暮之年得能按譜一奏，生平更無憾事。」說到這裏，蒼白的臉上竟然現出血色，顯得頗爲熱切。

令狐冲心想：「向大哥謊話連篇，騙得他們慘了。我看孤山梅莊四位莊主均非常人，而且是來求他們治我傷病，可不能再賣甚麼關子。這本琴譜倘若正是曲洋前輩在東漢蔡甚麼人墓中所得的〈廣陵散〉，該當便給他瞧瞧。」從懷中掏出向問天攜來的琴譜，離座而起，雙手奉上，說道：「大莊主請觀。」

黃鍾公欠身接過，說道：「〈廣陵散〉絕響於人間已久，今日得睹古人名譜，實不勝之喜，只是……只不知……」言下似乎是說，卻又如何得知這確是〈廣陵散〉眞譜，並非好事之徒僞造來作弄人的。他隨手翻閱，說道：「唔，曲子很長啊。」從頭自第一頁看起，只瞧得片刻，臉上便已變色。

他右手翻閱琴譜，左手五根手指在桌上作出挑撚按捺的撫琴姿式，讚道：「妙極！和平中正，卻又清絕幽絕。」翻到第二頁，看了一會，又讚：「高量雅致，深藏玄機，便這麼神遊琴韻，片刻之間已然心懷大暢。」

黑白子見黃鍾公只看到第二頁，便已有些神不守舍，只怕他這般看下去，幾個時辰也不會完，便插口道：「這位風少俠和嵩山派的一位童兄到來，說道梅莊之中若有人能勝得他的劍法……」黃鍾公道：「嗯，定須有人能勝得他的劍法，他才肯將這套〈廣陵散〉借我抄錄，是也不是？」黑白子道：「是啊，我們三個都敗下陣來，若非大哥出馬，我孤山梅莊，嘿嘿……」黃鍾公淡淡一笑，道：「你們既然不成，我也不成啊。」黑白子道：「我們三個怎能和大哥相比？」黃鍾公道：「老了，不中用啦。」

令狐沖站起身來，說道：「大莊主道號『黃鍾公』，自是琴中高手。此譜雖然難得，卻也不是甚麼不傳之秘，大莊主儘管留下慢慢抄錄，三五日之後，晚輩再來取回便是。」

黃鍾公和黑白子都是一愕。黑白子在棋室之中，見向問天大賣關子，一再刁難，將自己引得心癢難搔，卻料不到這風二中卻十分慷慨。他是善弈之人，便想令狐沖此舉必是布下了陷阱，要引黃鍾公上當，但又瞧不出破綻。黃鍾公道：「無功不受祿。你我素無淵源，焉可受你這等厚禮？二位來到敝莊，到底有何見教，還盼坦誠相告。」

令狐冲心想：「到底向大哥同我到梅莊來是甚麼用意？推想起來，自必是求四位莊主爲我療傷，但他所作安排處處透著十分詭秘，這四位莊主又均是異行特立之士，說不定不能跟他們明言。反正我確不知向大哥來此有何所求，我直言相告，並非有意欺人。」便道：「晚輩是跟隨童大哥前來寶莊，實不相瞞，踏入寶莊之前，晚輩既未得聞四位莊主的大名，亦不知世上有『孤山梅莊』這座莊子。」頓了一頓，又道：「這自是晚輩孤陋寡聞，不識武林中諸位前輩高人，二位莊主莫怪。」

黃鍾公向黑白子瞧了一眼，臉露微笑，道：「風少俠極是坦誠，老朽多謝了。老朽本來十分奇怪，我四兄弟隱居杭州，江湖上極少人知，五嶽劍派跟我兄弟更素無瓜葛，怎地會尋上門來？如此說來，風少俠確是不知我四人的來歷了？」令狐冲道：「晚輩慚愧，還望二位莊主指教。適才說甚麼『久仰四位莊主大名』，其實……其實……」

黃鍾公點了點頭，道：「黃鍾公、黑白子甚麼的，都是我們自己取的外號，我們原來的姓名早就不用了。少俠從來不曾聽見過我們四人的名頭，原是理所當然。」右手翻動琴譜，問道：「這部琴譜，你是誠心借給老朽抄錄？」令狐冲道：「正是。只因這琴譜是童大哥所有，晚輩才說相借，否則的話，前輩儘管取去便是，寶劍贈烈士，那也不用賜還了。」黃鍾公「哦」了一聲，枯瘦的臉上露出一絲喜色。黑白子道：「你將琴譜借給我大哥，那位童兄可答允麼？」令狐冲道：「童大哥與晚輩是過命的交情，他爲人慷慨豪邁，既是在下答允了的，再大的事，他也不會介意。」黑白子點了點頭。

黃鍾公道：「風少俠一番好意，老朽深實感謝。只不過此事既未得到童兄親口允諾，老朽畢竟心中不安。那位童兄言道，要得琴譜，須得本莊有人勝過你的劍法，老朽可不能白佔這個便宜。咱們便來比劃幾招如何？」

令狐冲尋思：「剛才二莊主言道：『我們三個怎能和大哥相比』，那麼這位大莊主的武功，自當在他三人之上。三位莊主武功卓絕，我全仗風太師叔所傳劍法才佔了上風，若和大莊主交手，未必再能獲勝，沒來由的又何苦自取其辱？就算我勝得了他，又有甚麼好處？」便道：「童大哥一時好事，說這等話，當眞令晚輩慚愧已極。四位莊主不責狂妄，晚輩已十分感激，如何再敢請大莊主賜教？」

黃鍾公微笑道：「你這人甚好，咱們較量幾招，點到爲止，又有甚麼干係？」回頭從壁上摘下一桿玉簫，交給令狐冲，說道：「你以簫作劍，我則用瑤琴當作兵刃。」從床頭几上捧起一張瑤琴，微微一笑，說道：「我這兩件樂器雖不敢說價値連城，卻也是難得之物，總不成拿來砸壞了？大家裝模作樣的擺擺架式罷了。」

令狐冲見那簫通身碧綠，竟是上好的翠玉，近吹口處有幾點朱斑，殷紅如血，更映得玉簫青翠欲滴。黃鍾公手中所持瑤琴顏色暗舊，當是數百年甚至是千年以上的古物，這兩件樂器只須輕輕一碰，勢必同時粉碎，自不能以之眞的打鬥，眼見無可再推，雙手橫捧玉簫，恭恭敬敬的道：「請大莊主指點。」

黃鍾公道：「風老先生一代劍豪，我向來十分佩服，他老人家所傳劍法定然非同小可。風少俠請！」令狐沖提起簫來，輕輕一揮，風過簫孔，發出幾聲柔和的樂音。黃鍾公右手在琴絃上輕撥幾下，琴音響處，琴尾向令狐沖右肩推來。

令狐沖聽到琴音，心頭微微一震，玉簫緩緩點向黃鍾公肘後。瑤琴倘若繼續撞向自己肩頭，他肘後穴道勢必先讓點上。黃鍾公倒轉瑤琴，向令狐沖腰間砸到，琴身遞出之時，又再撥絃生音。令狐沖心想：「我若以玉簫相格，兩件名貴樂器一齊撞壞。他爲了愛惜樂器，勢必收轉瑤琴。但如此打法，未免跡近無賴。」當下玉簫轉個弧形，點向對方腋下。黃鍾公舉琴封擋，令狐沖玉簫便即縮回。黃鍾公在琴上連彈數聲，樂音轉急。

黑白子臉色微變，倒轉著身子退出琴堂，隨手帶上了板門。

他知黃鍾公在琴上撥絃發聲，並非故示閒暇，卻是在琴音之中灌注上乘內力，用以擾亂敵人心神，對方內力和琴音一生共鳴，便不知不覺的爲琴音所制。琴音舒緩，對方出招也跟著舒緩；琴音急驟，對方出招也跟著急驟。但黃鍾公琴上招數卻和琴音恰正相反。他出招快速而琴音加倍悠閒，對方勢必沒法擋架。黑白子深知黃鍾公這門功夫非同小可，生怕自己內力受損，便退到琴堂之外。

他雖隔著一道板門，仍隱隱聽到琴聲時緩時急，忽爾悄然無聲，忽爾錚然大響，過得一會，琴聲越彈越急。黑白子只聽得心神不定，呼吸不舒，又退到了大門外，再將大門關上。琴音經過兩道門的阻隔，已幾不可聞，但偶而琴音高亢，透了幾聲出來，仍令他心跳加劇。佇立良久，聽得琴音始終不斷，心下詫異：「這姓風少年劍法固然極高，內力竟也如此了得。怎地在我大哥『七絃無形劍』久攻之下，仍能支持得住？」

正凝思間，禿筆翁和丹青生二人並肩而至。丹青生低聲問道：「怎樣？」黑白子道：「已鬥了很久，這少年還在強自支撐。我躭心大哥會傷了他性命。」丹青生道：「我去向大哥求個情，不能傷了這位好朋友。」黑白子搖頭道：「進去不得。」

便在此時，琴音錚錚大響，琴音響一聲，三個人便退出一步，琴音連響五下，三個人不由自主的退了五步。禿筆翁臉色雪白，定了定神，才道：「大哥這『六丁開山』無形劍法當眞厲害。這六音連續狠打猛擊，那姓風的如何抵受得了？」

言猶未畢，只聽得又是一聲大響，跟著啪啪數響，似是斷了好幾根琴絃。

黑白子等吃了一驚，推開大門搶了進去，又再推開琴堂板門，只見黃鍾公呆立不語，手中瑤琴七絃皆斷，在琴邊垂了下來。令狐冲手持玉簫，站在一旁，躬身說道：「得罪！」顯而易見，這番比武又是黃鍾公輸了。

黑白子等三人盡皆駭然。三人深知這位大哥內力渾厚，在武林中是一位了不起的頂尖高手，不料仍折在這華山派少年手中，若非親見，當眞難信。

黃鍾公苦笑道：「風少俠劍法之精，固爲老朽生平所僅見，而內力造詣竟也如此了得，委實可敬可佩。老朽的『七絃無形劍』，本來自以爲算得是武林中的一門絕學，那知在風少俠手底直如兒戲一般。我們四兄弟隱居梅莊，十餘年來沒涉足江湖，嘿嘿，竟然變成了井底之蛙。」言下頗有淒涼之意。令狐冲道：「晚輩勉力支撐，多蒙前輩手下留情。」黃鍾公長嘆一聲，搖了搖頭，頹然坐倒，神情蕭索。

令狐冲見他如此，意有不忍，尋思：「向大哥顯是不欲讓他們知曉我內力已失，以免他們得悉我受傷求治，便生障礙。但大丈夫光明磊落，我不能佔他這個便宜。」便道：「大莊主，有一事須當明言。我所以不怕你琴上所發出的無形劍氣，並非由於我內力高強，實因晚輩身上一無內力之故。」

黃鍾公一怔，站起身來，說道：「甚麼？」令狐冲道：「晚輩多次受傷，內力盡失，是以對你琴音全無感應。」黃鍾公又驚又喜，顫聲問道：「當眞？」令狐冲道：「前輩如果不信，一搭晚輩脈搏便知。」說著伸出了右手。

黃鍾公和黑白子都大爲奇怪，心想他來到梅莊，雖非明顯爲敵，終究不懷好意，何以竟敢坦然伸手，將自己命脈交於人手？倘若黃鍾公借著搭脈的因頭，扣住他手腕上穴道，他便有天大本事，也已無從施展，只好任由宰割了。

黃鍾公適才運出「六丁開山」神技，非但絲毫奈何不了令狐冲，而且最後七絃同響，內力催到頂峯，竟致七絃齊斷，如此大敗，終究心有不甘，尋思：「你若引我手掌過來，想反扣我穴道，我就再跟你一拚內力便了。」當即伸出右手，緩緩向令狐冲右手腕脈上搭去。他這一伸手之中，暗藏「虎爪擒拿手」、「龍爪功」、「小十八拿」三門上乘擒拿手法，不論對方如何變招，他至多抓不住對方手腕，卻決不致爲對方所乘，不料五根手指搭將上去，令狐冲竟一動不動，毫無反擊之象。

黃鍾公剛感詫異，便覺令狐冲脈搏微弱，弦數弛緩，確是內力盡失。他一呆之下，哈哈大笑，說道：「原來如此，原來如此！我可上了當啦，上了你老弟的當啦！」他口中雖說自己上當，神情卻歡愉之極。

他那「七絃無形劍」只是琴音，聲音本身自不能傷敵，效用全在激發敵人內力，擾亂敵招，對手內力越強，對琴音所起感應也越厲害，萬不料令狐冲竟半點內力也無，這「七絃無形劍」對他也就全無功效。黃鍾公大敗之餘，心灰意冷，待得知悉所以落敗，並非由於自己苦練數十年的絕技不行，忍不住大喜若狂。他抓住了令狐冲的手連連搖晃，笑道：「好兄弟，好兄弟！你爲甚麼要將這秘密告知老夫？」

令狐冲笑道：「晚輩內力全失，適才比劍之時隱瞞不說，已不免存心不良，怎可相欺到底？前輩對牛彈琴，恰好碰上了晚輩牛不入耳。」

黃鍾公捋鬚大笑，說道：「如此說來，老朽的『七絃無形劍』倒還不算是廢物，我只怕『七絃無形劍』變成了『斷絃無用劍』呢，哈哈，哈哈！」

黑白子道：「風少俠，你坦誠相告，我兄弟俱都感激。但你豈不知自洩弱點，我兄弟若要取你性命，已易如反掌？你劍法雖高，內力全無，終不能和我等相抗。」

令狐冲道：「二莊主此言不錯。晚輩深知四位莊主皆是英雄豪傑，這才明言。」

黃鍾公點頭道：「甚是，甚是。風兄弟，你來到敝莊有何用意，也不妨直言。我四兄弟跟你一見如故，只須力之所及，無不從命。」

禿筆翁道：「你內力盡失，想必是受了重傷。我有一至交好友，醫術如神，只是爲人古怪，輕易不肯爲人治病，但衝著我的面子，必肯爲你施治。那『殺人名醫』平一指跟我向來交情……」令狐冲失聲道：「是平一指平大夫？」禿筆翁道：「正是，你也聽過他的名字，是不是？」

令狐冲黯然道：「這位平大夫，數月之前，已在山東的五霸岡上逝世了。」禿筆翁「啊喲」一聲，驚道：「他……他死了？」丹青生道：「他甚麼病都能治，怎麼反而醫不好自己的病？啊，他是給仇人害死的嗎？」令狐冲搖了搖頭，於平一指之死，心下一直甚是歉仄，說道：「平大夫臨死之時，還爲晚輩把了脈，說道晚輩之傷甚是古怪，他確是不能醫治。」禿筆翁聽到平一指的死訊，甚是傷感，呆呆不語，流下淚來。

黃鍾公沉思半晌，說道：「風兄弟，我指點你一條路子，對方肯不肯答允，卻是難言。我修一通書信，你持去見少林寺掌門方證大師，如他能以少林派內功絕技《易筋經》相授，你內力便有恢復之望。這《易筋經》本是他少林派不傳之秘，但方證大師昔年曾欠了我一些情，說不定能賣我的老面子。」

令狐冲聽他二人一個介紹平一指，一個指點去求方證大師，都十分對症，而且均是全力推介，可見這兩位莊主不但見識超人，對自己也確是一片熱誠，不禁心下感激，說道：「這《易筋經》神技，方證大師只傳本門弟子，而晚輩卻不便拜入少林門下，此中甚有難處。」站起來深深一揖，說道：「四位莊主的好意，晚輩深爲感激。死生有命，晚輩身上的傷也不怎麼打緊，倒教四位掛懷了。晚輩這就告辭。」

黃鍾公道：「且慢。」轉身走進內室，過了片刻，拿了一個瓷瓶出來，說道：「這是昔年先師所賜的兩枚藥丸，補身療傷頗有良效。送了給小兄弟，也算是你我相識一場的一點小意思。」令狐冲見瓷瓶的木塞極是陳舊，心想這是他師父的遺物，保存至今，自必珍貴無比，忙道：「這是前輩的尊師所賜，非同尋常，晚輩不敢拜領。」黃鍾公搖了搖頭，說道：「我四人絕足江湖，早就不與外人爭鬥，療傷聖藥，也用它不著。我兄弟既無門人，亦無子女，你推辭不要，這兩枚藥丸我只好帶進棺材裏去了。」

令狐冲聽他說得淒涼，只得鄭重道謝，接了過來，告辭出門。黑白子、禿筆翁、丹青生三人陪他回到棋室。

向問天見四人臉色均甚鄭重，知道令狐冲和大莊主比劍又已勝了。倘是大莊主得勝，黑白子固仍不動聲色，禿筆翁和丹青生卻必意氣風發，一見面就會伸手來取張旭的書法和范寬的山水，假意問道：「風兄弟，大莊主指點了你劍法嗎？」

令狐冲道：「大莊主功力之高，人所難測，但適逢小弟內力全失，對大莊主瑤琴上所發內力不起感應。天下僥倖之事，莫過於此。」

丹青生瞪眼對向問天道：「這位風兄弟爲人誠實，甚麼都不隱瞞。你卻說他內力遠勝於你，教我大哥上了這個大當。」向問天笑道：「風兄弟內力未失之時，確是遠勝於我啊。我說的是從前，可沒說現今。」禿筆翁哼了一聲，道：「你不是好人！」

向問天拱了拱手，說道：「既然梅莊之中，無人勝得了我風兄弟的劍法，三位莊主，我們就此告辭。」轉頭向令狐冲道：「咱們走罷。」

令狐冲抱拳躬身，說道：「今日有幸拜見四位莊主，大慰平生。四位風采，在下景仰之至，日後若有機緣，當再造訪寶莊。」丹青生道：「風兄弟，你不論那一天想來喝酒，只管隨時駕臨，我把所藏的諸般名酒，一一與你品嘗。這位童兄嘛，嘿嘿，嘿嘿！」向問天微笑道：「在下酒量甚窄，當然不敢來自討沒趣了。」說著又拱了拱手，拉著令狐冲的手走了出去。黑白子等送了出來。向問天道：「三位莊主請留步，不勞遠送。」禿筆翁道：「哈，你道我們是送你嗎？我們送的是風兄弟。倘是你童兄一人來此，我們一步也不送呢。」向問天笑道：「原來如此。」

黑白子等直送到大門之外，這才和令狐冲珍重道別。禿筆翁和丹青生對著向問天只直瞪眼，恨不得將他背上那包袱搶了下來。

向問天攜著令狐冲的手，步入柳蔭深處，離梅莊已遠，笑道：「那位大莊主琴上所發的無形劍氣十分厲害，兄弟，你如何取勝？」令狐冲道：「原來大哥一切早知就裏。幸好我內力盡失，否則只怕此刻性命也已不在了。大哥，你跟這四位莊主有仇麼？」向問天道：「沒有仇啊。我跟他們從未會過面，怎說得上有仇？」

忽聽得有人叫道：「童兄，風兄，請你們轉來。」令狐冲轉過身來，只見丹青生快步奔到，手持酒碗，碗中盛著大半碗酒，說道：「風兄弟，我有半瓶百年以上的竹葉青，你若不嘗一嘗，甚是可惜。」說著將酒碗遞了過去。

令狐冲接過酒碗，見那酒碧如翡翠，盛在碗中，宛如深不見底，酒香極是醇厚，讚道：「眞是好酒。」喝一口，讚一聲：「好！」一連四口，將半碗酒喝乾了，道：「這酒輕靈厚重兼而有之，當是揚州、鎭江一帶的名釀。」丹青生喜道：「正是，那是鎭江金山寺的鎭寺之寶，共有六瓶。寺中大和尚守戒不飲酒，送了一瓶給我。我喝了半瓶，便不捨得喝了。風兄弟，我那裏著實還有幾種好酒，請你去品評品評如何？」

令狐冲對「江南四友」頗有親近之意，加之有好酒可喝，如何不喜，當下轉頭向著向問天，瞧他意向。向問天道：「兄弟，四莊主邀你去喝酒，你就去罷。至於我呢，三莊主和四莊主見了我就生氣，我就那個……嘿嘿！」丹青生笑道：「我幾時見你生氣了？一起去，一起去！你是風兄弟的朋友，我也請你喝酒。」

向問天還待推辭，丹青生左臂挽住了他手臂，右臂挽住了令狐冲，笑道：「去，去！再去喝幾杯。」令狐冲心想：「我們告辭之時，這位四莊主對向大哥神色甚是不善，怎地忽又親熱起來？莫非他念念不忘向大哥背上包袱中的書畫，另行設法謀取麼？」

三人回到梅莊，禿筆翁等在門口，喜道：「風兄弟又回來了，妙極，妙極！」四人重回棋室。丹青生斟上諸般美酒和令狐冲暢飲，黑白子卻始終沒露面。

眼見天色將晚，禿筆翁和丹青生似是在等甚麼人，不住斜眼向門口張望。向問天告辭了幾次，他二人始終全力挽留。令狐冲並不理會，只是喝酒。向問天看了看天色，笑道：「二位莊主若不留我們吃飯，可要餓壞我這飯桶了。」禿筆翁道：「是，是！」大聲叫道：「丁管家，快安排筵席。」丁堅在門外答應。

便在此時，室門推開，黑白子走了進來，向令狐冲道：「風兄弟，敝莊另有一位朋友，想請教你的劍法。」

禿筆翁和丹青生一聽此言，同時跳起身來，喜道：「大哥答允了？」

令狐冲心想：「那人和我比劍，須先得到大莊主允可。他們留著我在這裏，似是二莊主向大莊主商量，求了這麼久，大莊主方始答允。那麼此人不是大莊主的子姪後輩，便是他的門人下屬，難道他的劍法竟比大莊主還要高明麼？」轉念一想，暗叫：「啊喲，不好！他們知我內力全無，自己顧全身分，不便出手，但若派一名後輩或下屬來跟我動手，專門和我比拚內力，豈不是立時取了我性命？」但隨即又想：「這四位莊主都是光明磊落的好漢，豈能幹這等卑鄙行逕？但三莊主、四莊主愛那兩幅書畫若狂，二莊主貌若冷靜，對那些棋局卻也是不到手便難甘心，爲了這些書畫棋局而行此下策，也非事理之所無。要是有人眞欲以內力傷我，我先以劍法刺傷他的關節要害便了。」

黑白子道：「風少俠，勞你駕再走一趟。」令狐冲道：「若以眞實功夫而論，晚輩連三莊主、四莊主都非敵手，更不用說大莊主、二莊主了。孤山梅莊四位前輩武功卓絕，只因和晚輩杯酒相投，這才處處眷顧容讓。晚輩一些粗淺劍術，實在不必再獻醜了。」

丹青生道：「風兄弟，那人的武功當然比你高，不過你不用害怕，他……」黑白子截住他的話頭，說道：「敝莊之中，尙有一個精研劍術的前輩名家，他聽說風少俠的劍法如此了得，說甚麼也要較量幾手，還望風少俠再比一場。」

令狐冲心想再比一場，說不定被迫傷人，便和「江南四友」翻臉成仇，說道：「四位莊主待晚輩極好，若再比一場，也不知這位前輩脾氣如何，要是鬧得不歡而散，或者晚輩傷在這位前輩劍底，豈不是壞了和氣？」丹青生笑道：「沒關係，不會……」黑白子又搶著道：「不論怎樣，我四人決不會怪你風少俠。」向問天道：「好罷，再比試一場，又有何妨？我可有些事情，須得先走一步。風兄弟，咱們到嘉興府見。」

禿筆翁和丹青生齊聲道：「你要先走，那怎麼成？」禿筆翁道：「除非你將張旭的書法留下了。」丹青生道：「風少俠輸了之後，又到那裏去找你取書畫棋譜？不成，不成，你再躭一會兒。丁管家，快擺筵席哪！」

黑白子道：「風少俠，我陪你去。童兄，你先請用飯，咱們過不多久，便回來陪你。」向問天連連搖頭，說道：「這場比賽，你們志在必勝。我風兄弟劍法雖高，臨敵經驗卻淺。你們又已知他內力已失，我如不在旁掠陣，這場比試縱然輸了，也輸得心不甘服。」黑白子道：「童兄此言是何用意？難道我們還會使詐不成？」向問天道：「孤山梅莊四位莊主乃豪傑之士，在下久仰威望，自然十分信得過的。但風兄弟要去和另一人比劍，在下實不知梅莊中除四位莊主之外，竟然另有一位高人。請問二莊主，此人是誰？在下若知這人和四位莊主一般，也是光明磊落的英雄俠士，那就放心了。」

丹青生道：「這位前輩的武功名望，和我四兄弟相比那是只高不低，簡直不可同日而語。」向問天道：「武林之中，名望能和四位莊主相捋的，屈指寥寥可數，諒來在下必知其名。」禿筆翁道：「這人的名字，卻不便跟你說。」向問天道：「那麼在下定須在旁觀戰，否則這場比試便作罷論。」丹青生道：「你何必如此固執？我看童兄臨場，於你有損無益，此人隱居已久，不喜旁人見到他面貌。」向問天道：「那麼風兄弟又怎麼和他比劍？」黑白子道：「雙方都戴上頭罩，只露出一對眼睛，便誰也看不到誰了。」向問天道：「四位莊主是否也戴上頭罩？」黑白子道：「是啊。這人脾氣古怪得緊，否則他便不肯動手。」向問天道：「那麼在下也戴上頭罩便是。」

黑白子躊躇半晌，說道：「童兄既執意要臨場觀鬥，那也只好如此，但須請童兄答允一件事，自始至終不可出聲。」向問天笑道：「裝聾作啞，那還不容易？」

當下黑白子在前引路，向問天和令狐冲跟隨其後，禿筆翁和丹青生走在最後。令狐冲見他走的是通向大莊主居室的舊路，來到大莊主琴堂外，黑白子在門上輕扣三聲，推門進去。只見室中一人頭上已套了黑布罩子，瞧衣衫便是黃鍾公。黑白子走到他身前，俯頭在他耳邊低語數句。黃鍾公搖了搖頭，低聲說了幾句話，顯是不願向問天參與。黑白子點了點頭，轉頭道：「我大哥以為，比劍事小，但如惹惱了那位朋友，多有不便。這事就此作罷。」五人躬身向黃鍾公行禮，告辭出來。

丹青生氣忿忿的道：「童兄，你這人當真古怪，難道還怕我們一擁而上，欺侮風兄弟不成？你非要在旁觀鬥不可，鬧得好好一場比試，就此化作雲煙，豈不令人掃興？」禿筆翁道：「二哥花了老大力氣，才求得我大哥答允，偏偏你又來搗蛋。」

向問天笑道：「好啦，好啦！我便讓一步，不瞧這場比試啦。你們可要公公平平，不許欺騙我風兄弟。」禿筆翁和丹青生大喜，齊聲道：「你當我們是甚麼人了？那有欺騙風少俠之理？」向問天笑道：「我在棋室中等候。風兄弟，他們鬼鬼祟祟的不知玩甚麼把戲，你可要打醒十二分精神，千萬小心了。」令狐冲笑道：「梅莊之中，盡是高人雅士，豈有行詭使詐之人？」丹青生笑道：「是啊，風少俠那像你這般，以小人之心，度君子之腹。」

向問天走出幾步，回頭招手道：「風兄弟，你過來，我得囑咐你幾句，可別上了人家的當。」丹青生笑了笑，也不理會。令狐冲心道：「向大哥忒也小心了，我又不是三歲小孩，眞要騙我，也沒這麼容易。」走近身去。

向問天拉住他手，令狐冲便覺他在自己手掌之中，塞了一個紙團。

令狐冲一揑之下，覺得紙團中有一枚硬物。向問天笑嘻嘻的拉他近前，在他耳邊低聲說道：「你見了那人之後，便跟他拉手親近，將這紙團連同其中的物事，偷偷塞在他手中。這事牽連重大，千萬不可輕忽。哈哈，哈哈！」他說這幾句話之時，語氣甚是鄭重，但臉上始終帶著笑容，最後幾下哈哈大笑，和他的說話更毫不相干。

黑白子等三人都道他說的是奚落自己三人的言語。丹青生道：「有甚麼好笑？風少俠固然劍法高明，你童兄劍法如何，咱們可還沒請教。」向問天笑道：「在下的劍法稀鬆平常，可不用請教。」說著搖搖擺擺的出外。

丹青生笑道：「好，咱們再見大哥去。」四人重行走進黃鍾公的琴堂。

黃鍾公沒料到他們去而復回，已將頭上罩子除去。黑白子道：「大哥，那位童兄終於給我們說服，答允不去觀戰了。」黃鍾公道：「好。」拿起黑布罩子，又套在頭上。丹青生拉開木櫃，取了三隻黑布罩子出來，將其中一隻交給令狐沖，道：「這是我的，你戴著罷。大哥，我借你的枕頭套用用。」走進內室，過得片刻，出來時頭上已罩了一隻青布的枕頭套子，套上剪了兩個圓孔，露出一雙光溜溜的眼睛。

黃鍾公點了點頭，向令狐沖道：「待會比試，你們兩位都使木劍，以免拚上內力，讓風兄弟吃虧。」令狐沖喜道：「那再好不過。」黃鍾公向黑白子道：「二弟，帶兩柄木劍。」黑白子打開木櫃，取出兩柄木劍。

黃鍾公向令狐沖道：「風兄弟，這場比試不論誰勝誰敗，請你對外人一句也別提起。」令狐沖道：「這個自然，晚輩先已說過，來到梅莊，決非求名，豈有到外面胡說張揚之理？何況晚輩敗多勝少，也沒甚麼好說的。」

黃鍾公道：「那倒未必盡然。但相信風兄弟言而有信，不致外傳。此後一切所見，請你也一句不提，連那位童兄也不可告知，這件事做得到麼？」令狐沖躊躇道：「連童大哥也不能告知？比劍之後，他自然要問起經過，我如絕口不言，未免於友道有虧。」黃鍾公道：「那位童兄是老江湖了，既知風兄弟已答允了老夫，大丈夫千金一諾，不能食言而肥，自也不致於強人所難。」令狐冲點頭道：「那也說得是，晚輩答允了便是。」黃鍾公拱了拱手，道：「多謝風兄弟厚意。請！」

令狐冲轉過身來，便往外走。那知丹青生向內室指了指，道：「在這裏面。」

令狐冲一怔，大是愕然：「怎地在內室之中？」隨即省悟：「啊，是了！和我比劍之人是個女子，說不定是大莊主的夫人或姬妾，因此他們堅決不讓向大哥在旁觀看，既不許她見到我相貌，又不許我見到她真面目，自是男女有別之故。大莊主一再叮囑，要我不可向旁人提及，連對向大哥也不能說，若非閨閣之事，何必如此鄭重？」

想通了此節，種種疑竇豁然而解，但一揑到掌心中的紙團和其中那枚小小硬物，尋思：「看來向大哥種種布置安排，深謀遠慮，只不過要設法和這女子見上一面。他自己既不能見她之面，便要我傳遞書信和信物。這中間定有私情曖昧。向大哥和我雖義結金蘭，但四位莊主待我甚厚，我如傳遞此物，太也對不住四位莊主，這便如何是好？」又想：「向大哥和四位莊主都是五六十歲年紀之人，那女子定然也非年輕，縱有情緣牽纏，也是許多年前的舊事了，就算遞了這封信，想來也不會壞了那女子的名節。」沉吟之際，五人已進了內室。

室內一床一几，陳設簡單，床上掛了紗帳，甚是陳舊，已呈黃色。几上放著一張短琴，通體黝黑，似是鐵製。

令狐冲心想：「事情一切推演，全入於向大哥的算中。唉，他情深若斯，我豈可不助他完償這個心願？」他生性洒脫，於名教禮儀之防向來便不放在心上，這時內心之中，隱隱似乎那女子便是小師妹岳靈珊，她嫁了師弟林平之，自己則是向問天，隔了數十年後，千方百計的又想去和小師妹見上一面，會面竟不可得，則傳遞一樣昔年的信物，聊表情愫，也足慰數十年的相思之苦。心下又想：「向大哥擺脫魔教，不惜和教主及教中衆兄弟翻臉，說不定也是爲了這舊情人之故。」

他心涉遐想之際，黃鍾公已掀開床上被褥，揭起床板，下面卻是塊鐵板，上有銅環。黃鍾公握住銅環，向上提起，一塊四尺來闊、五尺來長的鐵板應手而起，露出一個長大方洞。這鐵板厚達半尺，顯是甚爲沉重，他平放在地上，說道：「這人的居所有些奇怪，風兄弟請跟我來。」說著便向洞中躍入。黑白子道：「風少俠先請。」

令狐冲心感詫異，跟著跳下，只見下面牆壁上點著一盞油燈，發出淡黃色光芒，置身之所似是個地道。他跟著黃鍾公向前行去，黑白子等三人依次躍下。

行了約莫二丈，前面已無去路。黃鍾公從懷中取出一串鑰匙，插入了一個匙孔，轉了幾轉，向內推動。只聽得軋軋聲響，一扇石門緩緩開了。令狐冲心下越感驚異，而對向問天卻又多了幾分同情之意，尋思：「他們將這女子關在地底，自然是強加囚禁，違其本願。這四位莊主似是仁義豪傑之士，卻如何幹這等卑鄙勾當？」

他隨著黃鍾公走進石門，地道一路向下傾斜，走出數十丈後，又來到一扇門前。黃鍾公又取出鑰匙，將門開了，這一次卻是一扇鐵門。地勢不斷的向下傾斜，只怕已深入地底百丈有餘。地道轉了幾個彎，前面又出現一道門。令狐冲忿忿不平：「我還道四位莊主精擅琴棋書畫，乃高人雅士，豈知竟私設地牢，將一個女子關在這等暗無天日的所在。」

他初下地道時，對四人並無提防之意，此刻卻不免大起戒心，暗自慄慄：「他們跟我比劍不勝，莫非引我來到此處，也要將我囚禁於此？這地道中機關門戶，重重疊疊，當眞是插翅難飛。」可是雖有戒備之意，但前有黃鍾公，後有黑白子、禿筆翁、丹青生，自己手中一件兵器也沒有，卻也無可奈何。

第三道門戶卻是由四道門夾成，一道鐵門後，一道釘滿了棉絮的木門，其後又是一道鐵門，又是一道釘棉的木門。令狐冲尋思：「爲甚麼兩道鐵門之間要夾兩道釘滿棉絮的木門？是了，想來被囚之人內功厲害，這棉絮是吸去她的掌力，以防她擊破鐵門。」

此後接連行走十餘丈，不見再有門戶，地道隔老遠才有一盞油燈，有些地方油燈已熄，更是一片漆黑，要摸索而行數丈，才又見到燈光。令狐冲只覺呼吸不暢，壁上和足底潮濕之極，突然間想起：「啊喲，梅莊是在西湖之畔，走了這麼遠，只怕已深入西湖之底。這人給囚於湖底，自然沒法自行脫困。別人便要設法搭救，也是不能，倘若鑿穿牢壁，湖水便即灌入。」

再前行數丈，地道突然收窄，必須弓身而行，越向前行，彎腰越低。又走了數丈，黃鍾公停步晃亮火摺，點著了牆壁上油燈，微光之下，只見前面又是一扇鐵門，鐵門上有個尺許見方的洞孔。

黃鍾公對著那方孔朗聲道：「任先生，黃鍾公四兄弟拜訪你來啦。」令狐冲一呆：「怎地是任先生？難道裏面所囚的不是女子？」但裏面無人答應。黃鍾公又道：「任先生，我們久疏拜候，甚是歉仄，今日特來告知一件大事。」室內一個濃重的聲音罵道：「去你媽的大事小事！有狗屁就放，如沒屁放，快給我滾得遠遠地！」

令狐冲驚訝莫名，先前的種種設想，霎時間盡皆煙消雲散，這口音不但是個老年男子，而且出語粗俗，直是個市井俚人。

黃鍾公道：「先前我們只道當今之世，劍法之高，自以任先生爲第一，豈知大謬不然。今日有一人來到梅莊，我們四兄弟固不是他敵手，任先生的劍法和他一比，那也是有如小巫見大巫了。」

令狐冲心道：「原來他是以言語相激，要那人和我比劍。」

那人哈哈大笑，說道：「你們四個狗雜種鬥不過人家，便激他來和我比劍，想我為你們四個混蛋料理強敵，是不是？哈哈，打的倒是如意算盤，只可惜我十多年不動劍，劍法早忘得乾乾淨淨了。操你奶奶的王八羔子，夾著尾巴快給我滾罷。」

令狐冲心下駭然：「此人機智無比，料事如神，一聽黃鍾公之言，便已算到。」

禿筆翁道：「大哥，任先生決不是此人敵手。那人說梅莊之中沒人勝得過他，這句話原是不錯的。咱們不用跟任先生多說了。」那姓任的喝道：「你激我有甚麼用？姓任的難道還能為你們這四個小雜種辦事？」禿筆翁道：「此人劍法得自華山派風清揚風老先生眞傳。大哥，聽說任先生當年縱橫江湖，天不怕，地不怕，就只怕風老先生一個。任先生有個外號，叫甚麼『望風而逃』。這個『風』字，便是指風清揚風老先生而言，這話可眞？」那姓任的哇哇大叫，罵道：「放屁，放屁，臭不可當！」

丹青生道：「三哥錯了。」禿筆翁道：「怎地錯了？」丹青生道：「你說錯了一個字。任先生的外號不是叫『望風而逃』，而是叫『聞風而逃』。你想，任先生如望見了風老先生，二人相距已不甚遠，風老先生還容得他逃走嗎？只有一聽到風老先生的名字，立即拔足便奔，急急如喪家之犬……」禿筆翁接口道：「忙忙似漏網之魚！」丹青生道：「這才得保首領，直至今日啊。」

那姓任的不怒反笑，說道：「四個臭混蛋給人家逼得走投無路，無可奈何，這才想到來求老夫出手。操你奶奶，老夫要是中了你們的鬼計，那也不姓任了。」

黃鍾公嘆了口氣，道：「風兄弟，這位任先生一聽到你這個『風』字，已然魂飛魄散，心膽俱裂。這劍不用比了，我們承認你是當世劍法第一便是。」

令狐冲雖見那人並非女子，先前猜測全都錯了，但見他深陷牢籠，顯然歲月已久，同情之心油然而生，從各人的語氣之中，推想這人既是前輩，武功又必極高，聽黃鍾公如此說，便道：「大莊主這話可不對了，風老前輩和晚輩談論劍法之時，對這位……這位任老先生極是推崇，說道當世劍法他便只佩服任老先生一人，他日晚輩若有機緣拜見任老先生，務須誠心誠意、恭恭敬敬的向他老人家磕頭，請他老人家指點一二。」

此言一出，黃鍾公等四人盡皆愕然。那姓任的卻十分得意，呵呵大笑，道：「小朋友，你這話說得很對，風清揚並非泛泛之輩，也只有他，才識得我劍法的精妙。」

黃鍾公道：「風……風老先生知道他……他是在這裏？」語音微顫，似有驚恐之意。

令狐冲信口胡吹：「風老先生只道任老先生歸隱於名山勝地。他老人家教導晚輩練劍之時，常自提及任老先生，說道練這等劍招，只是用來和任老先生的傳人對敵，世上若無任老先生，這等繁難的劍法壓根兒就不必學。」他此時對梅莊四個莊主頗爲不滿，這幾句話頗具奚落之意，心想這姓任的是前輩英雄，卻給囚禁於這陰暗卑濕的牢籠，定是中了暗算。他四人所使手段之卑鄙，不問可知。

那姓任的道：「是啊，小朋友，風清揚果然挺有見識。你將梅莊這幾個傢伙都打敗了，是不是？」

令狐冲道：「晚輩的劍法既是風老先生親手所傳，除非是你任老先生自己，又或是你的傳人，尋常之人自不是敵手。」他這幾句話，那是公然和黃鍾公等四人過不去了。他只覺這地底黑牢潮濕鬱悶，只躭得片刻已如此難受，四個莊主卻將這位武林高人關在這等所在，不知已關了多少年，激動義憤之下，出言便無所顧忌。

黃鍾公等聽在耳裏，自是老大沒趣，但他們確是比劍而敗，那也無話可說。丹青生道：「風兄弟，你這話……」黑白子扯扯他的衣袖，丹青生便即住口。

那人道：「很好，很好，小朋友，你給我出了胸中一口惡氣。你怎樣打敗了他們？」令狐冲道：「梅莊中第一個和我比劍的，是個姓丁的朋友，叫甚麼『一字電劍』丁堅。」那人道：「此人劍法華而不實，但以劍光唬人，並無眞實本領。你根本不用出招傷他，只須將劍鋒擺在那裏，他自己會將手指、手腕、手臂送到你劍鋒上來，自行切斷。」

五人一聽，盡皆駭然，不約而同的都「啊」了一聲。

那人問道：「怎樣？我說得不對嗎？」令狐冲道：「說得對極了，前輩便似親眼見到一般。」那人笑道：「好極！他割斷了五根手指，還是一隻手掌？」令狐冲道：「晚輩將劍鋒側了一側。」那人道：「不對，不對！對付敵人有甚麼客氣？你心地仁善，將來必吃大虧。第二個是誰跟你對敵？」

令狐冲道：「四莊主。」那人道：「嗯，老四的劍法當然比那個甚麼『一字屁劍』高明些，但也高不了多少。他見你勝了丁堅，定然上來便使他的得意絕技，哼哼，那叫甚麼劍法啊？是了，叫作『潑墨披蔴劍法』，甚麼『白虹貫日』、『騰蛟起鳳』，又是甚麼『春風楊柳』。」丹青生聽他將自己的得意劍招說得絲毫不錯，更加駭異。

令狐冲道：「四莊主的劍法其實也挺高明，只不過攻人之際，自己破綻太多。」

那人呵呵一笑，說道：「老風的傳人果然有兩下子，你一語破的，將他這路『潑墨披蔴劍法』的致命弱點說了出來。他這路劍法之中，有一招自以為最厲害的殺手，叫做『玉龍倒懸』，仗劍當頭硬砍，他不使這招便罷，倘若使將出來，遇上老風的傳人，只須將長劍順著他劍鋒滑了上去，他的五根手指便都給披斷了，手上的鮮血，便如潑墨一般的潑下來了。這叫做『潑血披指劍法』，哈哈，哈哈！」

令狐冲道：「前輩料事如神，晚輩果是在這一招上勝了他。不過晚輩跟他無冤無仇，四莊主又曾以美酒款待，相待甚厚，這五根手指嗎，倒不必披下來了，哈哈！」丹青生的臉色早氣得又紅又青，當眞是名副其實的「丹青生」，只是頭上罩了枕套，誰也瞧不見而已。

那人道：「禿頭老三善使判官筆，他這一手字寫得三歲小孩子一般，偏生要附庸風雅，武功之中居然自稱包含了書法名家的筆意。嘿嘿，小朋友，要知臨敵過招，那是生死繫於一線的大事，全力相搏，尚恐不勝，那裏還有閒情逸致，講究甚麼鍾王碑帖？除非對方武功跟你差得太遠，你才能將他玩弄戲耍。但如雙方武功相若，你再用判官筆來寫字，那是將自己的性命雙手獻給敵人了。」

令狐冲道：「前輩之言是極，這位三莊主和人動手，確是太過托大了些。」

禿筆翁初時聽那人如此說，極是惱怒，但越想越覺他的說話十分有理，自己將書法融化在判官筆的招數之中，雖是好玩，筆上的威力畢竟大減，若不是令狐冲手下留情，十個禿筆翁也給他斃了，想到此處，不由得出了一身冷汗。

那人笑道：「要勝禿頭老三，那是很容易的。他的判官筆法本來相當可觀，就是太過狂妄，偏要在武功中加上甚麼書法。嘿嘿，高手過招，所爭的只是尺寸之間，他將自己性命來鬧著玩，居然活到今日，也算得是武林中的一樁奇事。禿頭老三，近十多年來你龜縮不出，沒到江湖上行走，是不是？」

禿筆翁哼了一聲，並不答話，心中又是一寒，自忖：「他的話一點不錯，這十多年中我若在江湖上闖蕩，焉能活到今日？」

那人道：「老二玄鐵棋盤上的功夫，那可是眞材實料了，一動手攻人，一招快似一招，勢如疾風驟雨，等閒之輩確是不易招架。小朋友，你卻怎樣破他，說來聽聽。」

令狐冲道：「這個『破』字，晚輩是不敢當的，只不過我一上來就跟二莊主對攻，第一招便讓他取了守勢。」那人道：「很好。第二招呢？」令狐冲道：「第二招晚輩仍是搶攻，二莊主又取了守勢。」那人道：「很好。第三招怎樣？」令狐冲道：「第三招仍然是我攻他守。」那人道：「了不起。黑白子當年在江湖上著實威風，那時他使一塊大鐵牌，只須有人能擋得他連環三擊，黑白子便饒了他不殺。後來他改使玄鐵棋枰，兵刃上大佔便宜，那就更加了得。小朋友居然逼得他連守三招，很好！第四招他怎生反擊？」令狐冲道：「第四招還是晚輩攻擊，二莊主守禦。」那人道：「老風的劍法當眞如此高明？雖然要勝黑白子並不爲難，但居然逼得他在第四招上仍取守勢，嘿嘿，很好！第五招一定是他攻了？」令狐冲道：「第五招攻守之勢並未改變。」

那姓任的「哦」的一聲，半晌不語，隔了好一會，才道：「你一共攻了幾劍，黑白子這才回擊？」令狐冲道：「這個……這個……招數倒記不起了。」

黑白子道：「風少俠劍法如神，自始至終，晚輩未能還得一招。他攻到四十餘招時，晚輩自知不是敵手，這便推枰認輸。」他直到此刻，才對那姓任的說話，語氣竟十分恭敬。

那人「啊」的一聲大叫，說道：「豈有此理？風淸揚雖是華山派劍宗出類拔萃的人才，但華山劍宗的劍法有其極限。我決不信華山派之中，有那一人能連攻黑白子四十餘招，逼得他沒法還上一招。」

黑白子道：「任老先生對晚輩過獎了！這位風兄弟青出於藍，劍法之高，早已遠遠超越華山劍宗的範圍。環顧當世，也只任老先生這等武林中數百年難得一見的大高手，方能指點他幾招。」令狐冲心道：「黃鍾公、禿筆翁、丹青生三人言語侮慢，黑白子卻恭謹之極。但或激或捧，用意相同，都是要這位任老先生跟我比劍。」

那人道：「哼，你大拍馬屁，一般的臭不可當。黃鍾公的武術招數，與黑白子也只半斤八兩，但他內力不錯，小朋友，你的內力也勝過他嗎？」令狐冲道：「晚輩受傷在先，內力全失，以致大莊主的『七絃無形劍』對晚輩全不生效用。」那人呵呵大笑，說道：「倒也有趣。很好，小朋友，我很想見識見識你的劍法。」

令狐冲道：「前輩不可上當。江南四友只想激得你和我比劍，其實別有所圖。」那人道：「有甚麼圖謀？」令狐冲道：「他們和我的一個朋友打了個賭，倘若梅莊之中有人勝得了晚輩的劍法，我那朋友便要輸幾件物事給他們。」那人道：「輸幾件物事？嗯，想必是罕見的琴譜、棋譜，又或是前代的甚麼書畫眞跡。」令狐冲道：「前輩料事如神。」

那人道：「我只想瞧瞧你的劍法，並非眞的過招，再說，我也未必能勝得了你。」令狐冲道：「前輩要勝過晚輩，那是十拿九穩，但須請四位莊主先答允一件事。」那人道：「甚麼事？」令狐冲道：「前輩勝了晚輩手中長劍，給他們贏得那幾件希世珍物，四位莊主便須大開牢門，恭請前輩離開此處。」

禿筆翁和丹青生齊聲道：「這個萬萬不能。」黃鍾公哼了一聲。

那人笑道：「小朋友有點兒異想天開。是風清揚教你的嗎？」

令狐冲道：「風老先生絕不知前輩囚於此間，晚輩更加萬萬料想不到。」

黑白子忽道：「風少俠，這位任老先生叫甚麼名字？武林中的朋友叫他甚麼外號？他原是那一派的掌門？爲何囚於此間？你都曾聽風老先生說過麼？」

黑白子突如其來的連問四事，令狐冲卻一件也答不上來。先前令狐冲連攻四十餘招，黑白子還能守了四十餘招，此刻對方連發四問，有如急攻四招，令狐冲卻一招也守不住，囁嚅半晌，說道：「這個倒沒聽風老先生說起過，我……我確是不知。」

丹青生道：「是啊，諒你也不知曉，你如得知其中原由，也不會要我們放他出去了。此人倘若得離此處，武林中天翻地覆，不知將有多少人命喪其手，江湖上從此更無寧日。」

那人哈哈大笑，說道：「正是！江南四友便有天大的膽子，也不敢讓老夫身脫牢籠。再說，他們只奉命在此看守，不過四名小小的獄卒而已，他們那裏有權放脫老夫？小朋友，你說這句話，可將他們的身分抬得太高了。」

令狐冲不語，心想：「此中種種干係，我半點也不知，當眞一說便錯，露了馬腳。」

黃鍾公道：「風兄弟，你見這地牢陰暗潮濕，對這位任先生大起同情之意，因而對我們四兄弟甚是不忿，這是你的俠義心腸，老夫也不來怪你。你可知道，這位任先生要是重入江湖，單是你華山一派，少說也得死去一大半人。任先生，我這話不錯罷？」

那人笑道：「不錯，不錯。華山派的掌門人還是岳不羣罷？此人一臉孔假正經，只可惜我先是忙著，後來又失手遭了暗算，否則早就將他的假面具撕了下來。」

令狐冲心頭一震，師父雖將他逐出華山派，並又傳書天下，將他當作正派武林人士的公敵，但師父師母自幼將他撫養長大的恩德，一直對他有如親兒的情義，卻令他感懷不忘，此時聽得這姓任的如此肆言侮辱自己師父，不禁怒喝：「住嘴！我師……」下面這個「父」字將到口邊，立即忍住，記起向問天帶自己來到梅莊，是讓自己冒認是師父的師叔，對方善惡未明，可不能向他們吐露眞相。

那姓任的自不知他這聲怒喝的眞意，繼續笑道：「華山門中，我瞧得起的人當然也有。風老是一個，小朋友你是一個。還有一個你的後輩，叫甚麼『華山玉女』寧……寧甚麼的。啊，是了，叫作寧中則。這小姑娘倒也慷慨豪邁，是個人物，只可惜嫁了岳不羣，一朵鮮花揷在牛糞上了。」令狐冲聽他將自己的師娘叫作「小姑娘」，不禁啼笑皆非，只好不加置答，總算他對師娘頗有好評，說她是個人物。

那人問道：「小朋友，你叫甚麼名字？」令狐冲道：「晚輩姓風，名叫二中。」

那人道：「華山派姓風的人，都不會差。你進來罷！我領教領教風老的劍法。」他本來稱風清揚為「老風」，後來改了口，稱為「風老」，想是令狐冲所說的言語令他頗為歡喜，言語中對風清揚也客氣了起來。

令狐冲好奇之心早已大動，亟想瞧瞧這人是怎生模樣，武功又如何高明，便道：「晚輩一些粗淺劍法，在外面唬唬人還勉強可以，到了前輩跟前，實在不足一笑。但任老先生是人中龍鳳，既到此處，焉可不見？」

丹青生挨近前來，在他耳畔低聲說道：「風兄弟，此人武功十分怪異，手段又陰毒無比，你千萬要小心了。稍有不對，便立即出來。」他語聲極低，但關切之情顯是出於至誠。令狐冲心頭一動：「四莊主對我很夠義氣啊！適才我說話譏刺於他，他非但毫不記恨，反而眞心關懷我的安危。」不由得暗自慚愧。

那人大聲道：「進來，進來。他們在外面鬼鬼祟祟的說些甚麼？小朋友，江南四『醜』不是好人，除了叫你上當，別的決沒甚麼好話，半句也信不得。」

令狐冲好生難以委決，不知到底那一邊是好人，該當助誰才是。

黃鍾公從懷中取出另一枚鑰匙，在鐵門的鎖孔中轉了幾轉。令狐冲只道他開了鎖後，便會推開鐵門，那知他退在一旁，黑白子走上前去，從懷中取出一條鑰匙，在另一個鎖孔中轉了幾轉。然後禿筆翁和丹青生分別各出鑰匙，插入鎖孔轉動。令狐冲恍然省悟：「原來這位前輩的身分如此重要，四個莊主各懷鑰匙，要用四條鑰匙分別開鎖，鐵門才能打開。他江南四友有如兄弟，四人便如是一人，難道互相還信不過嗎？」又想：「適才那位前輩言道，江南四友只不過奉命監守，有如獄卒，根本無權放他。說不定四人分掌四條鑰匙之舉，是委派他們那人所規定的。聽鑰匙轉動之聲極爲窒滯，鎖孔中顯是生滿鐵鏽。這道鐵門，也不知有多少日子沒打開了。」

丹青生轉過了鑰匙後，拉住鐵門搖了幾下，運勁向內一推，只聽得嘰嘰格格一陣響，鐵門向內開了數寸。鐵門一開，丹青生隨即向後躍開。黃鍾公等三人同時躍退丈許。令狐冲不由自主的也退了幾步。

那人呵呵大笑，說道：「小朋友，他們怕我，你卻又何必害怕？」

令狐冲道：「是。」走上前去，伸手向鐵門上推去。只覺門樞中鐵鏽生得甚厚，花了好大力氣才將鐵門推開兩尺，一陣霉氣撲鼻而至。丹青生走上前來，將兩柄木劍遞了給他。令狐冲拿在左手之中。禿筆翁道：「兄弟，你拿盞油燈進去。」從牆壁上取下一盞油燈。令狐冲伸右手接了，走入室中。

只見那囚室不過丈許見方，靠牆一榻，榻上坐著一人，長髮垂至胸前，鬍子滿臉，再也瞧不清他面容，頭髮鬚眉盡爲深黑，全無斑白。令狐冲躬身說道：「晚輩今日有幸拜見任老前輩，還望多加指教。」那人笑道：「不用客氣，你來解我寂寞，可多謝你啦。」令狐冲道：「不敢。這盞燈放在榻上罷？」那人道：「好！」卻不伸手來接。

令狐冲心想：「囚室如此窄小，如何比劍？」當下走到榻前，放下油燈，隨手將向問天交給他的紙團和硬物輕輕塞入那人手中。

那人微微一怔，接過紙團，朗聲說道：「喂，你們四個傢伙，進不進來觀戰？」黃鍾公道：「地勢狹隘，容身不下。」那人道：「好！小朋友，帶上了門。」令狐冲道：「是！」轉身將鐵門推上。那人站起身來，身上發出一陣輕微的嗆啷之聲，似是一根根細小的鐵鍊自行碰撞作聲。他伸出右手，從令狐冲手中接過一柄木劍，嘆道：「老夫十餘年不動兵刃，不知當年所學的劍法還記不記得。」

令狐冲見他手腕上套著個鐵圈，圈上連著鐵鍊通到身後牆壁之上，再看他另一隻手和雙足，也都有鐵鍊和身後牆壁相連，一瞥眼間，見四壁青油油地發出閃光，原來四周牆壁均是鋼鐵所鑄，心想他手足上的鍊子和銬鐐想必也都是純鋼之物，否則這鍊子不粗，難以繫住他這等武學高人。

那人將木劍在空中虛劈一劍，這一劍自上而下，只不過移動了兩尺光景，但斗室中竟嗡嗡之聲大作。令狐冲讚道：「老前輩，好深厚的功力！」

那人轉過身去，令狐冲隱約見到他已打開紙團，見到所裹的硬物，在閱讀紙上的字跡。令狐冲退了一步，將腦袋擋住鐵門上的方孔，使得外邊四人瞧不見那人的情狀。那人將鐵鍊弄得噹噹發聲，身子微微發顫，似是讀到紙上的字後極爲激動，但片刻之間，便轉過身來，眼中陡然精光大盛，說道：「小朋友，我雙手雖行動不便，未必便勝不了你！」令狐冲道：「晚輩末學後進，自不是前輩對手。」

那人道：「你連攻黑白子四十餘招，逼得他沒法反擊一招，現下便向我試試。」令狐冲道：「晚輩放肆。」挺劍向那人刺去，正是先前攻擊黑白子時所使的第一招。那人讚道：「很好！」木劍斜刺令狐冲左胸，守中帶攻，攻中有守，乃是一招攻守兼備的淩厲劍法。黑白子在方孔中向內觀看，一見之下，忍不住大聲叫道：「好劍法！」那人笑道：「今日算你們四個傢伙運氣，叫你們大開眼界。」便在此時，令狐冲第二劍早已刺到。

那人木劍揮轉，指向令狐冲右肩，仍是守中帶攻、攻中有守的妙著。令狐冲一凜，只覺來劍中竟沒半分破綻，難以仗劍直入，制其要害，只得橫劍一封，劍尖斜指，含有刺向對方小腹之意，也是守中有攻。那人笑道：「此招極妙。」當即迴劍旁掠。

二人你一劍來，我一劍去，霎時間拆了二十餘招，兩柄木劍始終未曾碰過一碰。令狐冲眼見對方劍法變化繁複無比，自己自從學得「獨孤九劍」以來，從未遇到過如此強敵，對方劍法中也並非沒有破綻，只是招數變幻無方，無法攻其瑕隙。他謹依風清揚所授「以無招勝有招」的要旨，任意變幻。那「獨孤九劍」中的「破劍式」雖只一式，但其中於天下各門各派劍法要義兼收並蓄，雖說「無招」，卻是以普天下劍法之招數爲根基。那人見令狐冲劍招層出不窮，每一變化均從所未見，仗著經歷豐富，武功深湛，一一化解，但拆到四十餘招之後，出劍已略感窒滯。他將內力慢慢運到木劍之上，一劍之出，竟隱隱有風雷之聲。

但不論敵手的內力如何深厚，到了「獨孤九劍」精微的劍法之下，盡數落空。只是那人內力之強，劍術之精，兩者混而爲一，實已無可分割。那人接連數次已將令狐冲迫得處於絕境，除了棄劍認輸之外似更無他法，但令狐冲總是突出怪招，非但解脫顯已無可救藥的困境，而且乘勢反擊，招數之奇，當眞匪夷所思。

黃鍾公等四人擠在鐵門之外，從方孔中向內觀看。那方孔實在太小，只容兩人同看，而且那二人也須得一用左眼，一用右眼。兩人看了一會，便讓開給另外兩人觀看。

初時四人見那人和令狐冲相鬥，劍法精奇，不勝讚嘆，看到後來，兩人劍法的妙處已沒法領略。有時黃鍾公看到一招後，苦苦思索其中精要所在，想了良久，方始領會，但其時二人早已另拆了十餘招，這十餘招到底如何拆，他是全然的視而不見了，駭異之餘，尋思：「原來這風兄弟劍法之精，一至於斯。適才他和我比劍，只怕不過使了三四成功夫。別說他身無內力，我瑤琴上的『七絃無形劍』奈何他不得，就算他內力充沛，我這無形劍又怎奈何他得了？他一上來只須連環三招，我當下便得丟琴認輸。倘若真的性命相搏，他第一招便能用玉簫點瞎了我雙目。」

黃鍾公自不知對令狐冲的劍法卻也高估了。「獨孤九劍」是敵強愈強，敵人如武功不高，「獨孤九劍」的精要處也就用不上。此時令狐冲所遇的，乃當今武林中一位驚天動地的人物，武功之強，已到了常人所不可思議的境界，一經他激發，「獨孤九劍」中種種奧妙精微之處，方能發揮得淋漓盡致。獨孤求敗如若復生，又或風清揚親臨，能遇到這樣的對手，也當歡喜不盡。使這「獨孤九劍」，除了精熟劍訣劍術之外，極大部分依賴使劍者的靈悟，一到自由揮洒、更無規範的境界，使劍者聰明智慧越高，劍法也就越高，每一場比劍均無舊軌可循，便如是大詩人靈感到來，作出了一首好詩一般。

再拆四十餘招，令狐冲出招越來越得心應手，許多妙詣竟是風清揚也未曾指點過的，遇上了這敵手的精奇劍法，「獨孤九劍」中自然而然的生出相應招數，與之抗禦。他心中懼意盡去，也可說全心傾注於劍法之中，更無恐懼或歡喜的餘暇。那人接連變換八門上乘劍法，有的攻勢凌厲，有的招數連綿，有的小巧迅捷，有的威猛沉穩。但不論他如何變招，令狐冲總是對每一路劍法應付裕如，竟如這八門劍法每一門他都是從小便拆解純熟一般。

那人橫劍一封，喝道：「小朋友，你這劍法到底是誰傳的？諒來風老並無如此本領。」令狐冲微微一怔，道：「這劍法若非風老先生所傳，更有那一位高人能傳？」

那人道：「這也說得是。再接我這路劍法！」一聲長嘯，木劍倏地劈出。令狐冲斜劍刺出，逼得他收劍迴擋。那人連連呼喝，竟似發了瘋一般。呼喝越急，出劍也越快。

令狐冲覺得他這路劍法也無甚奇處，但每一聲斷喝都令他雙耳嗡嗡作響，心煩意亂，只得強自鎮定，拆解來招。

突然之間，那人石破天驚般一聲狂嘯。令狐冲耳中嗡的一響，耳鼓都似給他震破了，腦中一陣暈眩，登時人事不知，昏倒在地。

笑傲江湖(大字版) / 金庸作.　-- 二版.
-- 臺北市：遠流，2017.10
冊；　公分. -- (大字版金庸作品集；55–62)

ISBN 978-957-32-8112-2 (全套：平裝).

857.9　　　　　　　　106016824